世界推理短編傑作集 2

江戸川乱歩編

創元推理文庫

GREAT SHORT STORIES OF DETECTION

volume 2

edited by

Rampo Edogawa

1961, 2018

目次

世界推理短編傑作集2

放心家組合

ロバート・バー
宇野利泰　訳

The Absent-Minded Coterie　一九〇五年
いわゆる〝奇妙な味〟と云われる名作短編の中でも最も初期に属するもの。本集ではこれ一編きりであるが、時代の経過とともに、この傾向の作品が多くなってくることは見のがせない。**ロバート・バー** Robert Barr (1850.9.16-1912.10.22) は、イギリスの大衆作家で短編を得意とした。推理小説はフランス人、ユウゼーヌ・ヴァルモンを主人公とするもので『ウジェーヌ・ヴァルモンの勝利』(一九〇六) が代表作。本編もその中の一作であるが、〝奇妙な味〟のなんたるかを解するには、本編や、三集に収録するダンセイニ「二壜のソース」、四集のウォルポール「銀の仮面」を読めば、おのずから明らかとなろう。

いまでもはっきり憶えているが、あのサマトリーズの事件をはじめて耳にしたのは、忘れもしない十一月の、濃霧がロンドンの街々をとじこめていた日のことだった。その日、外出した私は、二度も三度も道を迷ったあげく、どんな高い特別料金を奮発してもよいから、なんとか早いところ、馬車をつかまえたいという気になった。しかし、そうは思ったものの、のろのろと馬を走らせて通りすぎる車は、どれもみな客をことわって、帰途を急ぐものばかりなので、私もほとほと当惑させられていた。

私たちのように、永年パリで暮らしてきた者には、霧といえば、うす煙りのようにほの白くただよって、むしろ街のたたずまいに、思わぬ風情を添えるくらいに考えていたのだが、このロンドンの霧のすさまじさには驚かされた。煤煙《ばいえん》まで濃くまじえたのが、息苦しいばかりに重く垂れこめて、それが二日も三日もつづくのだから、戸外に出るにも出られず、退屈はしてくるし、思わず懐郷のおもいに駆られることになるのだった。

その日の霧のふかさといったら、これがまた格別のものだった。新聞売りの台にはったビラも、おぼろにかすんで読めそうもないので、そのかわりに売り子が、声をからして叫んでいた。さすがに競馬も開催できなかったとみえて、主要記事としては、最近アメリカで行なわれた大統領選挙を呼物にしていた。私も一枚買ってポケットに突っ込んだ。

といったわけで、やっとの思いで下宿《フラット》にたどりついたときは、かなりもう暗くなっていた。私としては異例に属することだが、部屋で食事をすませると、スリッパをつっ掛けて、暖炉の前の肘掛椅子に陣取って、買ってきた夕刊新聞をひろげたのだ。紙面はブライアン氏の落選を大々的に報道していた。私は銀価格問題については、あまり専門的な知識をもってはいないのだが、過日、その問題についてのブライアン氏の演説を聞いて、そのとうとうたる雄弁にふかく魅せられたおぼえがある。その記憶がいまだに抜けないので、いま氏の落選記事を読んで、はからずも同情の念が湧きあがった。それにまた、氏は宏大な銀鉱の所有者としてきこえているので、こんなに銀価格が烈しく低落したのでは、経営はよほど困難になったことであろうと、いっそう気の毒な感じに打たれるのであった。

それにしても、氏が銀山を経営して、アメリカ有数の富豪であるという評判は、大統領選挙においては、かえってマイナスであった。現代のアメリカのように、貧困階級が国民の大多数を占めている国では、金持であるという評判だけで、彼らの反感を買うからである。ちょうど、われわれフランスにおいて、農民層の支持を失った場合と同様なのである。私は以前から、この西方の大共和国の国内事情に、すくなからぬ関心を有していたので、その政界の裏面にはじゅうぶん通暁《つうぎょう》していた。ただし、私の事情通《つう》たるゆえんを、口に出して自慢したことは一度もない。それでも、世間は正直にみとめてくれている。いつかもアメリカ人の依頼者が、私の説明を聞いてはじめて、アメリカ政界の内幕を知ることができたとほめてくれたことさえある。

もっともそのアメリカ人は、ろくに新聞に目を通すひまもないくらい忙しい男ではあったが……。

私の手から、新聞紙は床《ゆか》にすべり落ちた。うとうとしてきたのもむりはない。霧は部屋の中まで浸透して、煌々《こうこう》と輝いているはずの電灯までが、ぼおっとおぼろにかすんで、表面の活字も追えなくなっていたのである。そこへ下男が入ってきて、スペンサー・ヘイル氏の来訪を告げた。私は今夜にかぎらず、新聞を読むよりも気のあった友人と話しあうほうがよほど好きだった。ことに雨の夜や、こんな霧の深い晩は、その気持がいっそう強かった。

「やあ、ヘイル君、やっかいな晩だな。こんなに霧がふかいのに、よく出かけてこられたね」

「いや、ヴァルモン君《モン・デユー》」と、ヘイルは肩をそびやかせて、「いくらきみが偉くても、パリでこれだけの霧は起こせんだろう！」

「ほんとうだな。その点とうていロンドンの敵じゃないな」

私も素直に彼の冗談を受けて、椅子をすすめた。

「新聞を読んでいたんだね？」彼は、床の上の新聞紙を指さしながらいった。「ブライアンが落選したそうだな。これでかえって、世の中も暮らしよくなるだろう」

私は彼とむかいあって、椅子に腰をおろしながら考えた。この男とくつろいで話しあえるのは楽しいことだが、アメリカの政界を論じるのはやめておこう。彼に理解できるはずがないからだ。英人という人種は、他国の国内事情については、ぜんぜん洞察を欠くのが通例なのである。

「それにしても、こんな晩にわざわざご光来になるとは、よほど重大な事件が起きたとみえるね？　警視庁《スコットランド・ヤード》にも霧深しか」

この男はあいにくと、気のきいた洒落《しやれ》などまるでわからぬ性質とみえ、大まじめな顔で答えた。

「霧のふかいのはロンドン中だ。ひょっとすると、イギリス全土かもしれんぞ」

「そうかもしれんね」

やむをえず、私もそういった。腹のなかでは苦笑していたが、彼にはまるで通じないようだった。しばらくして、彼は口を開いた。その言葉が、ほかの男の口から飛び出したものなら、私がアメリカ政界の消息通たるゆえんを、やっとこの男も理解してくれたのかと思わせるようなものだった。

「ヴァルモン君。きみは聡明なひとだから、くどくど説明することもないだろう。ぼくが今夜、わざわざやってきたのは、アメリカ大統領選挙に関係があることなんだ。ほかのフランス人なら、もっとくわしく説明しなければならぬところが、きみだけはどうやら、その必要はなさそうだ」

スペンサー・ヘイルは、片目をほそめて、にやりと笑ってみせた。私は元来、このうす笑いが大嫌いなのだ。彼はときどき、私の前になにか問題を提出して、これがきみに解《と》けるか——さあ、どうだと挑戦してくる癖があるのだが、そのときは、きまってこうした顔つきをみせるのだった。

そのばあい、私がなにより癇《かん》にさわるのは、あんまり彼が深刻な顔をしているので、ついうっかりひっかかってしまうことだった。つまり、こいつはよっぽど紛糾錯綜《ふんきゅうさくそう》した問題だろうと、こちらがかってに気をまわして、不必要なほど真剣に考えこんでしまうのだが、たいていは単純きわまる、たわいもない事件が多いので、がっかりさせられることがたびたびあるのだった。

私は指をパチリと鳴らして、しばらく天井を見つめていた。ヘイルはまっ黒なパイプに火をつけた。召使は足音をたてぬように入ってきて、ウィスキー・ソーダを置いて引き退《さが》った。ドアがしまると同時に、私は視線を、のんびりしたヘイルの顔に移していった。

「で、奴らは姿をくらましたのか？」

「奴ら？　だれのことだ？」

「銀貨贋造団《がんぞう》さ」

ヘイルのパイプは、口もとからすべり落ちた。床にぶつかる直前に、ヘイルは辛うじて受けとめると、ウィスキー・ソーダを、グッとひと口あおった。

「まぐれにしても、よく当たった」

「まったくな《バルフエトマン》」

ひきこまれて、私は相槌を打った。

「え、ヴァルモン？　どうしてわかったんだ」

私は肩をすくめた。しかし、せっかく訪ねてきてくれた賓客に、逆らうのも礼儀ではない。

「冗談はおいて」ヘイルはぶしつけにどなった。この男は当惑すると、言葉がぞんざいになる癖があった。「なぜわかった？　きこうじゃないか」

「話は簡単さ。アメリカの選挙で、国民の向背《こうはい》を決したのは、銀価格問題だった。その値下がりのために、ブライアン氏は敗れ去った。それと同時に、西部の銀鉱所有者たちを、のこらず破局に追いやったのだ。銀問題はアメリカを悩まし、しかるがゆえに、スコットランド・ヤードを悩ますか。

では、ぼくの推理過程を話して聞かせよう。三月ほどまえに、銀の延棒が盗まれる事件がおこった。サウサンプトンで、ドイツの貨物船から荷揚げをしているときのことだった。しかし、わが敬愛するスペンサー・ヘイル氏は、手配も迅速に、またたく間に一味を追いつめて、奴らがまさに、延棒の刻印を酸で消そうとしているところを急襲した。が、一網打尽《いちもうだじん》というわけにはいかなかった。網を逃れた連中をつかまえるには、奴らが次の行動に出るのを待つよりしかたがないんだが、事件というやつは、モンテカルロの賭博場で、ルーレットの目を回転させるように、そう連続しては出てきてくれないんだ。

つまり、犯人たちもさる者なんだな。軽率に動いては危険と心得ているんだ。いまごろは、善後策を検討しているさいちゅうだろう。スコットランド・ヤードにスペンサー・ヘイル健在なるかぎり、果たして銀地金《エルゴ》の奪取に成功しうるであろうか？——奴らは目下、その対抗方法に頭をひねっているにちがいない。どうだね、きみ。ぼくのにらんだ目には狂いはあるまい」

「仰《おお》せのとおりだ、ヴァルモン」ヘイルは、もうひと口、ウィスキーをなめながらいった。

「たしかにきみの推理力には頭を下げるよ」

「いや、ありがとう。しかし、ぼくの推理にはまだ先がある。いまいった窃盗犯人は、その後、姿を見せていないのだから、きみがこんなひどい晩に出現したのは、別の理由があるにちがいない。どうやら、アメリカの大統領選挙が、銀価格を中心にして闘われたことに関係ありそうだな。もともと価格さえ高ければ、銀問題なんて起こるはずがないのだ。

結論をいおうか。銀貨の贋造が始まったんだろう。おそらく、いままで見たこともないような、精巧な贋物《にせもの》が出だしたんじゃないか。銀の原価が下がれば、いままでみたいな粗悪な材料で贋造しなくてもすむ――つまり、シリング銀貨や半クラウンを造るのに、本物の銀地金を使っても、なおかつばくだいな利益が転がり込むんだ。むかし風の贋造事件なら、きみたちもじゅうぶん手掛けているのだろうが、こういう新しい事態では、どう対処してよいものか、すっかりめんくらわせられたという寸法だろう。どうだ、図星じゃないかね？」

「りっぱな推理だよ。ヴァルモン。まったく、きみのいうとおりだ。巧妙な偽造団がいてね、本物とおなじ地金で、贋銀貨を作っているんだ。半クラウンあたり一シリングはかせいでいる。まだ、偽造団の本拠をつきとめたわけじゃないが、行使している奴の目星はついたんだ」

「じゃ、逮捕したらいいじゃないか」

「そいつが、そう簡単にいかんのだよ。証拠固めがじゅうぶんじゃないんだ。ぼくが今夜やってきたのも、理由はそこにあるんだ。きみの力をかりたいんだが、例のフランス流のトリックを、ひとつ内証で用いてもらいたいんだよ」

「なに、フランス流のトリック？　トリックとはなんだ！」

私はちょっと鼻じろんで、思わず声を荒げた。だれにしても、興奮したとなると、客に対する礼儀なんぞ、一瞬にして消えうせてしまうものだ。

「ぼくはべつに、悪気があっていったわけじゃないが」

根は人が好いのだが、そそっかしいばかりに、たびたび失敗をくりかえしては、あわてて弁解に泡を食っている彼だった。

「捜査状は出ていないが、目星をつけておいた男の住居を、ひととおり調べてみたいんだ。それで、あやしい節が握れたら、証拠を湮滅《いんめつ》されないうちに、いきなり踏みこんでつかまえてやろうと思っているんだが」

「そいつは、なんて男なんだ？　住所はどこだね？」

「名前はラルフ・サマトリーズ。小ぢんまりとした、宝玉《ほうぎょく》のようなすてきな家に住んでいる。その場所がまたいいんだ。不動産屋の広告文句を借りると、一流中の一流住宅地だ。パーク・レインときている」

「なるほど。で、嫌疑をかけた理由は？」

「きみも知ってのとおり、あの辺に住むとなると、たいへんな金がかかる。ところが、このサマトリーズという男ときては、なんらはっきりした定職もないんだ。しかも、金曜日というと、きまってピカデリイのユナイテッド・キャピタル銀行に、あやしい金袋を預けにくるのだ。なかには、いつだって銀貨がいっぱい詰まっている」

「そうか。その銀貨が問題なんだね」

「われわれの調べたところでは、その金袋のなかには、イギリス造幣局の鋳造とはいえない新銀貨が、相当数まじっているんだ」

「ほほう。すると、全部が全部、贋造銀貨というわけでもないんだね」

「それはそうさ。その点、奴もなかなか抜けめがないんだ。もっとも、奴らのやり口はわかっている。ポケットに、贋の五シリング銀貨を詰めこんで、ロンドン中を一まわりしてくるのだ。あちらの店ですこし、こちらの店ですこしと、むやみに買物をしては、そのたびに釣銭をもらう――その手を用いれば、半クラウン、フローリン（二シリング銀貨）、シリング、六ペンスと、本物の通貨だって、またたく間に集まってしまうだろう」

「それはそうだな。では、奴が贋銀貨でポケットをふくらませて、街に出ていったとき、ひっつかまえたらいいじゃないか」

「それはむろん、ぼくも考えないことではない。奴をつかまえるだけなら、ぞうさもないことなんだ。ところが、こちらのねらいは、一味を一網打尽にするにあるのだ。贋貨幣の鋳造所を突き止めないうちに、奴を捕縛してしまったら、元凶たちに逃亡しろと教えてやるようなもんだ」

「しかし、案外その男が元凶かも知れんぜ」

人の好いヘイルの腹のなかは、私にとって見とおしだった。彼は現場を抑えられた犯人のように、すぐには返事もできずにもじもじしていた。

「ぼくにむかっては隠しだてする必要はないんだぜ」私はちょっと間をおいてから、慰めるようにしていった。「きみはサマトリーズの家に、刑事をひとり住み込ませたんだろう。で、その結果、奴が元凶でないことだけは判明したが、ではだれに目星をつけたらよいかとなると、まるっきり見当がつかぬというところだね」

「また当てられたよ。ムッシュウ・ヴァルモン。腕利きの刑事をもう二週間も、サマトリーズ家の執事に仕立てて住み込ませてあるんだが、きみのいうとおり、まるで証拠がつかめないんだ」

「まだ執事をやっているのか?」

「うむ」

「では、いままでわかったところだけでも話してもらおうか。サマトリーズって男が金曜日ごとに、ピカデリイの銀行に銀貨の袋を預けにくる。警察は銀行に事情を話して、その袋を二つ三つあらためさせてもらったが……」

「そうだ。そのとおりだ。しかし調べさせてくれたものの、だいたいこの銀行ってやつは、元来が扱いにくい代物でね。警察なんかが出入りするのをひじょうに嫌うんだ。法律でおどかしてみたって、怖がるような相手じゃないからね。とにかく、いまだにはっきりした答えをしてくれんのさ——サマトリーズさんは永年にわたって、当銀行の上得意でいらっしゃいます——と、ただそういうだけなんだ」

「その銀貨をどこから持ってくるか。それを突きとめてみたらよかろうに」

「それも抜からずやってみたさ。毎晩日が暮れると、実直そうな番頭ふうの男が金袋をかついで現われるんだ。階下の食堂にその金袋を運び入れて、そこの金庫にしまいこむ。金庫の鍵はその男が持っている」

「そいつのあとをつけてみたかい？」

「うん。毎晩パーク・レインのサマトリーズ邸に泊まるんだ。朝になると、トテナム・コート・ロードの古ぼけた骨董品店へ通勤する。そこに一日勤務していて、夕方になるとまた金袋をかついで帰ってくる」

「そいつをひっつかまえて、訊問してみたらどうなんだ」

「なんだな、ムッシュウ・ヴァルモン。そいつをつかまえれば、サマトリーズのばあいとおなじことになるじゃないか。どちらの男にしても、つかまえるのはぞうさもないが、極《き》め手になる証拠はないし、それに、雑魚《ざこ》ばかりいくらつかまえてみたところで、かんじんの大物を逃がしてしまったんでは、なんの役にも立たんのだぜ」

「その古ぼけた骨董店ってのは？」

「ぜんぜん、あやしい点はないのだ。ごくありきたりの店でね」

「どのくらい追っかけ回しているんだ？」

「もう六週間になる」

「サマトリーズは細君がいるのかい？」

「いいや、独身だ」

「メイドはいるんだろうね？」

「雑役婦が三人、毎朝掃除に通ってくる」

「家族はだれとだれだ？」

「例の執事と、下男がひとり、それに、フランス人のコック」

「ヘエ！」私は叫んだ。「フランス人のコックか？　なかなかおもしろそうな事件じゃないか。きみの部下は、家宅捜査に失敗したのだな。サマトリーズが気を許さぬというわけか」

「いいや、そうじゃないんだ。気を許さぬどころか、助手みたいなことまでさせている。せんだってなんかは金庫の前まで連れていかれて、主人はポッジャーズ——というのが部下の名なんだが——に勘定を手伝わせたくらいなんだ。それから、銀行に金袋を運んでいく役までやらされたことがある」

「すると、ポッジャーズは家中のこらず捜査ずみというわけか？」

「うん」

「秘密の作業室なんかないんだね？」

「もちろんだ。だいたいあんな場所で鋳造作業なんかできるものか。さっきいったように、銀貨は番頭ふうの、実直そうな男が運んでくるんだ」

「で、きみはぼくになにをやらそうというんだ？　ポッジャーズと交代しろというのか」

「いやいや、ヴァルモン君。そんなことを頼みはせんよ。ポッジャーズは、役目はりっぱに務めてくれる。きみにお願いしたいのは、暇のときでいいからその家に忍び込んで、きみのその鋭い目で、あらためて各部屋を再調査してもらいたいんだ。もちろん手引きはポッジャーズがするからね」

「わかったよ。しかしそいつあこの国では、ちょっと危険な仕事だぜ。やるのなら、やはりポッジャーズの後釜として、正式に雇われてからのほうがいいね——サマトリーズは定職がないといったね？」

「ないといってよいだろうね。著述らしいことをしているらしいが、そんなものは定職のうちには入らんからね」

「著述家か？　いつ執筆するんだい？」

「一日じゅう、書斎に鍵をかけてとじこもっているそうだ」

「昼の食事には出てくるんだろう？」

「ところが、ポッジャーズの話では、室内にアルコールランプを持ちこんで自分でコーヒーを入れ、サンドイッチを二片ほどつまむだけだそうだ」

「ほほう。パーク・レインの住人にしては、おそろしく倹《つま》しやかな食事だね」

「そうなんだよ、ヴァルモン君、そのかわり夕食には、その埋合せにしこたま詰めこむそうだ。例のフランス人のコックの腕によりをかけさせて、きみたちフランス人の好くような大凝《こ》りに凝った料理をたらふく平《たい》らげるんだ」

「しゃれた男だな！　ぼくも、そのサマトリーズって男と近づきになってみたくなったよ。きみの部下のポッジャーズは、外出は自由にできるのか？」

「自由だとも。ひるでも夜でも、いつでも出てこられる」

「そいつはつごうがいい。あす、ここへ連れてきてくれないか。わが著述家君が書斎に鍵をかけたらすぐがよい。でなければ、例の実直そうな番頭ってのが、トテナム・コート・ロードに出勤あそばしたらすぐにするか。たぶんその時刻は、主人が書斎のドアに鍵をガチャつかせて、著述を始めてから三十分ぐらいあとだと思うが——」

「ご名察だよ、ヴァルモン。どうしてそう見当がついたね？」

「ほんの当て推量さ、ヘイル。あのパーク・レインの家はだいたいが変わった家だから、主人公のほうが事務員より先に仕事を始めたにしても驚きはせんよ。それから、もうすこしぼくに想像させてもらうことだ。このラルフ・サマトリーズなる男は、ポッジャーズがなんのために自分の家に入り込んだか、その目的はとうに知り抜いているのだろうね」

「え、どうしてそう思うんだ」

「べつにこれといった理由もないが、きみの話を聞いていると、サマトリーズの頭のよいところがだんだんわかってきた。それとおなじ割合で、ポッジャーズの腕前がだんだんおぼつかなくなってきた。とにかく、あすポッジャーズをつれてきてくれ。ぼくが直接、きいてみたいことがあるんだ」


翌日、朝の十一時ごろ、ばかでかいポッジャーズが、帽子を片手に上官のあとに従っておずおずと入ってきた。きれいに剃刀《かみそり》をあてた顔をにこりともさせないで、どこから見ても親の代からの執事といったかっこうだった。制服をきちんと着ているのが、いっそうその感じを深めていた。ところが困ったことに、私が何をきいても、よけいなことは一言もしゃべりませんと、訓練の行きとどいた召使といった態度をすこしも崩そうとしないのだ。これにはぼくも驚かされて、思わずヘイルの顔をうかがうと、これがまた、かえってそれを得意ででもいるように、鼻をうごめかして反《そ》りかえっているのだった。

「すわりたまえ、ヘイル君。ポッジャーズ、きみもどうぞ」

相手はぼくにすすめられても、上官から命令が出るまでは、彫像のようにしゃちほこばって、身じろぎもせずに立っていた。でも、ヘイルにちょっと合図されると、すぐ椅子に腰をおろした。

「ヘイル君。イギリス人ってやつは、なんとまあ訓練の行き届いたしろものか！　最初にまずほめさせてもらおう。ポッジャーズの扮装はすばらしいもんだな。じつに大したもんだ。きみたちのはわれわれフランスのとちがって、あんまり技巧を弄さぬようだが、それがまた自然でいいな」

「その点、いささか研究しておるんでね」ヘイルも無邪気にいばってみせた。

「さて、ポッジャーズ。きみにききたいんだが、その番頭というのは、夕方何時ごろ戻ってくるのかね？」

「かっきり六時です」

「ベルを鳴らすのか、それとも鍵をあけて、自分で入るのか？」

「自分で鍵を持っておりますんで」

「銀貨はどうやって持ってくるね？」

「鍵のついた小さな革袋へ入れて、肩にかついでまいります」

「直接食堂へ行くんだね？」

「はい」

「金庫を開けて、銀貨を入れるところを見たことがあるのか？」

「はい、ございます」

「金庫は文字盤を合わせるのか、それとも鍵だけなのか？」

「鍵だけでございます。旧式の金庫でして――」

「それからその男は、革袋の鍵をあけるんだね？」

「はい、そうです」

「すると、つごう三つの鍵を使うことになるな。鍵は別々にして持っているのか、それとも束にしてあるかね？」

「束になっているんです」

「主人のほうはどうだ？　鍵束を持っているのを見たことがあるのかい？」

「ありません、はい」

「でも、金庫をあけているのを見たそうじゃないか？」

「それは見ました」

「そのときはどうだった。鍵は束にしてあったのかね？」

ポッジャーズは頭をかきながら、

「よく覚えておりませんので――」

「大切なことを、うっかりしたもんだな。ほんとうに憶えていないのか？」

「はい」

「銀貨を金庫に入れてしまうと、その男はどうするね？」

「自分の部屋に行きます」

「部屋はどこにあるんだ？」

「三階なんです」

「きみはどこで寝るんだ？」

「四階で、他の召使たちといっしょです」

「主人の寝室は？」

「二階の、書斎の隣室です」

「家は四階建てで、それに地下室が付いているというんだな？」

「はい、そうです」

「どうもせまいような気がするが、どうだろう？」

「おっしゃるとおりです」

「番頭は主人といっしょに食事をするのかね？」

「いいえ。あの男は邸《やしき》ではぜんぜん食事をとりません」

「朝飯も食べずに出勤するのか？」

「はい」

「部屋まで運んでやるのじゃないか？」

「いいえ」

「何時に出ていくね？」

「十時です、はい」

「朝食の時間は？」

「九時です」

「主人は、何時に書斎に入る？」

「九時半です、はい」

「内部から鍵をかけるんだな」

「そうなんです」

「一日じゅう、ぜんぜん召使を呼ばないのか？」

「私が参ってからは、一度も呼んだことはありません」

「どんなふうの男だね？」

ポッジャーズはここで初めて、ホーム・グラウンドで話ができるといった顔つきで、とうとうとしゃべりだした。口を切ったと思うと、こんどはまたおそろしく雄弁に変わって、それこそ微に入り細をうがって説明をしていった。

「わかった、わかった。ぼくがききたいのは、その主人というのはむっつりやか、おしゃべりか、それともまた怒りっぽい男かといったことなんだ。こそこそして、何か世間を怖れているようなあやしい節があるか、あるいはまた笠にかかって、むやみに他人をおどかしたり、威張ってみせたりする男なのか?」

「たいへんもの静かで、自分のことなんかひと言もしゃべりません。それに怒ったり興奮したりしたのも見たことはありません」

「ポッジャーズ、きみはパーク・レインの邸に二週間の余もいたんだ。きみのようなするどい目に、なにか異常なところが映らなかったはずはないんだが――」

「それが、はい、はっきりは申しあげられないんですが……」

ポッジャーズは当惑したように、上司と私との間に視線を動かしながら口ごもっていた。

「きみはいままで幾度も執事に変装したことがあるんだろうな。それでなくては、そううまくは化けられぬはずだ。え?　そうだろう?」

ポッジャーズは依然として返答をせずに、ヘイルの顔を見つめていた。この言葉は、上司の許可をまたねばかってに返事のできかねる質問だとみえる。しかしヘイルが代わって答えてくれた。

「むろんそうさ。ポッジャーズは、これまで何十回となくやってきているんだ」

「ではきくがポッジャーズ。きみがいままで住み込んだ他の邸と比較して、どこかサマトリーズ家にはちがったところがないのかね?」

ポッジャーズは長いあいだ考えこんでいたが、

「はい。あの男はひじょうに熱心に書きものをしております」

「それは彼の職業だからな。九時半から七時近くまでぶっつづけなんだな」

「はい」

「ほかにはないかね？　どんな些細《ささい》なことでもいいんだが――」

「さようですな。読むほうもたいへん好きなようです。すくなくとも新聞はよく読んでおります」

「新聞か――いつ読むんだね？」

「読んでいるのは見たわけではありませんが、新聞と名のつくものは、残らず購読してるんです」

「全部の朝刊かね？」

「ええ。夕刊だって全部です」

「朝刊はどこに置いとくね？」

「書斎のテーブルの上です」

「夕刊は？」

「夕刊が配達されるころは、書斎に鍵がかかっておりますんで、食堂のサイド・テーブルの上においときます。サマトリーズは自分でおりてきて、書斎へ持って帰るのです」

「きみがあの邸に入りこんでから、ずっとそれを続けているのか？」

「はい、そうです」

「きみはそれを重要事実として、上官に報告したろうな?」

「いいえ、重要なこととは思いませんでしたので――」

ポッジャーズは困ったような顔で答えた。

「早く報告すべきだったな。ヘイル君にはその重大な意味がすぐに気がついたはずだよ」

「おいおい、ぼくたちをからかってはいかんね。新聞を全部取るくらい、べつに変わったことじゃないぜ。そんな人間は、世間にいくらもいることだ」

「ぼくはそう思わんね。クラブやホテルにしたって、主要な新聞しか取っておらんよ。ポッジャーズ、いまきみは全部の新聞だといったね?」

「はい、ほとんど全部です」

「どっちなんだ、全部か、ほとんどか? そこに大きな相違があるんだぜ」

「ひじょうにたくさんです」

「どのくらいたくさんなんだ?」

「はっきりはわかりませんが――」

ふたりの問答をヘイルはじれったそうに聞いていたが、とうとう横合いから口を出した。

「調査すればわかることだ。しかしそんなことが、ほんとうに重大なのかい?」

「あたりまえさ。ぼくはそのために、このひとといっしょに行って調べてみたいと思っているくらいだ。ポッジャーズ、きみが帰ったら、ぼくも邸に入りこめるように手配してほしいね」

「かしこまりました」

「ではもう一度、新聞の話にもどるが、読んだあとはどうするんだ？」

「一週間に一度、屑屋《くずや》に払い下げます」

「書斎からだれがもってでるのだね？」

「私でございます」

「念入りに読んであるかね？」

「いえ、いえ。きわめてぞんざいな読み方なんです。なかにはぜんぶ開かなかったんじゃないかと思えるのもあります。ことによると、読んでからまたていねいにたたんだのかもしれませんが――」

「切抜きでもしてあるんじゃないか？」

「そんなことはありません」

「サマトリーズ氏は、スクラップ・ブックを持ってはいないのか？」

「私は見たこともありません」

「それでわかった！　事件は明瞭そのものじゃないか！」

私は椅子にふんぞりかえって、ニヤリと意地のわるい笑顔をヘイルに向けていった。

「なにが明瞭そのものなんだ」

彼もぷっと頰をふくらませて、喰ってかかるようにしていった。

「サマトリーズは贋金作りじゃないし、その一味でもないんだ」

「では、いったいなんなんだ？」

「そいつぁまた別問題さ。たぶん、善良なる市民だろうな。一見したところ、トテナム・コート・ロードの勤勉な一商人で、なりわいとしては卑俗《ひぞく》な職業を営みながら、一方、パーク・レインの高級住宅地で貴族的な生活を送っている——本人はそれを恥ずかしがって、世間にひた隠しに隠しているというところだな」

　このときスペンサー・ヘイルは急に顔を輝かした。何か思いつくと、いつもいきなりびっくりさせるように元気になるのが彼の癖だった。

「とんでもない見当ちがいだよ、ヴァルモン。自分の職業を恥じて隠そうとするのは、本人が社交界に出たい気持があるか、あるいはまた細君か娘にそんな野心があるときの話だ。サマトリーズには家族はないんだぜ。本人自身だってどこへ出かけていくわけでなし、社交界から招待を受けたようすもない。それにまたクラブにだって所属していないくらいなんだから、トテナム・コート・ロードの店を恥ずかしがって隠す必要なんかあるはずがないんだ。彼が商売を隠しているのは、なにか特殊の理由があるからにちがいない」

「いや、ヘイル君。知恵の女神でもしゃべりそうな、分別じゅうぶんの文句だな。きみにそれだけわかっていれば、もうぼくには手伝う必要もなさそうだね。あとはきみひとりでもだいじょうぶなんじゃないかね?」

「だいじょうぶになった? とんでもない。昨夜から、ちっとも進展してはいないじゃないか」

「昨夜その男は、銀貨贋造団の一味だと疑われていた。きょうはそうじゃないことが判明した」

「まだ判明なんかしているものか。きみがそういうだけのことだ」

私は肩をぐっとあげて、眉をつりあげるようにして笑いかけた。

「どちらにしてもおなじことさ。ムッシュウ・ヘイル」

「きみは元来、自信の強すぎるほうなんだが――」

人の好いヘイルは、それ以上は遠慮していわなかった。

「もっとも、きみが助けてほしいというのなら、いつでも手伝ってさしあげるがね」

「正直にいえば、そう願いたいんだ」

「では、ポッジャーズ。きみはさっそくサマトリーズの邸に戻って、きのう配達された朝刊と夕刊の全部を持ちだしてくれないか。え？　持ち出せるだろうね？　それとも地下室の石炭置場へでも、ほうりこんでしまったのか？」

「持ち出せますとも――毎日の新聞は、一週間だけ保管しておくのが私の役目なんです。地下室には一週間分を置いてありまして、それ以外は全部、屑屋に売ることになっております」

「それはけっこう。ではこちらから取りに行こう。一日分そろえておいてくれたまえ。ぼくは三時半ちょうどにきみを訪問する。そうしたら、ぼくをすぐに三階の番頭の寝室に案内してほしいんだ。昼間はきっと鍵をかけてはいないと思うのだが――」

「ええ、鍵はかけてありません」

命令を聞きおわると、ポッジャーズは帰っていった。スペンサー・ヘイルは、部下の姿が見えなくなると立ちあがって、

「ほかにぼくのする仕事は？」

「そうだな。トテナム・コート・ロードの店の番地を教えてくれんか。例の五シリング銀貨の贋物を持っていたら、貸してほしいんだ」

彼はそれを財布から取り出して、私に渡した。

「ぼくはこれを、あす夕方までに行使するが」私はそれをポケットに入れながらいった。「巡査にぼくを捕縛させせないようにたのむぜ」

「だいじょうぶだよ」

笑いながら彼は帰っていった。

三時半にパーク・レインの家に行くと、ポッジャーズはさっきから待ちかまえていたとみえて、ベルを鳴らさぬうちにドアをあけて私を迎えた。邸は驚くほどひっそりしていた。フランス人のコックは地下室にいるらしく、家のなかには私たち以外にはだれの姿も見えなかった。もっとも書斎にはサマトリーズが執筆中なのだろうが、それすら私は疑問をもっていた。ポッジャーズはすぐに私を三階の番頭の部屋に案内した。ぎごちないかっこうで爪先立って、不必要なくらいに足音を忍ばせているのが、私の目にはむしろこっけいに映った。

「ぼくはこの部屋を調べるからね。きみは下の書斎へ行って、ドアの前で見張っていてくれ」

寝室は家がせまい割合には広いものだった。ベッドはきちんと支度したままで、椅子が二つおいてあった。手洗いと鏡が見当たらぬが、片隅にカーテンがかかっているので、それを引いてみると案の定、その奥は奥行四フィート、幅五フィートの窪みになっていて、洗面台がおいてあった。部屋の横幅は十五フィートほどあるのだが、その三分の一を洗面台の窪みで占めていて、残り三分の二が作りつけの衣服戸棚になっている。

一瞬のち扉をあけてみると、衣服掛けに雑多な服がいっぱいぶらさがっていた。だが、この衣服戸棚と洗面台のあいだ、五フィートほどのところが、空洞になっているようだ。最初私は秘密の階段の降り口は洗面台の側の羽目板にあると思ったが、なるほどたたいてみると、内部は空洞の音がするが、羽目板はただのはぎあわせ板で、隠しドアはここではないらしい。とすると、衣服戸棚のなかだということになるのだ。

戸棚内部の右側の板はちょっと見たところ、洗面台の側のと同様に、ふつうのはぎあわせ板のようにみえるが、巧妙によそおった隠しドアであることは私には一目で見てとれた。古いズボンを吊るしてある衣服掛けがかけがねの役をしていることにも気がついた。で、そいつをぐいっと押し上げると、予期したとおりドアがバタンとひっくりかえって、階段の降り口が現われた。

それを伝って二階へおりると、同じような衣服戸棚の内部に出た。二つの部屋は同じ大きさで、二階と三階に重なり合っているのだった。ちがっているところといっては、階下の戸棚のドアは書斎にむかって開いていることだけだった。

書斎はきちんと整頓してあった。使用者がよほど几帳面な性格なのか、テーブルの上には朝刊が積み重ねてあるだけで、ほかにはなにものっていない。私はずっと奥に通った。ドアには鍵が突込んだままになっていた。それをひねると、外にはポッジャーズがぼんやり立っていた。

「おお！　これはいったいどうしたんです！」

彼は私の姿を見て、腰を抜かさんばかりに驚いた。

私は彼に合図して、もう一度書斎に入ると、ドアに鍵をかけた。贋の執事は、習慣になってしまったものと見えて、だれもいないとわかっているのにやはり足音を忍ばせて、秘密階段を階上の寝室にのぼっていった。それから改めて廊下の階段を下におりると、ぼくにきれいにたたんだ新聞紙の束を渡してよこした。私はそれをかかえて帰宅して、すぐに助手を呼んで調査するように指示を与えた。助手はしばらくのあいだ、問題の新聞紙に取り組んでいるようすだった。


私はふたたび家を出ると馬車を雇って、トテナム・コート・ロードに向かった。街の入口で馬車をすてると、あとは徒歩で古ぼけたJ・シンプソン骨董品店の前まで行った。品物がごたごた並んだ飾り窓をしばらく眺めていたが、ドアをあけてなかに入って、窓ぎわに飾ってあった鉄製の小さな十字架像を取り上げた。時代のついた、よい作だった。

帳場にはポッジャーズから聞いたとおりの、見るからに実直そうな番頭がひかえていた。毎日夕方になると、金袋をかついでパーク・レインの邸に戻ってくる男。そしてまた、私のにらんだところでは、ラルフ・サマトリーズその人が変装したものにちがいなかった。

どう見てもそこらの店にざらにいる、平凡そのものの番頭である。十字架像の値段は七シリング六ペンスだそうだ。私はソヴリン金貨一枚を取り出した。

「釣銭は全部銀貨になりますが」

その言葉に私はさてはと思ったが、なにくわぬ顔で答えた。

「ああ、かまわんとも」

彼は半クラウンを一枚、二シリング銀貨を三枚、それから一シリング銀貨を四枚よこした。しかしどれもみな、りっぱなイギリス造幣局製のものだった。これは彼が贋造銀貨の行使者だという推定を、根本からくつがえすに足るものだった。

何か特別にご蒐集がございましょうかときかれたので、いやべつに、とくに専門に集めておるわけではない。ただ珍しい物さえあれば、なんにかぎらず見せてもらいたいと答えた。すると彼は私を案内して、店中をひととおり見せてまわった。それからあとは私ひとりでいろいろ見てあるいた。そのあいだ、彼はもとの帳場に帰って、先刻からの仕事にもどった。カタログのようなものを封筒に入れては、宛名を書いて切手をはるのだった……

彼は私のほうに目をやろうともしなければ、品物を売りつけようともしなかった。私はその辺にあった手ごろなインキ壺を取りあげて値段をきくと、二シリングだという。そこで例のへイルから受け取ってあった贋の五シリング銀貨を渡すと、彼はなんの懸念もなく釣銭をよこした。これでいよいよ、彼は贋造団と無関係だということは確実になった。

そのとき、ひとりの若い男がずかずかと店へ入ってきた。顧客でないことは一目でわかった。彼はさっさと奥に通って、店となかの部屋とを仕切った、ガラスののぞき窓のついたドアをあけた。

「ちょっと失礼します」

番頭は私に会釈すると、若者のあとを追っていった。

私は店内の種々雑多な骨董品を眺めるかっこうをして、奥の部屋のようすをうかがっていると、机の蓋かはだかのテーブルの上に、ザラザラと銀貨をあける音が聞こえた。それと同時に、ボソボソ話し合う声がもれてきた。私はそっと店の入口に近寄って、仕切り戸のガラスを横目で睨みながら、素早くドアに差し込んであった鍵を音も立てずに抜きとった。そしてあざやかな手並みでてのひらの上の蠟《ろう》に型をとると、そのまま元の鍵穴に返した。一瞬のうちにやってのけたのである……。

ちょうどそこへ、おなじような若者が入ってきた。これもまた私のわきを通り過ぎて、奥の部屋へ消えていった。

「おそくなりました。シンプソンさん！　やあ、ロッジャーズか。どんなようすだね？」

「今日は、マックファーソン」

と、ロッジャーズと呼ばれた男は答えたが、すぐにまた店に姿を現わして、シンプソンさん、さようならと、口笛を吹き吹き帰っていった。が、入口にまた、つぎの若者が現われた。ティレルと呼ばれていた。

私はその三人の名をおぼえこんだ。まだほかに、二人連れが入ってきたのだが、私はもう顔をおぼえるだけで、名前まではあきらめた。この連中はみな集金人とみえて、奥の部屋に入るたびに銀貨の音がチャラチャラ鳴った。この店は小さなもので、大した売れ行きもあるようにはみえない。げんに私はこの店に入ってから三十分以上もたつのだが、ほかにだれも客は入ってこない。こんな閑散な店では掛売りがあったにしても、集金はひとりですむはずだ。それが屈強の若者が五人も戻ってきて、それぞれ相当の集金を、サマトリーズの机に山と積みあげる……主人はそれを革の袋におさめて、肩にかついで家に帰るのだ。

そこで私は、だれも見ていないうちに例のパンフレットを手に入れてやろうと考えた。先刻から、サマトリーズが熱心に封筒を書いていたやつだ。帳場においてあるのだから、私はやすやすといちばん上に積んであるのを一冊、ポケットに滑り込ませた。そこへ五番めの若者が奥から出てきた。そのあとからサマトリーズ自身も姿を現わした。彼は手に中身がぎっしり詰まった、鍵がかかり、革ひものぶらさがった革袋をもっている。時計は五時半に近かった。彼は店をしめたいようすを露骨に示しはじめた。

「なにかお気に召した物がございましたか?」

と、彼はたずねた。

「見当たらぬね。いや、ないというわけじゃない。おもしろいものはたくさんあるようだが、暗くなってきたのでよく見えないんだ」

「五時半には閉店にいたします」

「ああそうか!　そういうことなら」私は時計を見ながらいった。「また出直してくるとしよう」

「ありがとうございました」

サマトリーズの言葉を背中に聞いて、私は店を出た。

街路の曲がり角で振り返ってみると、サマトリーズは入口でシャッターをおろしていた。それがすむとオーバーコートを引っ掛けて、例の金袋を肩にかついで出てきた。外からドアに鍵をかけると、用心深い性質とみえて、一度念のために押してみてからゆっくりと歩きだした。さっき封筒に入れたパンフレットを束にしてかかえこんでいた。私はすこし間隔をおいてそのあとをつけた。郵便局の前までくると、小脇にしたパンフレットをポストに投げ込んだ。と見ると、とたんに早足になって、パーク・レインの邸をめざしていそぎはじめた。

私はそれから自宅に戻ったが、すぐに助手を呼んで調査の結果を聞いた。

「薬品や石鹼などの広告を別にしますと、どの新聞の朝刊にも夕刊にも出ているのがあるんです。少しずつ文句は違っていますが、だいたい趣旨はおなじものです。おもな類似点は二つ、いや三つといえましょうか。とにかく非常によく似ております。放心症の療法を教示するという広告なんです。申込人はかならず趣味道楽を書き添えること、宛名はどれもトテナム・コート・ロードのウイロビイ博士になっています」

「ご苦労だった」

私は眼前にならべられた広告の切抜きを取りあげて、数枚を読んでみた。どれもみな小さな広告で、内容はずいぶん奇抜だというのに、いままですこしも私の注意をひかなかったのは、やはり広告が小さかったせいであろう。なかには治療法には関係なく、放心型の人たちの名前と、その趣味道楽を知らせてさえくれれば、六ペンスから一シリングの謝礼を呈するというのもあった。しかしその大部分は、ウイロビイ博士が放心症治療の権威であること、直接診療はしないが、葉書で申込みしだい、治療法のパンフレットを無料進呈する。代金は絶対に請求しないから、効《き》きめがなくてももともとであろう、ただし、遺憾ながら博士は、診察や直接の質疑には応ぜられない趣旨などが述べてあった。

宛名はどれもみな、トテナム・コート・ロードの骨董品店とおなじであった。

私はポケットから、先刻そこに滑りこませておいたパンフレットを取り出した。

「スタムフォード・ウイロビイ博士著　基督教信仰療法《クリスチャン・サイエンス》と放心症」

そういう標題が書かれて、巻尾には新聞広告の文句とおなじように、ウイロビイ博士は直接患者の診療にも当たらぬし、文書による問合せにも応じないと記してあった。

私は用箋を取りよせて、ウイロビイ博士に手紙を書いた。自分がたいへんな放心家であること、パンフレットを一読したいこと、道楽は初版本の蒐集であること、以上三カ条をしたためてロンドン、西配達区、インペリアル荘にて、アルポート・ウェブスターと署名した。

ここでちょっとお断わりしておくが、私は仕事のうえでユウゼーヌ・ヴァルモンの名を使ってはぐあいのわるいときがときどき起こる。あまり有名になり過ぎてしまったからである。そこで私のアパートには、入口が二つあるのをさいわい、ひとつには、ユウゼーヌ・ヴァルモンと表札をかかげ、片方の入口には、そのつど、必要に応じて適当な仮名《ノム・デ・ゲール》をかかげられるようにしておいた。同じ細工は階下の廊下にもしてある。その右側の壁に、このアパートの宿泊人の名前が、ずらりと並べられているのである。

私は手紙を封緘《ふうかん》して宛名をしたため、切手をはった。それがすむと助手を呼んで、アルポート・ウェブスターの署名を示して、もし私の留守にこの名を訪ねてくる者があったら、適当に応対するようにいいつけた。

翌日、午後六時ちょっとまえ、アンガス・マックファーソンの名刺を示して、アルポート・ウェブスターを訪ねてきた者があった。私はすぐに気がついたが、その男はきのう骨董品店で、シンプソン氏の許へ集金を運んできた二番目の若者であった。彼は書籍を三冊かかえていた。慇懃《いんぎん》な物腰だったが、しゃべりだすとまことに弁舌流暢《べんぜつりゅうちょう》、典型的な外交販売員だった。

「さあ、そこへお掛けなさい。マックファーソン君。ご用件はなんですな?」

彼はテーブルの上に三冊の書籍をひろげて、

「あなたさまは、初版本のご趣味をおもちだと聞きましたが――」

「それがぼくの唯一の道楽でね。でもこれがまた、いたって金を食う道楽でね」

「おっしゃるとおりですな」マックファーソンはしきりにうなずいてみせながら、「そこで私、あなたさまにごらんに入れたいと思いまして、初版本を三冊持参いたしました。もっともこの一冊は、いまおっしゃった金のかかるほうの標本みたいなものでして、先日ロンドン競売市で、百二十三ポンドの値のついたものです。ええ、お買い求め願えるようでしたら、百ポンドにしておきますが、いかがでしょう? こちらのは四十ポンド、これは十ポンドでよろしゅうございます。とにかくこんなお値段では、イギリスじゅうの本屋をおさがしになっても、とうていお手に入るものではございません、はい」

私はその書籍を取りあげて、ていねいに調べてみた。なるほど彼のいうとおり、いずれも貴重な稀覯本《きこう》だった。マックファーソンはテーブルのむこう側に立ったまま、私の動作をじっと見守っていた。

「マックファーソン君。そこに掛けてくれたまえ。それにしても、百五十ポンドもする貴重本をそんな無造作にかかえこんで、ロンドンの町なかを歩きまわるとは、ずいぶん危険な話じゃないか」

若者はにやにや笑いながら、

「べつに危険なこともありませんよ。だれだって、私が腕にかかえこんだ書籍がそんな高価なものだとは気がつきません。せいぜい安本屋で、家庭へのみやげに三冊いくらで買いこんできたくらいにしかみえないでしょう」

私は百ポンドと値をつけられた一冊を、しばらく眺めこんでいたが、ふと彼を見あげていった。

「こいつはどこで手に入れましたね？」

彼は朗らかな顔をあげて、なんのためらいもなく答えた。

「じつをいいますと、これは私のものじゃないんです。私も稀覯本には趣味と知識をもっているのですが、なにぶん資金が足りませんので、自分で蒐集するというところまではいかんのです。でもロンドンのあちこちで、同好者に知人が多いもので、ときどきこうやって、売りさばきをたのまれることがあるんです。この三冊も、ウェスト・エンドのある物持ちの書庫から出たものですが、その方が何かのごつごうで、適当な値段で手放したいとおっしゃるんです。以前からお付合いを願っておりまして、いままでもずいぶん書籍をお世話したこともありますので、私が信用のおける人間だとご承知なんです。そんなわけで、これらの処分方もおまかせくだすったんです。私も相当の手間銭になることですから、こうやってお好きな方のあいだに、持ちまわっているわけなんです」

「で、どうしてぼくが、愛書家だってことを知ったんだね？」

　マックファーソンは、またしても愛想のよい笑顔をみせて、

「それが、ウェブスターさん。ほんとうの偶然なんですよ。私のいつもの手を申し上げますと、アパートをたんねんに回って歩くんです。で、目についた宿泊人の方に私の名刺を差し出すんです。さいわい会ってくださると、さきほどあなたさまにおたずねしたように、初版本をお集めになっていますかっておききするんです。ちがうとおっしゃればそのまま引きさがるまでのこと、うまく愛書家にぶつかれば、さっそく品物をお目にかけるんです」

「なるほど」私はうなずいた。こんな正直そうな顔をして、なんという上手《じょうず》な嘘つきなんだろう！　だが、次の質問には正直に答えた。

「それにしても、マックファーソン君。ぼくときみとは初対面なんだから、いちおう質問させてもらうとする。ウェスト・エンドにいるという、この書籍の持主はなんていう名だな？」

「お名前はラルフ・サマトリーズさん。パーク・レインにお住まいです」

「パーク・レイン？　ははあ、なるほど！」

「なんでしたら、ウェブスターさん、ご本はお預けして帰ります。サマトリーズさんに直接ご

照会くださってもけっこうです」

「いや、いや。それには及ばんさ。ぼくは何もきみを信用していないわけじゃないんだ。したがって、そのサマトリーズって方をわずらわすまでのこともない」

するとに若者はつづけていった。

「なんでございますよ。じつを申しますと、私には金持の友人がありまして、その男が資本主になっていてくれるんです。この商売といいますと、とかく仕入れに相当の金がいるものです。ところが、先ほども申しあげましたとおり、私には資本がありませんので、取引に値が張りますときは、その友人に金を立て替えてもらうんです。それでお客さまと契約をいたしまして、書籍はすぐにお渡しする。お代金は毎週、お客さまにごむりのない程度の金額をいただくことにしてあるのです」

「きみはこれは内職なんだろう。昼間は勤めてでもいるのかね？」

「ええ。シティで会社に勤めております」

またしても鮮やかな作り話だ！

「この十ポンドのほうをもらうとすると、割賦払いでは週いくらだね？」

「ごつごうしだいでけっこうなんです。毎週五シリングではいかがでしょう？」

「けっこうだね」

「では、そういうことにさせていただきましょう。五シリングお払い願えれば、書物は置いて帰ります。一週間たちましたら、また五シリングちょうだいに参ります」

私はポケットに手を突っ込んで、半クラウン銀貨を二枚取り出した。

「契約書に署名しようか?」

相手は愛想よく笑っていった。

「いいえ、とんでもありません。そんなご心配はご無用です。もともと資本主がつきましたので始めたことで、将来を楽しみにやっておるようなしだいで——あなたさまのような紳士方とお近づきにしていただければ、それでもうけっこうなんでございます。私もそのうちに、現在の保険会社をやめまして、小ぢんまりした書店でも開きたいと思っております。そのときは、私の書誌についての知識が役に立つことでございましょう」

そしてそれから、ポケットから小さな手帳を取り出して、なにか書き込んでいるようだったが、ていねいなお辞儀をして帰っていった。

そのあと私は、彼の来訪の意味を長いあいだ考えこんでいた。

翌朝、二つの品が届けられた。ひとつは例の『基督教信仰療法《クリスチャン・サイエンス》と放心症』というパンフレットが、郵便で送られてきたのだった。骨董品店から私が失敬してきたのとまったくおなじ品だった。もうひとつは、その骨董品店の入口の合鍵だった。あのとき私が蠟で型を取ったものなんだが——ホルボーンの近くの裏町に、私の友人で無政府主義者《アナーキスト》だがとても器用な男がいる。これにたのんで作ってもらったものであった。

その夜十時、私は骨董品店に忍び入った。ポケットに小型の電池を入れ、ボタン穴に豆電球をつけていた。この道具は泥棒にも探偵にも、実に重宝なものである……

私ははじめ、帳簿類は金庫にしまってあるものと考えていた。その金庫がパーク・レインの邸にあるのと同型だったら、すぐに間に合う合鍵を持っている。もし型式が異なっていたら、また鍵型を取って、もう一度、無政府主義者の友人をわずらわすつもりだった。

ところが驚いたことには、帳簿類は全部机の引出しに押し込んであるだけで、べつに鍵もかけてなかった。帳簿はどこの店にもあるような、売上帳、仕訳帳、元帳との三冊だった。旧式の簿記形式でやっているとみえる。ルーズリーフ式の帳簿にはそれぞれ見出しがついていて、「ロッジャーズ受持分」、「マックファーソン受持分」、「ティレル受持分」と、すでに私の知っている名が、ほかの三人の受持分といっしょに並べてあった。

これは人名のリストになっていた。最初の欄に人名を書き、次が住所欄、三番目には金額の欄、そして最後の欄には別に四角な区画がしてあって、二シリング六ペンスから一ポンドまでのあいだの金額が記入してあった。マックファーソン受持分としてあるリストを見ると、最後のページにアルポート・ウェブスター、インペリアル荘、十ポンドとして、四角な区画のなかには五シリングと書き入れてあった。

つまりこれらの六人の外交販売人の帳簿は集金の記録であって、外観上、なんらあやしい節はなかった。もし私がものを徹底的に突っ込んで考えない人間だったら、むだに忍び込んだだけのことで、まったくの空手で帰ったことかもしれない。

この記録はルーズリーフ式の帳簿でわりに薄手のものだが、机の真上の棚には厚ぼったい帳簿が何冊となく積みあげてあった。そのうちのひとつを抜き出してみると、ルーズリーフのと同じような記録が数年にわたってとじ込んであった。ここにもやはり、マックファーソン集金分があった。それを繰ってみていると、セムタム卿の名が目についた。このひとは私もちょっと知っている。偏屈で聞こえた老貴族だった。いそいでさっきの帳簿《ルーズリーフ》をめくってみると、ここにもやはりその取引が記載してあった。

で、順々に古いほうの記録にさかのぼってみると、最初に記載されたのは三年前だ。セムタム卿は五十ポンドの価格の家具を購入して、毎週一ポンドずつ支払うことになっている。しかしこの帳簿によれば、それはすでに三年以上継続しているので、合計金額はすくなくとも百七十ポンドにおよんでいる計算になる。

彼らの単純にして巧妙きわまるトリックが、一瞬のうちに私の脳裡にひらめいた。私は急に興味が湧きあがってきた。こいつは徹底的に調べあげてやろうと決心して、ガス灯に火をつけることにした。この調査にはどうせ長時間を要するであろうし、とうてい小型電池などが持続できるものでもないのだった。

大勢の契約者のうちには、シンプソンがねらったよりもはるかに抜けめのないものもいるとみえて、何人かの名前の下には、割賦払いが終わったところで「領収済」の記載がしてあった。しかしこうした抜けめのないのを除くと、十中八九は彼らのうっかりした性質をねらったシンプソンの狡猾な計画は図に当たって、支払いが完了したのちも依然として集金人に支払いをつづけているのが多い。セムタム卿のばあいのごときは、支払いはすでに習性になってしまったものとみえて、払込が完了してからすでに二年もたっているのに、いまもって毎週一ポンドの支払いを続行しているのだ！

　分厚な帳簿からルーズリーフを一枚引き抜いた。一八九三年にセムタム卿が五十ポンドで彫刻つきのテーブルを買った記録である。彼はそのときから一八九六年十一月の現在まで、毎週一ポンド払いつづけているのだ。この一枚のルーズリーフを現在の帳簿と照合さえすれば、彼らの悪辣《あくらつ》なたくらみをたちどころに立証することができるのだ。私はなお念のために、マックファーソンの顧客名簿からその住所氏名を写し取った。それからすべてのものを元どおりに直すと、ガス灯を吹き消してドアの鍵をかけ、外へ出た。

　私はポケットに、いま帳簿から引き抜いてきたばかりの一八九三年のルーズリーフを押えて、片頬に微笑を浮かべて歩いていた。あの如才のないマックファーソンが次の五シリングを集金に現われたとき、この一枚のルーズリーフをその眼前に突きつけて、度肝《どぎも》を抜いてやるさまを想像していたのだった……。

　トラファルガー・スクエアーにきたときは、もう夜もかなりふけていたので、警視庁に立ちよってみてもスペンサー・ヘイルに会えるかどうかは疑問だった。しかしとにかくきょうは彼の当直日だったので、いちおう足を向けてみることにした。

　彼は元来役所にいるあいだは、いたって機嫌のよくない男だった。椅子にきちんとかしこまっているのが、彼のように元気旺盛の男には堪えられないことなのであろう。といって彼ほどの地位になると、いちおうは威厳もつくろわねばならない。それにまた好物のたばこを黒パイプでふかすこともかなわぬとあっては、よほど辛い思いであるらしい。覚悟していったとおり、彼は苦虫をかみつぶしたような顔で私を迎えると、いきなりこう切りだした。

「ヴァルモン君、きみはこの仕事にいつまでかかっているつもりなんだ?」

「どの仕事さ?」私はおだやかにききかえした。

「わかりそうなものじゃないか。サマトリーズ事件さ」

「ああ、そうか!」私は叫んだ。「あれなら、きみ、もう片づいたよ。きみが、そんなに急いでいると知ったら、きのうのうちにすませておくんだったな。きみとポッジャーズとが——いや、もっと大ぜいたずさわっていたかもしれないが、それだけの人数で十六、七日も日数をかけていたのだから、今度ぼくが受け持ったとなれば、なにしろ一人でやることだから、すくなくとも数時間は与えてくれるものと思っていた。それに、きみはべつにいそぐともいってなかったじゃないか」

「おやおや、ヴァルモン。だいぶ鼻息が荒いね。ではきみは、奴の犯行を突きとめたというのかい?」

「証拠は完全に入手したよ」

「そいつはすばらしい。銀貨贋造団は何者だ?」

「ぼくはいままでにも、たびたびきみに注意したつもりだ。性急に結論に飛躍するのはひじょうに危険なことだってね。ぼくが犯行を突きとめたというのは、ぜんぜんほかの事件についてなんだ。しかしきみ、これは犯罪史上かつてないユニークな事件だぜ。ぼくは骨董品店の秘密をさぐりあてて、きみたちがあの男をあやしんだのも、けっして的はずれじゃなかったことを発見したよ。来週の水曜日午後六時十五分前に、ぼくのアパートまで出張してもらおう。逮捕状を用意してね」

「だれを逮捕するんだ？　逮捕理由は？」

「逮捕してくれとたのむんじゃない。用意だけしてくれといってるのさ。わけを聞きたければいつでも説明するよ。たしかに奇抜な、びっくりするような事件だ。きょうはもうおそいというのなら、いつでもきみのつごうのよいとき、ぼくのアパートまできてもらおう。あらかじめ電話で、ぼくの在宅を聞いてからのほうがいいぜ。むだ足をさせてもわるいからな」

そういってばかていねいなお辞儀をして、かえりかけた。するとヘイルはこれはけっして私の冗談じゃないと気がついたらしく、あわてて役人風をやわらげて、その場ですぐに説明してほしいとたのみだした。どうやら私は、彼の好奇心をそそるのに成功したとみえる。私は委細を語りはじめた。彼は眉をよせて熱心に聞き入っていたが、とうとう最後に喜びの声をあげた。

「その若者は」と、私は結論を述べた。「こんどの水曜日午後六時に、ぼくのところへ五シリングの集金にくることになっている。そのときまみに、ぼくのそばに制服姿ですわっていてもらいたいんだ。奴が制服の警官の前に出て、どんな顔つきをするかが見たいんだよ。ぼくはあの若者を訊問してみるつもりだ。自白するのを躊躇《ちゅうちょ》したくなるような、イギリスふうのやり方でなく、われわれがパリで行なうあの自由闊達《かったつ》な、当りはごくやわらかいが芯のある訊問をね。それがすんだら、あとはきみにまかせる。好きなように処理するがいい」

「ムッシュウ・ヴァルモン。きみは話し上手だから、聞き上手かもしれないな」

それが彼の、私に対する最大の讃辞だった。

「では水曜日の六時十五分前、おじゃまをさせてもらうとするよ」

「それまでは、絶対に秘密にしておいてくれよ。いきなり、マックファーソンの度肝を抜く必要があるんだ。これはかんじんのところだぜ。それまで、絶対気取られぬように、じっとしていてもらいたい。抜かりないだろうね」

スペンサー・ヘイルは素直にうなずいた。私はすぐに暇《いとま》を告げた。


私の部屋のような陽当りのじゅうぶんでないところでは、電灯の位置には慎重の考慮がはらってあった。必要に応じてそれぞれの場所に、希望どおり強い光線があたるようにしてあるのだ。そのかわり、それ以外の場所は割合いに薄暗いが、それもまたこの場合には有効に利用できた。水曜のその夜は、この設備を十二分に活用して私の席であるテーブルの前は比較的うす暗く、ヘイルのすわっている場所だけは、真上からの強い光線をあびて、彼の得意気に取り澄ました生ける正義の彫像といったような姿が、ドアをあけたとたんに印象づけられるように装置しておいた。部屋へ入ってくる者はまずもって煌々たる照明に目のくらむおもいを味わい、ついで部屋の中央に端然とひかえた制服姿のヘイルの巨大な姿に驚かされるという寸法なのである……。計画は図に当たった。アンガス・マックファーソンは部屋のドアをあけたとき、思わずドキッとしたように扉口に立ちどまった。警官の大きな姿に気がついたにちがいない。おそらく振り返って逃げ出そうとしたのかもしれないが、ドアは背後でピタッと閉ざされ、かんぬきをはめ、鍵をかける音が聞こえた。

「こ、これは失礼、ウェブスターさんにお目にかかるつもりでしたが――」

彼は口ごもりながらいった。そのとき私はテーブルの下のボタンを押した。すると照明がパッと明るくなって、私の姿が浮かびあがった。マックファーソンの顔を、またしてもギョッとしたような表情が一瞬横切ったが、すぐにまたそれをゆがんだような微笑で隠して、何気ないふうにつくろっていった。

「ああ、そこにいらっしゃったんですか。ちっとも気がつきませんでした」

私はゆっくりとした口調だが、かさにかかって威圧するようにいった。

「きみはたぶん、ユウゼーヌ・ヴァルモンという名になじみはあるまいね」

彼は旗幟《きし》を立て直して、いつもの落ち着いた顔つきにもどっていた。

「聞いたこともございません」

これを聞くとでくのぼうのスペンサー・ヘイルが笑い出して、おまけに「おやおや」という素頓狂な声まで出した。私がさんざん頭をひねってお膳立をしておいた、いともドラマチックな場面は一瞬にしてどこかへ吹っ飛んでしまった。イギリスではろくな芝居がみられないのも道理である。彼ら鈍重な国民には、劇的な瞬間というものの理解力が皆無なのであろう。したがって彼らにとっては、人生の明暗に適当に対処する術など思いもよらぬことなのであろう。

「おやおや」

スペンサー・ヘイルはまだいっている。感動的なるべき場面はたちまちにして平凡な霧に包まれてしまった。しかし、いつまでもバカにかまっていてもしかたがないので、私はヘイルの笑声を無視して、マックファーソンにむかっていった。

「そこへ掛けたまえ」

彼はおとなしく腰をおろした。

「きみは今週セムタム卿の邸へ行ったね」

私の態度はますます厳然としてきた。

「ええ。おうかがいいたしました」

「一ポンド集金してきたな」

「はい」

「一八九三年の十月、きみはセムタム卿へ彫刻つきのテーブルを五十ポンドで販売した」

「おっしゃるとおりで――」

「きみは先週、ぼくの前で、パーク・レインに住むラルフ・サマトリーズの名前をあげた。きみはそのとき、その人物が事実はきみの雇傭主であることを隠していた……」

マックファーソンは私の顔を見つめたままで何も答えなかった。私はしずかに言葉をつづけた。

「きみはパーク・レインのサマトリーズが、トテナム・コート・ロードのシンプソンと同一人であることを知っている……」

「はい、そのとおりにはちがいありませんが、あなたさまがなんのためにそんなことをおっしゃるのか、その理由がいっこうに呑み込めません。営業名義に仮名を使うのは、けっして珍しいことではありません。法律で禁止されているわけでもございません」

「まもなく、きみたちの行為が不法であることをあきらかにする。いいかね、マックファーソン君、きみとロッジャーズとティレル、それにあとの三人——この六人は、シンプソンの共犯者なんだ」

「私たちはみなシンプソンさんの使用人です。でも、店員と共犯者とは大分ちがいますが……」

「いいか、マックファーソン。これ以上くどくどいうこともなかろうが、すべては調査ずみのことなんだ。きみの前にいるのは、警視庁《スコットランド・ヤード》のスペンサー・ヘイル氏だ。氏はきみの自白を聞くために、ここまで出張されたのだぞ」

ここでまたもや、でくのぼうのヘイルが口をだした。

「きみがこれから陳述することは、すべて記録にのり、裁判廷において——」

「ちょっと待った、ヘイル君」と私はあわててそれをさえぎって、「事件はすぐきみの手に移るんだ。それまでよけいな口は出さんでくれ。万事ぼくにまかせる約束じゃないか——さあ、マックファーソン。自白したまえ。いますぐ自白したほうが得策だぜ」

「自白ですって！　いったい、私が何の共犯者だとおっしゃるんで？」

マックファーソンは、心底からびっくりしたような表情をしてみせた。

「ずいぶん、思いきった言葉をお使いになりますな、ええと、あの——あなたさまは、なんというお名前でしたっけ？」

「ムッシュウ・ヴァルモンだ」

ヘイルが吠えるようにいった。

「ヘイル君、後生だ。もうしばらく黙っててくれ。さあマックファーソン。言い訳があったら聞こうじゃないか」

「ヴァルモンさん。私はまだ告発されたんではありませんよ。言い訳の必要があるとは思えませんな。商売上のことを説明しろとおっしゃるなら、いくらでも申しあげましょう。営業上の秘密でもなんでもお話しいたします。なにかご不満な点があれば、ご納得のいくまで説明をつづけるつもりです。これにはなにか誤解があるようですが、そのわけをうかがわせていただかなくては、なんのことやらさっぱりわかりません。ちょうど今夜の濃霧のように、当惑させられるばかりではしかたがありません」

マックファーソンは驚歎《きょうたん》すべき自制力で、慎重に振る舞っていた。とんでもない誤解だ！だが心配はいらない。じきに解いてみせますよ——べつに言葉を荒立てるでもなくて、それでいて自分のいいたいことは巧妙に相手に悟らせるところ、なかなかどうして大した外交的手腕といわねばならない。私の前にしゃちほこばっているスペンサー・ヘイルなど、とうてい彼の足もとにもおよばない。べつにわるびれるでもなく、特別に弁解するでもなく、それでいていうだけのことはいってのける。どう見ても犯罪者とは思えない。しかしまだ切札が残っていた。

私はテーブルの上にルーズリーフをほうり出して、

「おい、きみ！」と、勢い込んで叫んだ。「これに見覚えがあるだろうな」

彼はそれをチラッと見たが、手に取ろうともしないで、

「存じておりますとも、うちの事務所の帳簿から抜き取ったものでしょう。私たちが顧客名簿と呼んでいるものなんです」

「きみはまだがんばって白状しようともせんが、われわれは全部調査ずみなんだぞ。もちろんきみのことだ。ウイロビイ博士なんて聞いたこともない名だというのだろうが――」

「そんなことはいいませんよ。このひとは私よく存じています。基督教信仰療法《クリスチャン・サイエンス》っていう、つまらんパンフレットを書いたひとです」

「そのとおりだ、マックファーソン。基督教信仰療法《クリスチャン・サイエンス》と放心症のね」

「久しく読んだこともありませんが――」

「この高名な博士に、きみは会ったことがあるのか?」

「ありますとも。ウイロビイ博士ってのは、サマトリーズさんのペンネームなんです。あのひとは信仰療法にすっかりこり固まって、そのあげく著述まで始めたんです」

「そうそう、そうなんだ。しかし、きみはどうもすこしずつ区切って自白する傾向があるな。めんどうでいかん。早いところ、いっぺんにぶちまけてしまったらどうなんだ」

「それは私のほうでいいたいところなんですよ。あんた方がなんのために私やサマトリーズさんを告発するのか、その理由をはっきりいってくだされば、お話しのしようだってあるんですが――」

「詐欺容疑で告発するんだ。財界の巨頭だって、牢獄にほうりこまれることのある犯罪だ」

横合いから、スペンサー・ヘイルは丸まっちい人差し指を私の鼻さきに突き出して、

「ちょっと待った、ヴァルモン。おどかすのは禁物だよ。容疑者をおどかすのはイギリスでは違法なんだぜ」

しかし、私は彼なんぞには見向きさえしなかった。

「一例をあげればセムタム卿だ。きみは卿に五十ポンドで彫刻つきのテーブルを売りつけた。支払いは割賦でもらうことにした。卿は毎週一ポンドずつ払って、一年以内で終わるはずだった。ところが卿がたいへんなうっかりやなので、それをきみたちはまんまと悪用して、すでに三年間も取立てをつづけている。ぼくのところへやってきたのも、おなじ目的なんだ。ぼくがもっと早くウイロビイ博士の贋広告に応募していたら、いまごろは三年以上もぼくから金を持っていっていることだろう。告発の理由はそこにあるんだ！」

私はやっきになってマックファーソンを攻撃した。彼は首をちょっと横にかしげたまま、なにもいわずに聞いていた。最初のうちは、何をいいだされるのかといかにも心配そうな表情を示していたが、私の話でようすが知れるにつれて、暗い顔つきもしだいに晴れていって、こちらの言葉の終わるころには、すっかり元の愛想のよい彼にもどって、口もとにはいつもの微笑まで浮かんでいた。

「なるほどね。あんたのおっしゃるとおりとしたら、なかなか悪辣《あくらつ》な犯罪ですな。放心家組合とでもいいましょうか。じつに奇抜なアイディアですな。基督教信仰療法《クリスチャン・サイエンス》に傾倒したばかりに、詐欺容疑の嫌疑までかかろうとは、サマトリーズも災難なもんですよ。もっとも、これが洒落

を解せる人でしたらさぞおもしろがるところでしょうが、残念ながらあのサマトリーズさんにはユーモアなんてものは皆目わからぬときている。しかしはっきり申しあげますが、私どものやっておりますことに、うしろ暗いかげの目的なんぞ、これっぽっちもありませんよ。あんたのお話を聞いていますと、なんだか私どもがお客のうっかりさかげんを利用して、よけいな金まで集めているみたいで、しかもそれを私とサマトリーズさんが共謀でやっているみたいに聞こえますが、とんでもない見当ちがいですよ。もっとも誤解を招いたわけは想像できぬこともありません。あんた方は結論をいそぎすぎてるんです。セムタム卿に売ったのは、三年前に彫刻つきテーブル一個だけだと頭からきめてかかっておられる。その後はなんの取引もしていないようにお考えですが、そこが誤解のもとなんでさ。

卿はむかしから私どもの上得意でして、長いあいだごひいきになっておりますんで――お取引は継続契約になっておるんです。私どもの貸越しになっているときもありますし、あちらさまからよけいにちょうだいしているときもあります。つまり先様のご収入と見合いまして、毎週一定の金額をいただくんです。そのかわりお客さまのお望みの物はなんなりとご自由に、さきにお持ち帰りになる。そういうお取引方法を願っておりますのはあの方だけでなく、まだまだ大ぜいさまおいでなんです。

さきほど申しあげましたように、このルーズリーフは顧客名簿といっておりますが、私どもが別に『事典』と呼んでいる大部の帳簿がありまして、それと照合しますとはじめてそれで私どもの取引の全貌がつかめることになっているんです。事典のほうは長年にわたる記録なんで、大部の帳簿が何冊にもなっております。事典という名もそこから出ているわけなんですが、何年前から記載してあるか、私みたいな新米にはわかりかねるほどたくさんあるんです。その顧《ル》客名簿《ーズリーフ》をごらんになってください。金額欄の上に、ところどころ数字が小さく記入してありましょう。それがつまり、その年の事典の該当ページなんです。そいつを見れば、新しくお買上げになった品名と金額がちゃんと記入してありますんで——まあ、いわば元帳の役目をしておるわけなんですな、はい」

「なかなかもっともらしい説明じゃないか、マックファーソン。その事典ってやつは、トテナム・コート・ロードの店にあるんだろうな？」

「いいえ、そうじゃないんで——これは職業上の秘密書類ですから、どの巻も封印しまして、パーク・レインのサマトリーズさんの金庫にしまってあります。たとえばセムタム卿の口座を見てもらいましょうか。鉛筆でうすく日付を書いて、その下に『一〇二』と数字が入っておりましょう。その年の事典の一〇二ページをあけてみろというしるしなんです。そこを見れば、セムタム卿が新しくお買い求めになった品物と、そのお値段とが見つかる仕組みになっております。ごく単純な記入方法でしょう。ちょっとお電話を貸していただければ、サマトリーズさんに一八九三年の事典を持ってくるように伝えます。十五分もすれば、ここまで持参できると思います。それをお調べくだされば、ちっともあやしいわけじゃないと、すぐにご了解いただけるんでございますが——」

正直にいうと、その若者の態度があまりにも自然であまりにも確信に満ちているので、最前からの私のはげしいいきごみも、たじろがざるをえなくなった。それでもまだヘイルだけは、こんな奴らのいうことなんかひと言だって信用するものかと、皮肉な笑いを唇に浮かべていた。

テーブルの上に卓上電話がおいてあった。マックファーソンは弁明を終えると、手を伸ばして引きよせようとした。スペンサー・ヘイルはそれをさえぎって、

「手を出さんでもらおう。電話はわしがかける。サマトリーズ家は何番かね？」

「ハイドパークの一四〇番です」

ヘイルはすぐにパーク・レインを呼びだした。むこうの声が聞こえてきた。

「もしもし。サマトリーズさんのお宅ですか？　ああ、ポッジャーズか。ヘイルだ。サマトリーズさんは在宅か？　わしはいま、ヴァルモン君のアパートにいる――うん、インペリアル荘だ。おまえが先日わしといっしょにきたところさ。――おまえ、すぐサマトリーズさんのところへ行って、マックファーソンが一八九三年の事典を至急入用になったというんだ。わかったか？――そう、事典だ。わしの名をいってはいかんぞ。簡単に、マックファーソンが一八九三年の事典が入用になったというんだ。出してもらったらここまで持ってきてくれ。ああ、マックファーソンがインペリアル荘にきていることはしゃべってもよいが、わしの名前は知らせるんじゃないぞ。事典をよこしたら、すぐに馬車を拾って大至急持ってくるんだ。サマトリーズがそいつを渡すのを拒んだら、そのときこそは連行してこい。そいつも拒絶したら、捕縛して引きずってくるんだ。いいか？　事典もいっしょだぞ。わかったか？　いそいで手配してくれ。待ってるからな」

マックファーソンはヘイルの電話のあいだ、ひと言もいわずにひかえていた。椅子にすわっておとなしいものだった。あきらめきった表情をみせて、無実の罪でひどいめにあっているんだと、看板をかけたような顔だった。でも、ヘイルが電話を切るとすぐにいった。

「まさかサマトリーズさんに縄をかけるようなことはありますまいね。あなた方も抜かりはないでしょうが、捕縛なんかなさろうものなら、それこそロンドン中の笑いぐさになりますぜ。不当な逮捕は、詐欺をして財産をまきあげるのとおなじようなもんですからね。サマトリーズってひとは、侮辱を受けて黙ってひっこむような方じゃありません。遠慮なくいわせてもらえば、あなた方の放心家説は、考えれば考えるほど吹き出したくなるような代物ですぜ。新聞屋の耳にでも入ってみなさい。それはもううれしがって、盛んに書きたてるにちがいありませんや。——ヘイルさん、総監閣下の前で、三十分は油をしぼられること確実ですぜ」

「危険は覚悟のうえさ」

ヘイルはいこじになっていった。

「とすると、私もいよいよ逮捕されるんで？」

「いや、まだそこまでは決定しておらん」

「それなら、早いところ帰していただきましょう。サマトリーズさんがおいでになれば、帳簿でごらんになりたいことはすべてお見せするでしょうし、私なんかよりはるかによくごぞんじですから、得心のいくように説明してくれますよ。では、みなさん。おいとまさせていただきます」

「待て待て、まだ帰ってはいかん」

ヘイルはあわてて、若者といっしょに立ちあがった。

「じゃ、やっぱり勾留されるんじゃありませんか」

マックファーソンは憤然として抗議した。

「ポッジャーズが事典を持ってくるまでだ。それまで待っておれというんだ」

「ああ、そうですか」若者はしぶしぶ腰をおろした。

もう口をきく気さえなくなっていたので、私は飲み物、葉巻箱、シガレット箱と取り出した。ヘイルはさっそく好物の酒杯に手を出した。マックファーソンは自国のワインを断わって、炭酸水と紙巻たばこを選んで、何ごともなかったようにきわめて朗らかに話しはじめた。落ち着きはらったそのようすには、残念ながら私も感服せざるをえなかった。

「ヴァルモンさん」彼はいった。「こうやって待っているあいだに、お代金の五シリングをいただかせてもらいましょうか」

私は笑いながら、ポケットから銀貨を取り出した。

「ありがとうございました。ムッシュウ・ヴァルモン――あなたは警視庁のお仕事をなすっていらっしゃるんですか?」

マックファーソンは、座を退屈から救うために、むりに会話を絞り出しているかっこうだった。ヘイルが横から口を出した。

「とんでもない!」

「探偵として正式に雇われているんじゃないんですな」

「もちろん、雇われてはおらんよ」ヘイルにそれ以上しゃべられぬうちに、あわてて私は答えた。

「それは残念ですな。せっかくのあなたの力を利用せんとは――まさにわが国の損失ですな」

若者はまじめな顔でそんなことをいっていた。

この男を仕込んだらさぞいい探偵ができあがることだろうと、私もまた腹のなかで考えていた。若者はなおもしゃべりつづけた。

「わが国の捜査方法は、よほど大陸からは立ち遅れていますな。まだまだフランスから学ぶべきことがたくさんありますよ。容疑者をいじめることをできるだけ避けて、それではじめて警察官の任務は完全に果たされるんだが――」

「フランスだって！」ヘイルはあざけるようにいった。「あの連中ときたら、無罪と決定するまでは、だれをつかまえたって罪人扱いするじゃないか」

「そうかもしれませんが、ヘイルさん。このインペリアル荘だって、同じような状態ですぜ。サマトリーズさんを頭から犯人ときめてしまって、なにをいったって受けつけようともなさらん。いまにごらんなさい。サマトリーズさん自身の口から言いひらきを聞かされて、びっくりなさることでしょうから」

ヘイルはぶつぶついいながら時計を見た。たばこをふかしながら待っているのだが、時間はなかなかたたないし、当のポッジャーズも現われない。しまいには私までもじりじりしてきた。

マックファーソンは私たちのそうしたようすを見ては、この霧で馬車が拾えないのじゃないかといっていた。

と、そこへ外からドアが開いて、ポッジャーズが大部の書物をかかえこんで入ってきた。その書物を上官の前に差し出すと、相手はひったくるようにして見ていたが、あきれたようすでどなりつけた。

「スポーツ事典。一八九三年版か！　なんだこれは。冗談にもほどがあるぞ！」

マックファーソンもあわてて書物を受け取ったが、ほっとため息をついて、

「私に電話をかけさせてくだされば、ちゃんと手配をしたんですに。実際、こうした間違いが起こりはせぬかと懸念していたんです。近頃は古いスポーツ年鑑をおさがしになる方がふえましたんで、サマトリーズさんがおまちがいになったのもむりはないんです。やむをえませんからもう一度パーク・レインに戻られて、ほしいのはおなじ事典という名でも一八九三年の帳簿のほうだとおっしゃるんですな。私が一筆書き添えましょう。ええ、それはむろん、書いたものはご検閲願いますとも——」

マックファーソンは便箋に走り書きして、ヘイルに渡した。ヘイルはそれを読んでポッジャーズに渡した。

「これをサマトリーズのところへ持って行け。品物を受け取ったら、大急ぎで帰ってくるんだ。戸外に馬車は待たせてあるのか？」

「はい」

「霧はまだふかいか？」

「それほどでもありません。一時間まえから見るとだいぶ薄らぎました。もう馬車をはしらせても心配ないようです」

「そうか。じゃ、早く帰ってくるんだぞ」

ポッジャーズはいま持ってきた書籍をふたたび小脇にかかえて出ていった。ドアがしまると、またしても私たちはたばこをふかしながら無言で待つことになった。

しばらくして、沈黙をやぶって電話のベルが鳴った。ヘイルは受話器をつかむと、いそいで耳にあてた。

「もしもし。インペリアル荘です。はい、ヴァルモンの宅です——ええ？　マックファーソン？　ここにいます。なんです？　なんですって！　よく聞きとれないが——絶版——え？　事典は絶版ですって？　あなたはどなたで？　ウイロビイ博士？」

マックファーソンは電話機へよるようなかっこうで立ちあがると（彼はきわめて機敏に立ちまわったので、何をするつもりなのか、そのときは見当もつかなかった）、顧客名簿と呼んでいるルーズリーフを取りあげると、べつに急ぐようすもなく、落ち着きはらった態度でストーブに近づいた。と見ると、いきなりそれをまっ赤におきた石炭のなかに投げ込んだ。アッといったときは、すでに紙片はメラメラと燃えあがって、炎は煙突のなかに消えていった。私は怒って飛びあがった。が、すでに遅かった。マックファーソンは小ばかにしたような笑顔を私たち二人に向けてすましていた。

「どうして燃したんだ！」私は叫んだ。

「ムッシュウ・ヴァルモン。あのルーズリーフはあなたの所有物ではないんですよ。それにまた、あなたは警視庁の人でもない。とするとあなたはあれを盗んだことになる。押収する権利は、正規の警官じゃないあなたにはないはずだ。これがヘイルさんの手に入ったというのなら、私もこんな乱暴なまねはしないでしょう。あのルーズリーフは私の主人の帳簿から無権限のあなたによって盗み出されたものだ。現場を発見されたら、射殺されても文句のいえないところなんだ。私がストーブにほうりこんだって、苦情なんかいえた義理ではありますまい。だいたい私は、こんな帳簿を保存しておくのに反対だったんです。なぜって、ユウゼーヌ・ヴァルモン氏といったような頭の回転のよすぎるひとが現われると、どんなよけいな穿鑿《せんさく》を始めて、どんな見当ちがいな想像をたくましくされるかわかったものじゃないんです。でも、サマトリーズさんはあくまで保存を主張してききませんのでやむをえず承知しましたが、そのかわり私が電話か電報で『事典』とひと言連絡さえすれば、帳簿はすぐに焼き払ってしまうことにしてありました。そして無事に手配がすんだら『事典は絶版だ』と返事をしてくれることになっていたんです。

さあ、ドアをあけてもらいましょうか。むりに押し破ったりなんかしたくはありませんからね。私を正式に勾引なさるんでしたら別ですが、その度胸もないようですから、いますぐ釈放してもらいたいもんです。ヘイルさんにはお電話していただいたお礼を申しあげます。この家のご主人ヴァルモンさんはドアに鍵をかけて、私を不法監禁なさいましたが、文句をつけるのはやめときましょう。でも喜劇はこれで終幕にしてもらいたいものですな。こちらは黙ってがまんするんですからね。私が受けた訊問は、あれはたしかに不法きわまるもんです。遠慮なくいえば、ちょっとフランス式に過ぎましたよ。わがイギリスではとても受けいれられるものじゃありません。第一、こんなことを長官閣下に報告してごらんなさい。さっそく新聞屋にかぎつけられて、さんざんたたかれるにきまっていますよ——さあ、私を捕縛するんですか？　それとも釈放してくれるんですか？　お早くきめてもらいたいもんですな」

無言で私はボタンを押した。助手がドアをあけた。マックファーソンは歩きだしたが、戸口で振り返ると、スフィンクスのように黙りこんでしまったスペンサー・ヘイルをじろっと見やって、

「失礼します、ヘイルさん」

返事はなかった。マックファーソンはこんどは私に例の愛想のよい笑顔を向けて、

「では、さようなら、ムッシュウ・ユウゼーヌ・ヴァルモン。また来週水曜日には、正六時に五シリングの集金にあがります」

奇妙な跡

バルドゥイン・グロラー
垂野創一郎 訳

Die Seltsame Fährte　一九〇九?年

バルドゥイン・グロラー Balduin Groller (1848.9.5–1916.3.22) は旧オーストリア＝ハンガリー帝国の作家で、探偵ダゴベルトを主人公にした推理小説で名高く、オーストリアのコナン・ドイルと評されている。本編は、一九〇九年刊行の *Detektiv Dagoberts Taten Und Abenteuer* 中の一編であるが、有名なヴァン・ダイン編 *The Great Detective Stories* 1927に収められて広く世界に紹介された。

ある九月のさわやかな日、しかも土曜の六時という早朝に、ダゴベルトはここちよいまどろみを従僕に破られた。

産業クラブの会長アンドレアス・グルムバッハがダゴベルトに急使をよこして、すぐに来てくれ、人殺しが起きたと言ってきたのだ。ダゴベルトは一息でベッドから飛び起き、浴室に急いだ。いつもの習慣は怠《おこた》らなかった。冷たいシャワーを浴び、従僕に乾布摩擦《かんぷまさつ》をさせ、けして欠かさない毎日の体操をしたあと、従僕の手を借りて急いで着替えを済ませた。使者として来たのはグルムバッハのお抱え運転手マリウスだったが、かれはダゴベルトが用意を整えるあいだ、殺人事件の詳細を報告した。

いまだ恐怖で青ざめ、全速力で飛ばしたために興奮気味の運転手は、口に泡を飛ばして喋りまくった。グルムバッハご夫妻はここ数日、ドナウ河沿いのパルティンク城にお泊りになっています。ニーベルンゲンゆかりの古都ペヒラルン近くのところで、お城は広大な地所のなかにあって、その中にはパルティンク、ヒエアサウ、アイヒグラーベン――

「そんなことはいい。だからどうした」ダゴベルトがせかせた。あの地のことは何であれ、自分のほうがずっとよく知っている。

「それで昨日の晩なんですが」使者は続けた。「森林管理人のマティーアス・ディーヴァルトが城に顔を見せました。いつも金曜ごとにやっているように、猟場番人や樵《きこり》たちの週給を会計事務室に受け取りに来たんです。金はディーヴァルトの事務所にいったんおさめ、土曜日つまり今日支払われることになっていました。しかしディーヴァルトは事務所にやって来ませんでした。昨夜は十一時まで待ったあげく、山林監守が二人の助手を連れて捜索にかかりました。ようやく朝の三時になって、森のはずれで見つかったんですが、殺されていて、持っていた金も盗られてました。そこで山林監守があわてて城に走って、寝ていたご主人さまのグルムバッハを起こしたんです」

「奥方の耳にも入ったのか」ダゴベルトがたずねた。あの人が恐ろしいパニックにさらされると思うと、いたたまれない気持ちになった。

「ええ、奥さまもすぐ起きてこられました。ダゴベルトさまをすぐ連れてくるよう、グルムバッハさまに頼んだのも奥さまです。どんなふうに殺されたかは、もちろんわたしも知りません。でもきっと、あまりにも――」

ダゴベルトは手を振って話をやめさせた。何も聞きたくはなかった。捜査をはじめる前に又聞きや又又聞きの情報を得ないことが、かれの以前からの原則になっていた。

「お前は何時に城を出た」かれは運転手に聞いた。

「四時ちょうどです、ダゴベルトさま。そして六時ちょうどにここに着きました」

「道のりはどれくらいだ」

「九十六キロメートルです」

「二時間でか――なかなか悪くない！　帰りはもちろん、さらに速くなろうな」

「ダゴベルトさま――めっそうな！」

「速くしたまえ。六十馬力のメルセデスだろう、無理な要求じゃない。ストップウォッチで計ってやる。いいかマリウス、二時間から一分早く着くごとに二クローネの褒美をやる。時は金なりとはこんなときを言うのだ」

マリウスはかれなりにそれを理解し、一時間三十二分でパルティンク城に着き、敢闘賞《かんとう》としてせしめた五十六クローネをほくほく顔でふところにしまった。

ヴィオレット夫人は、ダゴベルトの聖ペテロ風の頭が大型自動車から伸びあがったのを見ると、城のベランダから屋外階段を走り降りてきた。そして夫妻の大切な友をきわめて懇《ねんご》ろに迎えた。その顔にはまだ血の気がなく、恐怖を耐えとおしてきたため、すっかり平静を失っている。ダゴベルトの到来は夫人を落ち着かせるのに役立った。この恐ろしい凶行の贖《あがな》いのために、少なくともあらゆる適切な措置が講じられねばならぬことは、夫人も承知していた。

「朝食の用意をしてあるわ」ヴィオレットはそう口をきった。「でも時間はちょうど二十分しかないの。八時半に審理委員会がこの城で開かれて、協議のあとで捜査をはじめることになっているから。アンドレアスは今ちょうど委員を集めて回っているところ」

ダゴベルトは朝食を賞味した。家で食べてくる時間がなかったから、まったくありがたかった。

グルムバッハの招集した委員会の面々は定刻に現れた。かれは紹介を手短に済ませ、すぐさま今日の本題へ入った。出席したのは区裁判所判事と役場書記、〈検察官代理〉、管区医官のラムザウアー博士、地方巡査統括官、そして山林監守だった。ここでいう〈検察官代理〉は役人ではない。そうした者を置いておく余裕は小規模の区裁判所にはないので、当地では理髪屋がその役についている。何か事件が起きたときは、かれが〈法律の適用〉に関する提議を行なう。目下の件はその難しさから見て本来は区裁判所の管轄ではなく、地方裁判所に委《ゆだ》ねるべきものだった。だが検察官と地方裁判所予審判事は明日にならなければ到着せず、それまでにできるだけ完全な調書を整えておくことが今は重要であった。そこに疎漏《そろう》があってはならず、謎めいた犯罪の解明になんらかの形で役立ちそうな状況を、手遅れにならないうちに確認しておかねばならない。

会議はたちまち終わった。皆がここに集まった目的は、共に犯行現場へ向かうことだったからだ。まずは現場検証を行ない、それからその結果に基づき調書が作成されることになっていた。だが今まで何もなされなかったわけではない。山林監守は死体を発見したあと、委員会が来る前に死体に近寄ったり触れたりする者がいないよう、二人の助手を適当な距離を置いて見張りに立たせておいた。そのあとでかれは区裁判所判事と地方巡査統括官とを起こし、二人と協議したうえで、地方巡査二名と武装した森林管理人二名を偵察に出していた。

城にいた委員たちは高名な探偵がこの事件に関わることをすでに知らされていて、ここまでの措置に問題はないかと問いたげにダゴベルトに目をやった。

「そこまでは申し分ありません」無言の問いにダゴベルトは答えた。「今はできるだけ早く犯行現場に行くべきです。一分も無駄にしてはなりません」

死体は城から歩いて十五分ほどのところにあった。グルムバッハは歩いて行こうか、それとも馬車で行くかとたずねた。どのみち馬はもう繋《つな》いであるが、もし徒歩で行けば、途中で何か手がかりが見つかるかもしれない。ダゴベルトは馬車で行くべきだときっぱり言った。調査は現場検証の後でもかまわないと。

委員たちは二台の馬車に分かれて出発した。ヴィオレット夫人とダゴベルトとは、マリウスの運転する自動車に乗って、その後ろをついていった。二分と乗らないうちに、夫人は車を止めさせて外に降り、道端に座っていた足の不自由な物乞いの帽子に施しをした。

「投げてやることだってできましたのに、奥さま」ふたたび車に乗ろうとしている夫人にダゴベルトが言った。

「いいえダゴベルト、それはだめ。あの人を見てごらんなさい。わたしが投げそこなったら、どうしようもないじゃない。ろくに歩きもできないのよ」

ダゴベルトはそちらをしげしげと見た。なるほど脚の萎《な》えた恐ろしい怪物だ。脳水腫の徴《しるし》である不釣り合いな大頭、逞《たくま》しい肩、そして腕っぷしの強そうな目だって長い手。いっぽう下半身はむごたらしくも発育が止まっていた。脚は四歳児の脚みたいで、おまけに妙な具合に曲がって用をなさなくなっている。実際——どんなふうにこの男が体を移動させるのか、なんとも想像がつきかねた。

「走らせろ、マリウス！」夫人が席につくとダゴベルトが呼びかけた。「一番乗りしなけりゃならない」

ほどなく車は失われた時間を取り戻し、それどころか馬車を遠くに引き離しさえした。ヴィオレット夫人はふたたび物乞いに話を戻した。

「あの人はここらで一人しかいない物乞いなの」そして弁解するように付け加えた。「物乞いせずにすむように、どこかに収容してあげたいとも思うのだけれど、今やってることを止めさせるのはかえって酷《むご》いかもしれない。あんなふうに道端に座っていれば世間のいくぶんかも見られるでしょう。動けないからといって、一生部屋に籠《こも》らせておくのもどうかしら。道端にいれば施し物にもあずかれるでしょうし」

よく整備された区街道が森の入り口に伸びていた。見張り役の助手のひとりを目にとめると、ダゴベルトは車を止まらせた。

「奥さま、このまま座っておいでなさい。殺された死体など、奥さまの見るものではありません。何か重要なものが見つかったら後で教えてあげましょう」

そう言うとダゴベルトは現場のほうに歩いて行った。二人の見張りはちゃんと持ち場についていた。関係者以外は近づかせていないことはすぐわかった。結果的にそれは適切な処置だった。すでに大勢の土地の者が、無言で怖々《こわごわ》死体を遠巻きにしていたから。ダゴベルトも死体には触れず、手がかりはないかと鋭い目であたりを調べだした。

委員たちが到着すると、まず医師に優先権が与えられた。医師は死体の脇にひざまづき、少し骨折って死体の位置を直した。死体はうつ伏せになっていたからだ。ダゴベルトはかがみこんで医師を助けた。やや長い間を置きながら切れ切れに、医師はこう所見を述べた。

「自殺あるいは事故は除外される。疑いなく殺人だ。この男は扼殺《やくさつ》されている。指の跡がきわめて明瞭に判別される。Pomus Adami（のどぼとけ）が陥没《かんぼつ》し、さらにCartilago thyroidea すなわち甲状軟骨とサントリーニ軟骨が折れている。即死だったに違いない。いずれにしろ死亡は十二時間から十四時間前。おそらく殺人は夜が更ける前になされたものだろう」

「すみませんが先生」ダゴベルトが口をきった。「もっと正確な死亡時刻が決め手になるかもしれません。その確定の手がかりはすでにあるのではないでしょうか」

「それは無理ですよ、ダゴベルトさん」医師は答えた。「死亡時刻を何時何分まで確定するなんて――科学を放棄するにも等しい所業です」

「ならば科学なしでやってみなければ。昨晩か今日未明に雨が降りましたね。街道はもう乾いていますが、雨の降った跡が、とりわけこの死体のあたりに残っています。死体の服はもうほとんど乾いてますが、まだ湿り気があって、濡れた縁《ふち》が地面に跡をつけています。いつ雨が降りだしたか確定できますか」

「それは正確にわかります」山林監守が言った。「昨日の晩、七時四十五分から八時にかけて、稲光りがして雷まじりのどしゃ降りがありました」

「するとわれわれは手がかりを得たわけです」ダゴベルトは続けた。「すなわち、殺人は雨が降りはじめる前になされたのです。どうぞご覧ください。死体におおわれた地面は埃《ほこり》っぽいでしょう。街道も乾いてはいますが、埃はまだ積もっていません。殺人が行なわれてまもなく雨が降りだした証拠はほかにもあります。でもそれは後回しにしましょう。証拠はわれわれを欺《あざむ》くということもありますから、とりあえずはこだわらないことにします。でも埃は嘘をつきません。ですから、ディーヴァルトは七時四十五分より前に殺されたのです。わたしたちは、かれが六時半に城の会計事務室で金を受け取り、蠟引《ろうび》き布の小さな袋に入れてふところに収めたことを知っています。また証言によれば、途中で飲み屋に寄ってワインを半リットル飲み、七時の鐘が鳴るとすぐ店を出たそうです。それから先がどうもしっくりしません——といっても十分ほどのことなのですが。ディーヴァルトが雷雨の起こるすぐ前にここまで来たことは確かです。道のり自体はたかだか十五分くらいのものです。どうして少なく見積もってもその倍の時間がかかったのか、それがわかりません。でもとりあえず問題の時刻は十五分単位で確定できたわけです」

そこで委員たちは熱心に討議し、おのおのの推測と観察を語り合った。ダゴベルトはその邪魔をすることはせず、自動車のなかでかれを待ち焦がれているヴィオレット夫人のもとへ行き、隣に座った。マリウスは最低速の「歩行速度で」道を引き返せと命ぜられた。

「それでダゴベルト」ヴィオレット夫人はたずねた。「望みはあるの?」

ダゴベルトは手短に報告した。話しながらも、道の両脇に絶えず目を配っていた。そしてまた黙って考え込んだ。

「ありきたりの強盗殺人なのですが」かれがそう言いだしたのは、しばらく思いに沈んだあとだった。「独特の風変わりな難しさがあります。手がかりがまったく妙なふうに矛盾しているのです。犯人は事情に通じた土地のものでなくてはなりません。森林管理人が大金を携行していることを犯人が知らなかったなら、あの貧しい男を襲うこともなかったでしょうから」

「たった四百五十クローネで！」ヴィオレット夫人は声をあげ、目に涙をあふれさせた。「わたしたちならその十倍でも百倍でも用立てできたのに。そんなもので大切な使用人の命を奪うなんて」

「土地のものだけがディーヴァルトの毎週金曜の役目を知っていました。でも手がかりは犯人がよそものであることを示しています。奥さま、昨日、あるいはここ数日のあいだでもいいですが、旅芸人かサーカスの一座、つまり軽業師や曲芸師なんかを村で見かけたことはありますか」

「全然ありませんわ、ダゴベルト」

「あるいはロマかもしれませんが」

「それもないわね」

「この辺の教会でお祭りはありましたか」

「いいえぜんぜん」

「どうも変ですね。こんなことは探偵をはじめて以来です。犯人が軽業師なのは誓ってもいいんですが」

「でもなぜよりによって軽業師が」

「あるいは軽業が使えることが知られているものが村にいませんか」

「やはりいませんわ」

「頭がおかしくなりそうだ。犯人が土地のもの以外ではありえないことは証明できます。しかしほとんど同じくらい確かに、土地のものではありえないことを証明できるのです」

そのうち二人はふたたび脚の萎えた物乞いに行き会った。ダゴベルトはさっと手を動かしグルデン銀貨を二枚投げてやった。二枚の硬貨はばらばらに飛び、どちらも的《まと》の帽子に入らず、何メートルか離れた道の上に落ちた。ダゴベルトは車から降り、しかしすぐ親切に硬貨を拾ってやろうとはせず、無情にも、物乞いが両手を使って硬貨に向かうさまを面白そうにながめていた。それからまた車に乗って、夫人とともに城に帰ると、ちょうど委員の面々も到着したところだった。

かれらはすぐ協議に入り、調書の作成にとりかかった。ダゴベルトはわたしがいてはお邪魔でしょうから席を外します、その辺を少し散歩してきましょうと言って外に出た。

役場の書記が区裁判所判事の口述にもとづいて調書を作成するのに一時間と少しかかった。居合わせた者たちが署名する前に、できあがった調書を改めて朗読しようとしたちょうどそのとき、本人の言によれば散歩していたダゴベルトが部屋に戻ってきた。グルムバッハはかれの帰りをたいそう喜び、いっしょに朗読を聞いてくれ、異議がなければ署名してくれと頼んだ。

「その必要はないでしょう」そう答えながら、ダゴベルトは一同のいるテーブルについた。

「むしろ、まったく新しい調書にとりかからざるをえなくなるでしょう。それはともかくここに盗まれた金があります」

　そういうとダゴベルトは蠟引き布の袋をテーブルに置いた。ディーヴァルトがいつも使っていたものであるのは一目でわかった。袋はすぐに改められたが、金はまるまる残っていた。皆はとほうもない興奮におそわれた。ヴィオレット夫人は感謝と誇りの目をダゴベルトに向けた。夫人はダゴベルトが頼りになるのを知っていて、つねづねそのことを言いふらしていたから。

　質問がダゴベルトに雨あられと浴びせられた。盗まれた金を見つけたからには、犯人の手がかりもつかんだに違いない！

「犯人は」ダゴベルトは答えた。「僭越《せんえつ》ながらわたしの手で留置場に引き渡しました。わたしが個人的に地方警察の牢に送り届けたのです」

「誰が――誰がいったい犯人だったのです」

「順を追って話すことをお許しください。検死した医師は二つの点を異論の余地なく確認しました。つまり自殺ではありえず、死因は扼殺ということです。ただ鑑識上判明していたのに口にされなかった事実があって――どのみち医師の所見の範疇《はんちゅう》ではなかったからですが――それは襲撃が背後からなされたことでした。それは首にはっきり残った指の跡と、死体がうつ伏せに倒れていたことから証明できます。格闘の形跡はありませんでした。ここから第一の難点が生じます。こうした襲撃がこれほど迅速に行なえるとはとても思えません。襲われた者は襲った者のほうに振り向く間さえなかったのです。第二の難点はさらにわけのわからないものです。これはわたしもまったく経験がなくて、もしかしたら前代未聞のものかもしれません。地方巡査統括官は職務に忠実に足跡を調査しました。状況には幸運なところと不運なところがありました。不運だったのは、雨の降る前なら残っていたであろう痕跡が、洗い流されてしまったことです。しかし幸運にも、雨が降りだしてからできた跡は、地面が石灰質だったおかげで、いったん乾くと干し固められたように明瞭な形を残しました。

足跡は三つか四つの、疑いなくディーヴァルト自身のものの他は見つかりませんでした。しかしその代わりに別のもの——それまで見過ごされていたものが、とんでもなく常識外れの謎を投げかけました——何かというと手の跡なのです。この奇妙な跡はたやすくたどることができ、わたしを誤った結論に導きました。つまり軽業師が人を殺したあと、足跡を残さないように逆立ちして手で歩いて逃げたと考えたのです。

この仮説は間違いでしたが、しかしいずれにせよ——殺人は手で歩いた者によってなされました。ここらにそんな者は一人しかいません——物乞いのリップです。奴が犯人でした」

「そんな馬鹿な、ありえない」異口同音の反応が返ってきた。「動くことさえできない男が！」

「落ち着いてください、皆さん。あの男が犯人なのです。奴は親切心と同情から出た行為を殺人で報い、そのためその罪はますます憎むべきものとなりました。奴はディーヴァルトに、少しばかり俺を運んでくれないかと持ちかけたのです。ディーヴァルトは奴を負ぶって行きましたが、それがかれの運命を決めました。わたしが不審に思った時間差の問題も、それでおのずから明らかになります。重荷を負っていたために、ふだんなら十五分で歩ける道に三十分かかったのでした。

これでわたしの調査は終わりましたが、ついでながらここに、二人の証人の前で、すなわちわたしと運転手マリウスの前で奴が行なった告白書があります。先ほど皆さんのもとを去ったとき、わたしはマリウスを連れて出て、じょうぶな縄を携《たずさ》えておけと命じました。わたし自身は地方巡査統括官から鋼鉄製の手錠を一組借りました。そんなふうに装備を整えたあと、リップの掘っ立て小屋へ車を走らせたのです。奴の保護人は口やかましい老婆でしたが、奴に腹をたてていました。昨日も十時まで居酒屋で過ごして、夜遅く帰ってきたというのです。居酒屋などにいなかったことは、すぐに確認できました。奴の前進のしかたでは、犯行現場から奴の住処までたどりつくには、すくなくとも二時間が必要なことも計算に入れました。

あとの話は簡単です。わたしは家宅捜索を行ない、緩んだ床の下から金袋を見つけました。それから車を走らせて、街道のリップのところまで行きました。頭ごなしにディーヴァルトを殺したのはお前だと言ってやると、奴は白《しら》を切ろうとしました。わたしは怒鳴りつけ、金袋を見せました——すると奴はがっくりとうなだれ、震えながら自白しました——ああ、俺がやったと。

わたしの合図でマリウスが背後から輪にした縄をかぶせ、二の腕がぴったり胴につくよう縛りあげました。すると奴は逆らって上腕を持ちあげ、ちょうどわたしが手錠をかけやすいように差し出してくれました。そこで二人して奴を車に乗せ、牢屋に送り込んだのです。これでわたしに関しては一件は落着しました。最終的な判決は判事に委ねられます。奴に完全な責任能力があるかどうか決定するのは判事の役目ですから。ではここでお暇《いとま》するのをお許しください。

あいにくもうひとつ別に、たいそうな難事件を抱えていまして」

そこでダゴベルトは委員の面々に別れの挨拶をし、ヴィオレットの手に騎士のようにキスをして、二分後にふたたびマリウスの運転する車に乗って帰路についた。

奇妙な足音

G・K・チェスタトン
中村保男 訳

The Queer Feet　一九一〇年

深夜、純粋な気持になって、探偵小説史上最も優れた作家は誰かと考えてみると、私にはポオとチェスタトンの姿が浮かんでくる。この二人の作品が、あらゆる作家と作品を超えて、最高のものと感じられるのである。**G・K・チェスタトン** Gilbert Keith Chesterton (1874.5.29–1936.6.14) はイギリス第一流の文芸評論家、社会評論家であった。私の持っている代表的な世界短編探偵小説傑作集に選ばれているチェスタトンの作品中、第一位の本編は、いかにも軽妙な味で、スッキリしていて隙がなく、完璧という意味で最上だと思う。

もし読者諸君が、あの選《え》り抜《ぬ》きの「真正十二漁師クラブ」の某会員が年一度のクラブの晩餐会に出席しようとヴァーノン・ホテルに入ってきたのに会ったとすれば、彼が外套《がいとう》を脱ぐときにお気づきになるだろうが、彼の夜会服は緑色であって、黒色ではないのである。もし（そういう人物に話しかけるほど向こう見ずな度胸が諸君にあると仮定して）その理由を尋ねたとすれば、おそらくその人物は、給仕とまちがえられんようにするためさ、と答えるだろう。そこで諸君は二の句もつげずにすごすごと引きさがる。だが、それではある未解決の神秘と、話す値打ちのある物語を聞かずじまいに帰ることになる。

（これと同様にありそうもない仮定に立って）今度は諸君が、ブラウン神父という名の温和で働き者のちび司祭に会って、神父の一生のうちでなにがいちばんの幸運事だったと思うかと質問したとすれば、神父はおそらく、まあ最上の幸運は、ヴァーノン・ホテルのときのことだろう、ただ廊下の足音に耳を傾けていただけで、ある犯罪を未然に防ぎ、おそらくは一人の魂を救いさえしたのだから、と答えるだろう。神父は、このときの自分の飛躍したすばらしい推理を多少自慢していないともかぎらぬから、それについて話してくれるかもしれない。だが諸君が「真正十二漁師」を見つけることができるほど社交界にのしあがる見込みはまずあるまいし、といって貧民窟や犯罪階級の一員になって、ブラウン神父にめぐりあうほど落ちぶれることもありそうにないからには、筆者がお聞かせしないかぎり、この話は永久に諸君の耳には入らないだろう。

「真正十二漁師クラブ」が晩餐会を催していたこのヴァーノン・ホテルは、礼儀作法のことで発狂した寡頭政治社会にだけ存在しうる類《たぐい》の施設であった。それは、あの倒錯した産物、「排他的」営利事業にほかならなかった。ということは、つまり、客を惹き寄せるかわりに、文字どおり客を追いはらうことによって儲ける商売なのである。金権政治の中心地ともなると、抜け目のない商人は逆に客の選り好みをするのだ。商人は積極的にやっかいな条件を設定して、退屈しきっている金持ちの客がその難関を突破しようと金を使ったり、外交手腕を発揮したりするのをけしかける。もし、身長六フィート以下の人間の入場を禁じるハイカラなホテルがロンドンにあったとすれば、社交界はおとなしく六フィート以上の人を集めて、そこで晩餐会を開くにちがいない。また、経営者のほんの気まぐれから木曜日の午後にだけしか店を開かぬ高級レストランがあるとすれば、その店は木曜の午後、押すな押すなの盛況なのである。さて、ヴァーノン・ホテルは、まるでそこに立っているのは偶然にすぎぬと言わんばかりにベルグレーヴィア街のある広場の角に立っていた。小さいうえに、ごく不便なホテルであった。ところが、まさしくこの不便さこそ、ある特殊な階級を保護する城壁であると考えられていたのである。なかでも、このホテルではいちどきに二十四人の客しか食事できぬという不便さが特に重んじられていた。そこにただ一つしかない大食卓は、有名なテラス・テーブルで、ロンドンでも有数な、精美を誇る古い庭を見はらす一種のベランダの上にあって、雨ざらしだった。この理由によって、ただでさえ手ぜまなこの食卓の二十四人分の席が使えるのは、日和《ひより》のいいときだけにかぎられるという結果になり、そこでますますこの食卓で食事をしたいと所望する客が増えることとなった。当時のホテルの持ち主はリーヴァという名のユダヤ人で、彼はホテルを入りにくいものにする手を使って、百万にものぼる金儲けをした。もちろん彼は、こうして経営の規模を制限すると同時に、そのサービスにも最善の注意をはらって磨きをかけることを忘れなかった。酒も料理も、ヨーロッパ内のどこのものにもひけをとらず、給仕たちの態度にしても、英国上流階級人の一律化された気分を寸分たがわず反映していた。経営者は、給仕の一人一人を自分の手の指のように知りつくしていた——給仕は全部ひっくるめて十五人にすぎなかったからである。このホテルの給仕になることよりは、国会の議員になることのほうがまだやさしいくらいだった。どの給仕も、まるで貴族の従僕のように、じっと無言を押し通し、しかも相手の気をそらさぬ術をしつけられるのであった。実際の話、食卓についた紳士一人に対し、すくなくとも一人の給仕がつくのがふつうだったのである。

「真正十二漁師クラブ」は、あくまでも人目につかぬ豪華な場所を望んでいたので、晩餐会を開くにしても、こういうホテル以外は敬遠するのが当然であった。彼等は、同じビル内で別のクラブが晩餐会を催していると考えただけで気が動転してしまうにちがいないのである。年一度の晩餐会に、このクラブの会員は、まるで私宅にでもいるかのように、ありったけの宝物を公開する習わしであった。特に、このクラブの象徴ともいうべき一揃えの由緒ある魚用のナイフとフォークが披露された。それは、魚を象《かたど》った精巧な銀製品で、柄《え》のところには大きな真珠がついていた。この食器はいつでも魚類料理用に置かれたのであるが、その魚料理がまた、いついかなるときでも、この豪勢な献立中の白眉であった。このクラブには盛りだくさんの儀式や行事があったが、歴史や目的は一つもなかった――そこがこの会のきわめて貴族的なところなのである。十二漁師クラブの会員になるためには、なにも特別な資格を必要としなかった――ひとかどの人物になっていないかぎり、この会のことは耳にさえ入らぬからである。このクラブはすでに十二年前から存在していた。会長はオードリー氏であり、副会長はチェスター公爵であった。

もし筆者がいままで多少なりとこの驚くべきホテルの雰囲気を読者に伝えることができたとすれば、読者は、どうしてこの筆者がこのホテルのことを知るにいたったのかと当然の疑問を抱くであろうし、また、わたしの友人であるブラウン神父のような平凡な人物がこのホテルの金色まばゆい歩廊に立ちいることになったのはどうしたわけかといろいろ臆測をたくましゅうするにちがいない。この点に関するかぎり、わたしの話は単純であり、そればかりか俗悪でさえあるかもしれない。この世界には、たいへん老けた暴虐な民衆煽動家が一人いるのであるが、この男は、どんな上品な隠れ家だろうと容赦なく侵入しては、すべての人間は兄弟なりという怖るべき知らせを告げていくのである。さて、この平等主義者が青ざめた馬（ヨハネ黙示録第六章に「視よ、青ざめたる馬あり、これにのる者の名を死という」とある）にまたがっておもむくところなら、どこなりとついていくのがブラウン神父の職業であった。この日の午後、給仕の一人であるイタリア人が中風の発作で倒れ、そこでユダヤ人の雇主は、腹のなかではこんな迷信にうんざりしながらも、ともかくいちばん手近なカトリック神父を呼びにやることを承知したのだった。給仕がブラウン神父にどんな懺悔《ざんげ》をしたかという点は、ここでは問題にしない――神父がそれを自分の胸にたたみこんでいる以上、それはむりな話である。だがしかし、その懺悔の結果として、神父が、ある伝言を伝え、ある不正を正すために覚え書きもしくは陳述書といったものを書きつけることになったのは明白である。そこで、ブラウン神父は、控え目ながら遠慮のない態度で（彼は、たとえばバッキンガム宮殿に参内しても、これと同じ態度をとったに相違ない）、どうか部屋と物を書くに必要な用具とをお貸し願いたいと申しでた。これにはリーヴァ氏はすっかり迷ってしまった。氏は親切な人間であったが、また同時に、親切心のまがいものである事なかれ主義を奉じ、騒ぎぎらいであった。けれども、今夜自分のホテルに見知らぬ他人が一人いることは、いま磨きあげられたばかりの品物に一点のしみがついたようなものだった。ヴァーノン・ホテルでは広間で待つ人も、不意に来る客もなかったので、一室の空き部屋も控えの間もなかったのである。給仕が十五人と客が十二人――いたのはそれだけだった。今夜このホテルで新顔の客にお目にかかるとしたら、それは新しい兄か弟が家族の一員になって食事をしたりお茶を飲んだりしているのと変わらぬほど驚くべきことなのだ。そればかりか、この神父の風采は上等でなく、着衣は泥にまみれて、こんな男を遠方から一目見ただけでも、クラブの連中は恐慌をひき起こすということになりかねなかった。それでも、リーヴァ氏はついに一つの方策を思いついた。それは、この恥を抹消できぬ以上は、せめて覆い隠しておこうという計画だった。読者諸君がヴァーノン・ホテルにお入りになると（永久に入れっこないのであるが）、煤《すす》けてこそいるが貴重な絵で飾られた短い通路を抜け、正面の広間兼休憩室に入るだろう。この広間の右側には、客室に通じる廊下がいくつかあり、左側には、このホテルの調理場や事務所に達する同じような廊下がついている。諸君の左手のすぐそばの角には、広間に接したガラス張りの事務所があるが、これは、いわば建物中の建物ともいうべき代物《しろもの》で、おそらく昔はそこに古いホテルによくあるバーがあったのだろう。

さて、この事務室には経営者の代理人がすわっており（かような地位にある人間ともなると、本人はできるかぎり姿を現わさぬものなのだ）、事務室のすぐ向こうには、給仕部屋に行く途中のところに紳士の携帯品預り所があり、紳士の領域の最前線をなしていた。が、この事務室と預り場との中間には、他に抜け口のない小さな私室があり、ここは、公爵さまに一千ポンドの金を貸すとか、場合によっては六ペンスの借金をことわるというような微妙な重大用件のために経営者がときおり使う部屋なのである。紙きれになにか書きつけるだけのために、たかが一介の神父が三十分もこの神聖なる部屋を穢《けが》すのを許可したのは、リーヴァ氏のなみなみならぬ寛大さの証拠であろう。ブラウン神父が書き綴《つづ》っていた物語は、十中八九、この話よりよほどましなものであったにちがいないのだが、惜しむらくは、永久に公表されないのである。ここで言えることは、それがこの話とほぼ同じくらいの長さであり、その最後の二、三節は、なかでいちばん刺激がなく、退屈なものだったということだけである。

というのは、この最後の数節までたどり着いた頃になると、神父はやや気を許し、考えが散漫になり、概して鋭敏な動物的感覚が眼醒めはじめていたからだった。夕闇と晩餐の時刻が迫っていた――置き忘れられたようなこの小部屋には明かりが一つもなかったので、おそらくは、よくあるように、しだいに深まる黄昏《たそがれ》が聴覚を鋭敏にしていたのであろう。その文書のいちばんとるに足らぬ最後の部分を書いていたブラウン神父は、ふと気がついてみると、部屋の外から繰り返し聞こえてくる物音に調子をあわせて字を書いているのだった。それは、走る列車の音にあわせて考えごとをするのと変わらなかった。この音を意識したとき、神父はそれがなんの音であるかを知った――ドアの前を通りすぎる人間のあたりまえの足音にすぎなかったのである。ホテルのなかでは、こんなことは別に珍しくないのだが、それでも神父は暗くなった天井をじっとにらんで、その音に聴きいるのだった。数秒のあいだ夢見心地で耳を傾けていた神父は、今度は立ちあがって小首をかしげながら熱心に聴き耳を立てた。それから、もう一度腰をおろすと、額を両手に埋《うず》め、今度は単に耳を澄ますばかりでなく、耳を澄ましつつ考えこみはじめた。

外の足音は、瞬間的に聞けば、どこのホテルでも耳にするような足音であったが、全体として聞くと、どことなく奇妙な節が多々あった。ほかに足音はない。だいたいがきわめて静かなホテルなのである――数すくない馴染みの客は、来ればすぐに自室に行ってしまうし、訓練の行き届いた給仕連中も、呼ばれるまでは全然といっていいくらい姿を現わさぬからである。およそこのホテルくらい異常なことの起こる懸念のない場所はないはずだ。ところが、この足音の奇妙さときたら、いったい正常なのか異常なのかさえ決めかねるほどであった。ブラウン神父は、ピアノで曲を弾く練習をしている人のように、足音について指でテーブルの端をたたいてみた。

まず、身軽な競歩選手が歩いているような、すばやい小刻みな足がすたすたと長いことつづくのだった。一定の地点にくると、これはぴたっと止まって、今度は足踏みするようなゆっくりとした歩調に変わり、その歩数は前のに較べて四分の一にも達しなかったが、それがつづく時間は前のとほぼ同じだった。そして、このゆっくりとした歩みが最後にこだましながら消えたかと思うと、またもや軽やかな急ぎ足の音が聞こえはじめ、ふたたびそれは重く踏みつけるような足音に変わるのだった。それがいつも同じ靴の音であることはまちがいなかった――という理由は、一つには（前述したとおり）このあたりには他の人間の靴音がしないということと、また一つには、この靴がかすかではあるが、聞きまちがえようのない軋るような音を立てていたからであった。ブラウン神父の頭は、なにかにつけ疑問を提起せずにはいられぬたちのものであり、この一見したところ些細《ささい》な疑問にも彼の頭は割れんばかりであった。神父は、跳躍するために走る人間を見たことがある。すべるために駆ける人も見た覚えがある。が、いったい、歩くために走るというのはどうしたわけなのか？　あるいは、走るために歩くのはなんとしたことであろうか？　とはいえ、この見えざる二本の脚の道化《どうけ》た歩行ぶりを表現しようとすれば、こう説明する以外にしようがないのである。この男は、廊下の半分をのろのろ歩くために最初の半分を勢いよく歩いているのか、さもなければ、その後半を急いで歩く恍惚《こうこつ》感にひたりたいために前半をゆっくりと歩いているのか、そのどちらかなのであろうが、どっちにしても、おかしなことではないか。神父の頭は、その部屋と同じようにしだいにまっ暗になってきた。

しかし、腰を落ち着けて考えだすと、この小部屋のまっ暗なのが、かえって神父の考えを冴えさせてくれるようだった。神父の眼には、あたかも幻影のように、不自然というか、象徴的というか、ともかくおかしな身ぶりで廊下を渡っている奇怪な足がありありと見えだしたのである。いったい、これは異教徒の宗教踊りなのか？　それとも、最新式の科学的な体操なのか？　ブラウン神父は、いままでにない正確さをもって、この足音の意味について自問しはじめた。まず、ゆっくりしたほうの歩調を考える――あれはたしかに経営者の足音ではない。あいうタイプの男は足ばやにちょこちょこ歩くか、じっとすわっているかしかしない。召使いか使い走りの者が指図を待っているのでもあるまい。そんな足音とは思えない。貧困階級の人間は（寡頭政治の社会では）、酔いが回ると千鳥足《ちどりあし》でうろつくことがあるが、それにしても、ふつうは――ましてや、こういった豪華な場所では――緊張してちぢこまって立ちすくむか、すわっているかするものだ。断じて違う――あの重々しいくせに弾むような足どりは、特にやかましいわけでもないのに、どんな騒音を立てようと意に介さぬといいたげな無頓着《むとんちやく》な力のこめようから察するところ、この地上に棲む動物中唯一のものの足音にちがいない。その動物というのは、西欧の紳士にほかならず、おそらくは食うために働いたことのない紳士なのであろう。

神父がこの確固たる結論に達したおりもおり、足音は速いほうの歩調に転じて、ドアの前を鼠《ねずみ》そっくりのあわただしさで駆け抜けていった。耳を澄ましていた神父は、この足音はかなり速くはあったが、同時に、まるで抜き足さし足で歩いているかのように、やかましさがかえってすくないことに気づいた。しかし、この足音から神父が連想したことは、この男はなにか内証事をしているのだろうということではなく、なにか別のことであったが、そのなにかがどうしても神父には思い出せなかった。自分がぼんくらになってしまったような気分を起こさせる、例の思い出せそうで思い出せぬ記憶のために、神父は気も狂わんばかりだった。たしかにこのふしぎな足ばやの歩調をどこかで聞いた覚えがあるのだ。突然、彼は頭にある新しい考えを秘めて立ちあがり、戸口に歩いていった。この部屋には直接廊下に出る戸口はなく、そのかわりいっぽうはガラス張りの事務室に、他方は奥の携帯品預り所に通じていた。事務室に通じるドアをあけようとしたが、それは錠《じょう》がかかっている。神父は窓を見る――四角いガラス窓いっぱいに鉛色がかった黄昏によって断ち切られた紫色の雲が見え、彼は一瞬、犬が鼠を嗅ぎつけるように、不吉な予感に襲われた。

神父の理性的な面が（それが本能より賢明であるかどうかはいざ知らず）ふたたび頭をもたげた。さっきホテルの主人が、ドアには鍵をかけておかねばなりませんからあとでまた連れだしにきます、と言っていたのを神父は思い出した。そして、この珍妙な足音には、自分には考えつかなかった理由がいくらだってあるのだろうし、第一、本来のなすべき仕事を仕あげるのにやっと間にあうだけの夕明かりしかもう残っていないじゃないかと自分に言い聞かせて、まさに暮れなんとする荒れ模様の黄昏の残光を捉えようと紙を窓べに持っていくと、決然として、あとひと息で完成する記録の仕事にとりかかった。神父は、明かりが弱まるにつれて、しだいに紙のほうに前かがみになりながら二十分ほども書きつづけていたが、突然、はっと身を起こした。またあの奇妙な足音が響いてきたのだ。

今度は、妙な点がさらに一つ増え、三つになった。先ほどまでは、この正体不明の男は歩行していた――まるでうかんでいるように電光石火の勢いではあったが、ともかく歩いていた。ところが、今度は走っているのである。とぶように疾走する豹《ひょう》の足を思わせるすばやく柔らかい跳《は》ねるような足音が、廊下を駆け抜けてくるのが聞こえるのだった。近づいてくるのが何者であるにせよ、それが屈強で敏捷《びんしょう》な男で、声こそ立てぬが猛烈に興奮していることは明白だった。ところが、この足音は、かすかな旋風のように事務室のところまで突進したかと思うと、いきなりまた例のゆっくりした鷹揚な歩調に変わったではないか。

ブラウン神父は紙を投げだすや、事務室のドアがあかないのを承知していたので、すぐさま反対側の預り所に躍りこんだ。ここの係の男はたまたま席をはずしていた――おそらくは数すくない客が目下食事中で、自分の仕事が暇になっていたからであろう。神父が灰色の森林を思わせる外套のあいだを手さぐりで通り抜けてみると、うす暗い預り所の前面には、蝙蝠《こうもり》傘を渡し、札を受け取るのにふつう使うカウンターがあって、明るい廊下と接していた。この半円形のカウンターの真上に一灯の明かりがついていた。この明かりはブラウン神父自体にはほとんど届かなかったので、神父の姿は、うす暗く黄昏れた窓を背景に黒々と輪郭だけがうきあがって見えるだけだった。ところが、預り所の外の廊下に立っている男には、この灯は舞台照明のように煌々《こうこう》たる光を投げかけていたのである。

男はえらく地味な夜会服を着た上品な人物であった。背が高いが、それでいてたいして縦の場所をとらぬといったようすだった。もっと小柄な連中でさえ人目を惹いたり、じゃまになったりするような場所を、この男は影のように、やすやすと滑り抜けるにちがいない。顔はと見れば、いまは灯火を避けてのけぞっているが、日焼けした元気のいい外国人の顔である。からだつきは立派だし、態度もいや味がなく自信ありげだ――ただ一つの欠点は、その風采や態度のわりに、黒の上着がいくぶん見劣りするうえに、妙にふくらんでいることぐらいだった。男は、暮色を背にしたブラウン氏の黒い影を認めるやいなや、紙の番号札をぽんと投げだし、愛想こそいいが高飛車な口調で言った。「帽子と外套を頼む。急いで出かけにゃならんのだ」

ブラウン神父は無言のまま紙の札を受け取ると、おとなしく外套を捜しにいった。こういう奉公人の仕事は、前にしたことがないわけではなかった。外套を取ってきて、カウンターの上に置く。チョッキのポケットを手さぐっていた外国人紳士は笑いながら、「銀貨の持ちあわせがない。これを取っときな」と言って、半ソヴリン金貨を一つ投げだし、外套を取りあげた。

ブラウン神父の姿は依然暗がりにじっとしていた。しかし、その瞬間、神父は判断力を失ってしまっていたのである。神父の頭脳は、判断力がなくなってしまったときこそ貴重なのである。こういうときには、神父が二と二をたし算すると、四百万の答えが出る。カトリック教会は（常識を固く守っているからには）かような離れ業《わざ》を是認しないことが多かった。神父自身すら是認しないことが多かった。しかし、これは正真正銘の霊感であり、判断力を失った当人が、なんとか判断をつけねばならぬというような滅多にない危急時に際して肝要なのは、この霊感にほかならぬのだ。

「失礼でございますが」と神父は鄭重《ていちょう》に言った――「ポケットに銀貨がおありのはずです」

のっぽの紳士は眼を見張った。「なにを言う」とさけぶ。「金貨をやったのに、なぜ不服を言うんだ?」

「時によっては金より銀のほうが貴重なこともございますからな」と神父は穏やかに言った――「といいましても、大量にあっての話ですがね」

見知らぬ男は怪訝《けげん》そうに神父の顔をながめ、それから、さらにいぶかしげに廊下に眼を走らせて表玄関のほうを見やった。と、またブラウンに眼を返し、それからごく注意深くブラウンの頭越しに窓をながめた。窓は、嵐模様の日没後の残光に依然彩《いろど》られていた。それから男は腹を決めたらしい。片手をカウンターに置くと、さっと軽業師のような身軽さで跳びこえ、神父の頭上にそそり立って、ばかでかい手で相手の襟《えり》をつかまえた。

「おとなしくしろ」と小刻みなささやき声で言う。「おどかしたくないんだが――」

「こっちがおどかしたいのさ」ささやき渡る太鼓のような声でブラウン神父が言った。「尽きぬうじ虫と地獄の消えぬ火（マルコ伝第九章）でおどかしたいのじゃ」

「とんだ外套の番人もあったもんだな」と相手。

「わたしは神父だ、フランボウ君。あんたの懺悔を聞く用意はできている」とブラウン神父。

相手はしばらくあえぎながらつっ立っていたが、やがてよろけるように後ずさって椅子にすわりこんだ。

十二漁師クラブの晩餐は、最初の二品ぐらいのあいだは、平穏裡《へいおんり》に滞りなく進行していた。このときのメニューを筆者は持ちあわせていない——たとえ持っていたところで、誰の役にも立ちはしまい。メニューは、コック連が使うすさまじいフランス語で書かれているのだが、このフランス語たるや、フランス人には絶対読めぬ代物なのである。このクラブには、前菜《オードブル》は正気の沙汰《さた》とは思われぬほど盛りだくさんでなければならぬという伝統があった。前菜は、まさしくそれが無用の長物《ちょうぶつ》であるという理由によって、きわめてまじめに受けとられていたが、このことは晩餐会全体やクラブそのものにもあてはまる。つぎに、スープは軽い控え目なもので、そのあとに出る魚の御馳走に備えての簡易質素なものでなければならぬ、という伝統があった。話題はといえば、例の英帝国を支配しきっている妙なたわいのない話で、こういう話は、ひそかに英帝国を支配していながら、ありきたりの英国人がたまたまそれを立ち聞きしたとしても、別にためになるわけではない。保守、進歩両党の閣僚の話にしても、洗礼名を呼びつけにし、おもしろくもないんだが話題にしてやるんだといわんばかりの話しぶりだった。その搾《さく》取《しゅ》ぶりには保守党があげて激昂しているはずの急進派の大蔵大臣が、そのへたくそな詩作や狩場での乗馬ぶりに賞讃をあびせられ、自由党の連中がこぞって暴君のように憎んでいるはずの保守党の首領が、討論の結果、全体として見れば立派であるとして賞讃された——しかも、自由主義者として賞讃されたのである。どうやら政治家のことが重大な話題であるらしい。ところが、政治家のあらゆる面が重大であるらしいのに、政治家の政見だけはどうでもいいらしかった。会長のオードリー氏は、いまだにグラッドストン風の高いカラーをつけている愛想の良い初老の人物であり、この幻じみているくせに確固不変な団体の象徴ともいうべき存在だった。この御仁《ごじん》は、いまだかつてなにもしたことのない――悪事さえしたことのない人間だった。放蕩家《とうかほう》でもなく、特に金持ちだというのでさえなかった。彼はただなんとなしの大立者《おおだてもの》で、それ以外のなんでもなかった。いかなる政党も彼を無視することができず、彼が入閣を希望したとすれば、まちがいなく大臣にされていただろう。副会長のチェスター公爵は、目下売りだし中の青年政治家であった。つまり彼は、美しい金髪をぺたりと撫でつけ、雀斑《そばかす》だらけの顔をした愉快な若者で、ほど良い知性と莫大な財産の持ち主なのである。公《おおやけ》の場では、彼の風采は常にやんやの喝采を博した。その考えかたはいたって単純だった。なにか冗談を思いつくと、すぐそれを口にだし、頭の良い人だと評判された。冗談を思いつけないときには、いまは冗談なんか言ってる場合じゃないと言っては、やり手だと評判された。私人としては、同じ身分の仲間とクラブにでもいるときには、小学生そこのけの無邪気さとたわいのなさを愉快に発揮してばかりいた。それにひきかえ、オードリー氏は一度も政治に首をつっこんだことがなかったので、氏の政治に対する態度には、もっと真剣なところがあった。ときたま、自由党と保守党のあいだには違いがあるというような意味の言葉を述べては、一座をまごつかせるのである。氏自身は、私生活にいたるまで保守党だった。まるで古風な政治家のように、襟のうしろのところで白髪を巻いており、背後から見ると、これこそ英帝国が望む人物ではあるまいかと思われた。前方から見れば、オールバニー館に部屋を持っている温和で自分を甘やかしがちな独身者といった恰好なのだが、実際そのとおりであった。

前述したとおり、テラスのテーブルには二十四人分もの席があるのに、クラブ員の数は十二人にすぎない。そこで、会員は、向かい側には一人も着席せずに全部テーブルの手前側にならび、じゃまされずに心ゆくまで庭の景色をながめるというこのうえなくぜいたくな流儀でテラスを占領することができた。夕闇が、この季節としてはやや不気味にたれこめていたが、庭の色どりはまだあざやかに映えている。会長は列の中央に坐し、副会長はその左端に腰掛けていた。十二人の客が最初ぞろぞろと列をなして席につくときには、（いかなる理由があるのか不明だが）十五人の給仕が全部勢揃いして、国王に捧げ銃《つつ》をする軍隊よろしく、壁に沿って一列にならぶ習慣があり、そのあいだ、肥満した主人は、まるでこのクラブ員のことを初めて知ったといわんばかりの驚きの表情で顔を輝かせながら、おじぎをするのだった。が、いざナイフやフォークの触れあう音がしはじめる頃には、この従僕の一隊は姿を消してしまい、皿を集めたり配ったりするのに必要な一人か二人が残って、死んだように無言のまま走りまわるだけだった。いうまでもなく主人のリーヴァ氏は、もうとっくにぺこぺこ会釈しながら引きさがっていた。主人がこのあと一度でも積極的に座に加わることがあったと述べるのは誇張でもあり、不敬でさえある。が、あの重要な魚料理が運ばれていたとき、なんと言ったらよいか、主人の人格の投影があざやかにうかびあがっており、彼があたりにうろついていることは明白だった。この神聖なる魚料理は、（卑しい人間の眼には）大きさも形もウェディング・ケーキそっくりのプディングの化物に見え、そのなかには、相当の数にのぼる珍魚が、神よりさずけられた形をすっかりなくして溶けこんでいた。真正十二漁師は、由緒ある魚ナイフと魚フォークを取りあげて、魚料理に手をつけたのであるが、その食べかたときたら、まるでプディングの一口が、それを食べるのに使う銀のフォークと同じくらい金がかかっているといわんばかりのおごそかさであった。いや、事実それほど高価な料理であったらしい。この料理は咳ばらい一つ聞こえぬなかで熱心にむさぼるようにして口に運ばれた。そんなわけで、例の若い公爵が格式張った発言をしたのは、自分の皿がからになりかけたときだった。公爵は言った――「こういう料理はここでしかできませんな」

「いやまったく」とオードリー氏は公爵のほうに向き、その尊い頭を幾度かうなずかせながら、深いバスの声で言った。「いやまったく、ここでしかできませんわ。わたしが聞いたところによりますと、カフェ・アングレーズでは……」

ここまで言いかけたとき、彼は自分の皿を持っていかれたので一瞬間中断を余儀なくされ、まごつきさえしたが、すぐに高説の筋道を取りもどした。

「わたしが、聞いたところによりますと、カフェ・アングレーズでも同じ料理ができるとのことです。が、これほどではありますまい」絞首刑を宣告する裁判官のように無情に頭を振り振り言った。「これほどではありますまい」

「買いかぶられているんだ」とパウンドとかいう大佐。(顔つきから察するところ)口をきくのは数カ月ぶりのことらしい。

「さあ、それはどうでしょうか」と楽天家のチェスター公爵——「あそこだって、物によってはいいですからね。たとえば……」

給仕が一人、急ぎ足で近づいてきたかと思うと、ぴたりと立ち止まった。歩いてくる足音がまったくしなかったように、立ち止まるときにも音が立たなかったのであるが、これらの現実離れした気のいい紳士たちは、自分たちの生活を支えている周囲の見えざる機構がまったく滞りなく動くことに慣れきっていたため、一人の給仕がなにか思いがけぬことをしただけでとびあがるほど仰天《ぎょうてん》するのだった。その驚きは、たとえば椅子がわれわれの手から逃げだすといったように、無生物の世界が人間のいうことをきかなくなったときに、諸君や筆者が感じる驚きと変わらなかった。

給仕はちょっとのあいだ眼を見張ったまままつっ立っていたが、その間、テーブルに居ならぶ人の顔には、けしからぬやつだと言いたげな奇妙な表情が深くなった。この表情は現代特有の産物で、現代流の博愛主義と、金持ちと貧乏人の魂のあいだにぽっかりとあいた、怖るべき現代の深淵とが混合してできた代物なのだ。昔の正真正銘の貴族ならば、まずあき瓶を手はじめに物を投げつけ、最後にはおそらく金を投げあたえたにちがいない。正真正銘の民主主義者だとすれば、同僚に話しかけるようにはっきりした言葉で、いったいきみはなにをしているのだと問いかけたであろう。ところが、ここに居ならぶ現代の金権政治家連は、奴隷としてだろうが友人としてだろうが、貧乏人が近くにいるのががまんできないのである。召使いがなにかまちがったことをするのは、彼等にとっては退屈で腹の立つ迷惑にすぎなかったのだ。無情な態度をしめすのは忍びないが、かといって情け深いところを見せてやらねばならぬ羽目におちいるのもいやなのだ。なにごとであるにせよ、ともかくいっときも早く終わってもらいたいと思うだけだった。やがてそれは終わった。給仕は、ちょっとのあいだ強直症患者《カタレプシー》のように硬直して立ちすくんでいたが、くるりと向き直ると、あたふたと部屋をとびだしていったのである。

この部屋に――いや、部屋の戸口のところに――この給仕がもう一度姿を現わしたとき、彼は別の給仕といっしょであり、南欧人特有の激しさで身ぶりよろしくささやき話をしていた。と、第一の給仕は第二の給仕をあとに置いたまま見えなくなったが、すぐに第三の給仕を連れてまた現われた。このあわただしい談議に第四の給仕が参加する頃になると、オードリー氏は、この場をうまく取りつくろうために沈黙を破る必要を感じ、「ムーチャ青年がビルマでやっているのは立派な仕事ですな。まったく、世界のいかなる国といえども……」

第五の給仕が氏のほうに向かって矢のように駆けつけたかと思うと、氏の耳もとで――「まことに失礼ですが、重大事件です！　主人がお話ししたいと申しております」

会長が取り乱した恰好で振り向くと、その呆然と見張った眼に、リーヴァ氏が重いからだを曳きずるように急ぎ足で近づいてくるのが見えた。この善良なるホテルの主人の足どりは、まったくいつもと変わらぬものであったが、顔つきは尋常ならざるものがあった。日頃はにこやかに銅褐色をしている顔が、いまは病人のように黄色がかっているではないか。

「おゆるし願います、オードリーさま」喘息病《ぜんそくや》みのようなとぎれがちの声で言った。「とんだ心配事ができましたもんで。みなさまの魚料理用の皿なんでございますが、ナイフとフォーク

をのせたまま きれいに片づいているのでございます！」

「そりゃあけっこうじゃないか」と会長はいくぶん熱のこもった口調で言った。

「ごらんになりましたか？」興奮したホテルの経営者は息もとぎれとぎれに言う――「皿を持ち去った給仕をごらんになりましたか？ その男をご存じでいらっしゃいますか？」

「給仕を知っているか？」と憤慨の体《てい》でオードリー氏は答えた。「給仕など知っているものか！」

リーヴァ氏は苦悶の身ぶりで両手を広げた。

「わたしはそんな男をよこした覚えがありません。その男がいつ来たのかも、なにをしに来たのかも存じておりません。わたしが、皿を片づけるようにと言って給仕をよこしたところが、皿はとっくに片づいていたではありませんか」

オードリー氏は依然、当惑した表情をうかべていたが、これではどう見ても大帝国が望む人物とは思えなかった。一座のものは口もきけないでいる――ただ一人木でできたような人間、パウンド大佐だけが、電撃を受けたかのように不自然に活気づき、すわったままの他の連中を尻目に、硬直したからだを起立させ、片眼にレンズをはめこみ、しゃべりかたなぞ忘れてしまったかのような耳障りな低声で話しだした。「というと、つまり、何者かがわたしたちの銀製セットを盗んだわけだな？」

ホテルの主は、いっそう大げさな身ぶりで、どうもこうもなりませんといわんばかりに、また両手を広げてみせたが、その一瞬、テーブルに着席していた全員がいっせいに立ちあがった。

「給仕は全部ここにいるのかね」例の低い荒れ声で大佐が訊く。

「うん、全部いる。ぼくは注意していたんだ」と青年公爵が子供じみた顔をいちばん前に突きだしてさけんだ。「部屋に入るとき、いつもかぞえるんだ——なにしろ、壁を背にして立っているようすがあんまりおかしいもんだからね」

「だが、人間の記憶はあいまいですからな」とオードリー氏がためらいがちな重い口調で言いはじめた。

「いや、ぼくの記憶はたしかだ」と公爵は興奮してさけぶ。「ここには給仕が十五人以上いたことはいままでに一度だってないし、今夜にしても十五人しかいませんでしたよ。誓ってもいい、きっかり十五人だったんだから」

主人は驚愕のあまり麻痺してしまったかのように身をふるわせながら公爵のほうに向き直った。

「すると、すると」つまり声だった——「十五人の給仕を全部ごらんになったというわけで?」

「いつものとおりにね」と公爵は肯定した。「それがおかしいとでも言うのかね?」

「いや別に」とリーヴァ氏はしだいにアクセントを強めながら言った——「ただ、そんなはずがないと申しあげるだけで。十五人のうちの一人は二階で死んでおりますので」

一瞬、室内にはぞっとするような沈黙が支配した。おそらくは、(死という言葉があまりに超自然的なので)これらの閑人《ひまじん》はそれぞれ自分の魂を瞬間的に顧みて、それが小さな干し豆にしかすぎぬのを見てとったのだろう。連中の一人——たぶんあの公爵——は、いかにも金持ちらしい間の抜けた親切心を発揮して、「なにかしてやれることがあるかね？」とさえ言いだすしまつだった。

「神父をつけてやりました」とユダヤ人の主人はいくぶんほろりとした調子で言った。

ここまできたとき、一座の者は、運命の鐘音でも聞いたかのように眼ざめて、自分たち本来の立場を思い出した。それまでの不気味な数秒間というもの、彼等は、あの十五番目の給仕が二階にいる死人の亡霊ではなかったかと本気で考えていたのである。この重苦しい考えに圧倒されて口もきけなくなっていたのだ。というのは、この連中にとって亡霊などというものは乞食同様に迷惑千万だったからである。ところが、銀器のことを思い出すと同時に、この神秘的な魔力が破れた――唐突に、そして非常な反動をともなって破れたのである。大佐がさっと自分の椅子を跳びこえ、つかつかと戸口まで出ていった。

「諸君、もし十五番目の男がここにいたとすれば、その男が泥棒だったのだ」と大佐は言った。「すぐ表玄関と裏口へ行って、全部の戸を締めてくれ――話はそれからだ。あの二十四の真珠は取り返すだけの値打ちがある」

オードリー氏は最初のうちこそ、何事にせよあんまりあわてるのは紳士らしからぬことではないかと躊躇《ちゆうちよ》しているようすだったが、公爵が青年らしく勢いよく階段を駆けおりていくのを見て、もっと大人らしい動作でそのあとを追った。

それといれかわりに、六番目の給仕が部屋にとびこんできて、魚料理用の皿が食器棚の上に積み重なっているのを発見したが、銀器は跡かたもないと告げた。

てんやわんやの騒ぎで廊下をころがるように走っていた食事客と給仕の群れはふた手に別れた。漁師クラブ員の大部分は、誰かホテルを抜けだした者はいなかったかを訊きただすために、主人のあとを追って正面の広間に向かった。パウンド大佐は、会長と副会長、それに他の二、三の者といっしょに、こっちのほうが臭いとばかりに、召使い部屋に通じる廊下をすさまじい勢いで駆けていった。その途中、うす暗いくぼみ——というより洞窟のような携帯品預り所の前を通り過ぎようとしたとき、そこの暗がりのやや奥手に、どうやら番人と思われる黒服を着た背の低い人影が立っているのが見えた。

「おい、きみ」と公爵が声をかけた。「誰か通るのを見かけなかったか?」

背の低い人影は、質問に直接答えるかわりに、ただ「たぶんみなさんが捜していなさる物は、わたしのところにありますよ」と言った。

一同が躊躇しつつ不審に思いながら足を止めると、その男は静かに預り所の奥に行き、ぴかぴかと光る銀器を両手にいっぱい持ってもどってきた。男は売り子のように落ち着きはらったようすでそれをカウンターにならべた。見れば、奇妙な形をした一ダースのフォークとナイフではないか。

「きみは……きみはいったい……」さすがに平静を失って、大佐が言いかけた。大佐はそこでこのうす暗い小部屋のなかをのぞきこんだが、そのとき二つのことが眼についた。第一に、小柄な黒服の男が神父らしい服装であることと、第二に、その男のうしろにある窓が、まるで誰かがむりやりに通り抜けでもしたかのように割れていることだった。

「預り所にお預けになるには貴重すぎる品物ですな?」と神父は快活に平然として言った。

「きみ……きみがこれを盗んだのか?」オードリー氏が眼を見張ってつまりながら訊く。

「たとえわたしが盗んだとしても」と愉快そうに神父は言った――「すくなくともこうしてお返ししていますのでな」

「だが、きみが盗ったのじゃない」とパウンド大佐は言ったが、その眼は依然破れ窓にじっと注がれている。

「正直に白状いたしますと、わたしではございませんな」と相手はいくぶんのユーモアをこめて言い、それから神妙な面持ちで丸椅子に腰かけた。

「でも、きみは犯人を知っているのだろう」と大佐。

「本名は知りません」と神父は眉毛一つ動かさずに言った――「だが、やつの戦闘能力ならおよそ見当がつくし、やつの魂の悩みならいやというほど知っていますがね。やつがわたしを絞め殺そうとしたとき、やつの体力がどのくらいか測定できたし、やつが改悛したとき、やつの徳義心の程度は見当がつきましたよ」

「なんだって――改悛したと!」チェスター青年が、げらげらと笑いこけてさけんだ。

ブラウン神父は両手をうしろにまわしながら立ちあがった。

「妙なことですなあ」と神父は言った――「盗人や宿なしが悔い改めるというのに、いっぽうでは、金があって心配ごとのない大勢の連中が、いつまでたってもかたくなで浮薄な生活をやめず、神さまにも人間さまにも償いをしようとしないのですからな。まあ、それは別としても、失礼だがあなたはわたしの領分をちと侵害していなさる。やつが改悛したというのが事実でないと思うなら、このナイフとフォークをごらんになるがよい。あなたがたは真正十二漁師の面面で、ここにあるのはあなたがたの魚形の銀器でしょうが。だが、神さまはわたしを、人間を捕まえる漁師にしてくださいましたよ」

「きみはその男を捕まえたのか？」としかめ面《づら》をして大佐が訊いた。

ブラウン神父は相手のしかめ面をまじまじとながめて言った――

「さよう、眼に見えぬ鉤《かぎ》と紐《ひも》で捕まえたのです。その紐は、やつが世界の涯《はて》までうろついていけるほど長くしてありますが、ぐいとひと引きすれば、やつはたちどころに帰って参ります」

長いあいだ沈黙がつづいた。居あわせた他の連中は、もどってきた銀器を仲間のところに持っていったり、この奇妙な情況について経営者と相談したりするために、みんな散り散りに去っていった。ところが、いかめしい顔つきの大佐だけは、依然カウンターの上に横向きに腰かけたまま、細長い脚をぶらぶら振り、黒い口髭《くちひげ》を嚙んでいるのだった。

やがて大佐は穏やかに神父に言った――

「やつは利口な男だったにちがいないが、わたしはそれよりも利口な人間を知っている」

「やつは利口でしたな」と相手は答えた――「だが、あんたの言うもう一人の利口者は誰ですかな」

「きみのことさ」と大佐がちょっと笑いながら言った。「わしはやつを牢屋にぶちこむ気はない――その点安心してくれ。だが、銀のフォークなどいくらでもやるから、きみがどんなふうにしてこの事件に巻きこまれ、どうやってあの品物を取りもどしたか、正確なところを話してくれ。ここにいる連中のなかじゃ、きみがいちばん気のきいた男だろう」

ブラウン神父は、どうやらこの軍人のむっつりした率直さが気にいったらしい。

「そうですな」と微笑をうかべて神父は言った――「あの男の素姓《すじょう》や身の上話については、もちろんなんにも申しあげるわけにはいかんが、わたしが自分で掘りだした表面の事実なら話してはならぬという理由も別にありますまい」

こう言うと神父は、意外に活潑な動作でぴょんとカウンターを跳びこえ、パウンド大佐の横に腰かけ、門にのっかっている子供のようにその短い脚をばたつかせた。彼は物語を始めたが、そのしゃべりかたには、クリスマスの炉辺で旧友に話しているような気やすさがあった。

「いいですか大佐殿」と神父は言った――「わたしがあそこの小部屋に閉じこもって書き物をしていると、誰かがこの廊下で死の舞踏みたいに奇怪なダンスをしている足音が聞こえてきましてな。まず最初は、競歩大会に出場している男が爪先《つまさき》で歩いているようなすばやいおかしな足音が軽く聞こえ、つぎには、大男が葉巻をくゆらしながら歩いているみたいな、のろのろして無頓着なきゅきゅきゅという靴音が聞こえてきました。ところで、これが両方ともまちがいなく、同じ人間の足音だった。そして、それが交互に聞こえてくるではありませんか――まず駆け足、つぎにぶらぶら歩き、それからまた駆け足といった具合にな。いったい同じ人間がいちどきにこんなふた役を演じるなんてどうしたわけなのだろうと、わたしはふしぎに思いました。最初のうちはこの疑問も漫然としたものだったが、そのうちに無性に気になりだしましてね。ぶらぶら歩きのほうはわたしにもわかりました——ちょうどあなたの歩きかたにそっくりだった、大佐殿。よく肥えた紳士がなにかを待っているといった感じの歩きっぷりで、神経的に苛々《いらいら》しているというより、肉体的に張り切っているためにそこらを歩きまわって待っているというふうなのです。もう一つの歩きっぷりも聞いた覚えがあったのだが、それがどうしても思い出せませんでした。あんな風がわりな流儀で爪先歩きをする無茶な男に、わたしはどこで会ったのかな？　さて、それから、どこかで皿のかちゃりという音がしたが、それでこの謎の答えは明明白々となった。あれは給仕の歩きっぷりだったのです——上体を前方に傾け、眼を伏せて、足の爪先で床を蹴《け》り、上着の裾とナプキンをはためかせて進むあの歩きかたでした。それからわたしはまた一分半ほど考えた。そしたら、この犯罪の正体がわかりました——まるで自分がその罪を犯そうとしているみたいにありありとわかったのです」

　パウンド大佐はじっと相手の顔を見つめたが、話し手の温和な灰色の眼は、うつろに冴えて天井に釘《くぎ》づけになっている。

「犯罪というものは、他のあらゆる芸術作品と変わりありません」と神父はゆっくりと言った——「驚かんでもよろしい——犯罪だけが、地獄のアトリエから生まれる芸術作品だとはかぎらぬのですから。だが、神々《こうごう》しい作品にしろ、悪魔的な作品にしろ、芸術作品と名のつくものには、必ず一つの特長がある——いかに仕あがりが複雑に見えようと、中心はあくまで単純であるというのがそれです。たとえば《ハムレット》にしても、墓掘り人夫の異様さ、発狂した乙女の花、でこでこ飾りたてたオズリックの衣裳、亡霊の蒼ざめた表情、冷笑しているような髑髏《どくろ》、そういったものはすべて、目だたぬ黒衣をまとった一人の悲劇的な人物の周囲をとりかこむ縺《もつ》れあった変わり種の花環にすぎません。そこで、今度の事件もまた」と言いかけながら、神父は微笑をうかべてゆっくりと床におりた——「今度の事件もまた、黒い服を着た男の簡単明瞭な悲劇なのですよ。さよう」と神父は、大佐が訝《いぶか》しげな顔をあげるのを見ながらつづけた——「この話の全体が、一着の黒い上着に根ざしているんですよ。この話にも、《ハムレット》と同様に、ロココ風の余計な飾りがついている——たとえば、あなたがたがその飾りです。あそこにいるはずがないのにいたあの死人の給仕もそうだし、あなたがたの食卓から銀器をかっさらって雲隠れした眼に見えぬ人間の手もそうです。だが、どんな抜け目ない犯罪だろうと、結局はある一つの単純このうえない事実を土台にしている——それ自体にはすこしもふしぎなところのない事実にもとづいている。それが神秘的になるのは、この単純な事実をカバーし、それから他人の注意を逸らせようとするからでしてな。今度の緻密で——ふつうに行けば——稼ぎの多かった大犯罪の基礎は、紳士の夜会服が給仕の服と同じであるという単純な事実にあったのです。あとは全部、芝居の力でした——それもずばぬけて巧みな芝居でしてな」

「それにしても」と大佐は立ちあがりながら、自分の靴にしかめ面を向けて言った。「どうもよくわからんな」

「大佐殿」とブラウン神父は言った——「いいですかな、あなたがたのフォークを盗んだこの厚かましい大悪党は、煌々と明かりの灯っている廊下を、みんながじろじろ見ているのを尻目に二十回も往復していたのですよ。やつは暗がりに隠れるようなことはしなかった——そういう場所は誰でも怪しいと思うものですからな。やつは、明かりの点《つ》いた廊下のどこかしらをたえず動いておって、どこに行っても、自分はここにいるのが当然なのだといわんばかりのようすをしていました。やつがどんなようすだったかということは、わたしに訊くには及びません――あなたご自身、今夜六、七回もやつを見たはずです。あなたは他のおえらがたといっしょに、この廊下の突き当たりにある、すぐうしろにテラスを控えた応接間で待っておられた。あなたがた紳士のあいだに割りこむときには、やつは頭をさげ、ナプキンをぴらぴらさせ、とぶように歩いて、いかにも給仕らしい身のこなしで現われた。やつはテラスにとびだし、テーブル・クロスの上でなにか離れ業をやらかし、それからまた事務室や給仕部屋のほうに駆けもどった。やつが事務員や給仕たちに見られる場所に来た頃には、頭のてっぺんから爪先まですっかり別人になりきっていた。そして、いかにも客らしいぼんやりした傍若無人《ぼうじゃくぶじん》ぶりで給仕たちのあいだを歩きまわったのです。晩餐の席を離れたハイカラな紳士が、動物園の獣《けもの》のようにホテルのいたるところをほっつき歩くのは、給仕にとって目新しいことではなかったのです――給仕にしてみれば、なにがといって縦横無尽に勝手に歩きまわることほど上流人らしい特徴はないと考えるのがあたりまえですからな。

さて、この紳士は廊下を歩くのにお倦《あ》きあそばすと、今度はくるりと向きを変えて事務室の前を通ってもどっていき、そのすぐ先のカウンターの蔭で魔法使いよろしくたちまち一変して、またもや腰の低い給仕に化けて十二漁師のなかに割りこんだのです。ひょっこり入ってきた給仕に、紳士方が眼をとめるわけがありますか？　散歩中の一流紳士を怪しいと思う給仕がいましょうか？　一度か二度、やつは人を喰ったにもほどがある芸当を演じましたよ。主人の私室に行って、咽喉が乾いたからソーダ水のサイフォンをくれと気軽に声をかけたものです。そして、自分で運ぶから、と人のよさそうなことを言って、ほんとに自分で運んだのですよ——あなたがたが束になって集まっているなかをすばやくまちがいなしに運んでいったのです。誰が見ても合点のゆく用事をしている給仕といったふうにね。もちろん、こんな見せかけは長くつづくはずがないが、ともかく魚料理が終わるまでつづけていなければならなかった。

　やつにとっていちばん危なかった瞬間は、給仕たちが一列になって立ちならんだときです——ところが、そのときでさえ、やつはうまうまと壁の角のちょっと先にもたれかかっていたので、こののるかそるかの一瞬、給仕たちはやつを紳士と思いこみ、紳士がたはやつを給仕だと考えた。それから先はもうなんの苦労もありませんでした。やつが食卓から離れているところを給仕が見つけたとしても、それは給仕がものぐさやの一貴族を見つけたということにすぎない。やつはただ、魚の皿を片づけにくる二分前の時間を見はからい、すばしっこい給仕になりすまして自分で皿を片づけさえすればよかったのです。やつは皿を食器棚の上に置き、銀器を胸ポケットに押しこみ、その部分をふくらませて脱兎のごとく駆けだし（そのときわたしは近づいてくる足音を聞いたのです）、携帯品預り所の前まで来た。そこでは、やつはまた富豪に化ければよかったわけです——急用で席をはずさねばならぬ富豪にね。やつはただ預り所の番人に札をわたして、入ってきたときと変わらぬ上品さで出ていきさえすればよかった。ところが、たまたまわたしがその番人だったというわけです」

「きみはやつにどんなことをしたんだ?」珍しく熱のこもった調子で大佐がさけんだ。「やつはどんな話をしたんだ?」

「まことに申しわけありませんが」と神父は眉毛一つ動かさずに言った――「話はそれでおしまいです」

「話がおもしろくなるのはこれからだというのに」とパウンドはぼやいた。「どうやらやつの手口はわかったが、きみの神父としての手口はよくわからんようだ」

「さて、わたしは行かねばなりません」とブラウン神父は言った。

二人は連れだって廊下を歩き、正面広間に出ていった。そこには、チェスター公爵の血色のよい雀斑だらけの顔が見え、公爵は快活に跳びあがるようにして二人のほうに近づいてきた。

「来たまえ、パウンド」息を切らして公爵が言った。「ホテルじゅうを捜しまわっていたんだ。晩餐はまた盛大に始まっているし、オードリー老人は、フォークの無事を祝して一席ぶつことになっていますよ。この事件を記念するために、なにか新しい儀式を始めたいんだ。ほんとにあの品物を取り返したのだから、どうです、なにか提案はありませんか?」

「そうだな」と大佐はいくぶん皮肉な賛成の意をしめして相手を見ながら言った。「わたしの提案は、今後われわれの夜会服は黒のかわりに緑色にしたらいいだろうということだ。あんまり給仕そっくりの恰好だと、どんなまちがいが起こらんともかぎらぬからな」

「いいかげんにしてくださいよ!」と相手の青年はさけんだ――「紳士が給仕そっくりに見えるなんて絶対ありません」

「給仕が紳士そっくりに見えることもな」とパウンド大佐は、依然相手をばかにしたような笑い顔をうかべて言った。「神父殿、あんたの友人は紳士のまねをするくらいでは、よほど利口だったにちがいないですな」

ブラウン神父は、ありきたりの外套のボタンを襟のところまで全部はめた――夜風が烈《はげ》しかったからである。そして、傘置き台から自分のありきたりの蝙蝠傘を取りだした。

「さよう」と神父は言った――「紳士になるのはちょっとやそっとのことではできません。だが、どんなもんでしょう、わたしはよく考えるんだが、給仕になるのもまた同じくらい骨の折れることではないでしょうかな」

そして、「お休み」と言いながら神父はこの快楽の宮殿の重いドアを押しあけた。表に出ると、重々しく金色の門が閉まる。神父は湿った暗い街路を威勢よく歩いて、安あがりなバスを捜しにいった。

赤い絹の肩かけ

モーリス・ルブラン
井上勇　訳

L'Écharpe de Soie Rouge　一九一一年
アルセーヌ・リュパン！　多数の変名をもつこのヒーローは、時には怪盗になり、時には名探偵となる。『奇巌城』『８１３』等の長編における活躍については、今さら説明を要しないが、短編における活躍もまたすばらしい。本編は『リュパンの告白』（一九一三）に収録されたもので、リュパンは怪盗と名探偵の二役を演じている。リュパンものの短編集は、ほかに『怪盗紳士リュパン』『リュパン対ホームズ』『八点鐘』等がある。

その朝、裁判所に行くため、いつもの時間に自宅を出たガニマール主任警部は、ペリゴレーズ通り沿いに自分の前を歩いている人物が、かなり変てこなしぐさをするのに気づいた。

五十歩か六十歩ごとに、そのみすぼらしい身なりをして十一月だというのに麦わら帽子をかぶった男は、腰をかがめて靴の紐《ひも》を結び直したり、ステッキを落として拾ったり、そのほかいろんなことをするのである。そしてそのつど、ポケットからオレンジの皮の小さな小切れを取り出して、こっそりと歩道の縁におくのだ。

おそらくはたんなる奇癖《きへき》で、子どもっぽい気晴らしをしているのだと思ってだれも注意しなかったであろうが、ガニマールはなにものにも無関心ではおれず、ものの秘密の理由を知るまでは満足しない目の鋭い観察者だった。だからして、さっそくその男の尾行にとりかかった。

ところが男が右に折れてグラン・タルメの大通りに出たとき、警部はそやつが十二歳ぐらいの少年と合い図をかわしているところを目にとめた。少年は左側の家並み沿いを歩いていた。

二十メートルばかり先へ行くと、男はかがんでズボンのすそをもちあげた。そのあとにはオレンジの皮があった。ちょうどそのとき、少年は立ち止まると、白墨《はくぼく》のきれでかたわらの家の壁に白い十字を描き、それを輪でかこんだ。

ふたりはそのままぶらぶら歩きつづけて行った。一分ほどたつとまた立ち止まった。未知の男はピンを拾いあげてオレンジの皮を落とし、それと同時に少年は、壁に第二の十字を描いて、これまた白い丸でかこんだ。

「ちきしょう」警部は満足そうにうなりながら考えた。

（こいつ、くさいぞ。……いったい、なにをたくらんでいるんだろう、あのふたりのお客は）

ふたりの《お客》は、フリードランド大通りを抜け、フォーブル・サン・トノレをくだって行ったが、かくべつこれはと注意を要するような事実はなにも起こらなかった。

ほとんど一定の間隔をおいて、いわば機械的にこのふたつの操作がくりかえされていた。しかしながら、いっぽうではオレンジの皮の男は、しるしをつける家を選んだあとでなくてはその仕事をやらず、他方少年のほうは、仲間の合い図を見てとったあとでなくてはその家にしるしをつけないのが一目瞭然《いちもくりようぜん》だった。

だからしてそのあいだに合意があるのは確かで、こうしてふと捕えた操作は、主任警部の目には少なからず興味があった。

ボヴォー広場までくると、男はためらっていた。それから意を決したように、ズボンのすそを二度ひきあげて、またおろした。すると少年は司法省の前で歩哨《ほしよう》に立っている兵隊のまん前で歩道の縁にすわり、石の上にふたつの小さな十字と、ふたつの輪のしるしをつけた。

エリゼ宮のとっつきでも、同じ儀式。ただ大統領官邸の役人が歩いていた歩道の上には、ふたつでなくて三つのしるしがしるされていた。

「どういうつもりだろう」ガニマール警部は胸騒ぎで蒼白《そうはく》になってつぶやきながら、いつも謎の状況にぶつかるたびに考えるように、いままたわれ知らず永遠の敵リュパンのことを考えていた……。

「どういうつもりだろう」

もうすこしで警部は、そのふたりの《お客》をひっとらえて尋問するところだった。しかし、警部はそんなばかをしでかすには、すこしく頭が働きすぎた。それにまた、オレンジの皮の男はシガレットに火をつけており、少年も同じくシガレットの吸いさしをたずさえて、あきらかに火をかりるため、男に近づいていっていた。

ふたりはなにかふたことみこと言葉をかわした。すると少年はすばやくその相棒に、ひとつの品物を差し出した。それはすくなくとも警部の考えでは、ケースにおさめたピストルの形をしていた。ふたりはいっしょに、その品物の上からかがみこんでいた。そして男は壁のほうに向いて六回、ポケットに片手をもっていき、ピストルに弾丸《たま》をこめているようなしぐさをした。

その仕事が終わるとすぐふたりはまた歩きはじめ、シュレーヌ街にはいっていった。警部はふたりの注意をひく危険をおかして、できるだけ間近によって尾行をつづけていると、相手が一軒の古ぼけた家のポーチの下にはいりこむのが見えた。その家は四階建ての最上階の窓だけをのこして鎧戸《よろいど》が全部おりていた。

警部はふたりのあとからとびこんだ。車寄せの向こうのはしの広い内庭の奥に、その建物に住んでいるペンキ屋の看板が見え、左手に階段の昇降口があった。

警部はのぼっていった。最上階にのぼったとたんに、ずっと上のほうでなぐりあいでもするようなそうぞうしい物音が聞こえてきたので、警部はさらに足をはやめた。

最後の踊り場までのぼってみると、ドアがあいていた。警部はなかにはいって、一瞬耳をすませ、とっくみ合いの音を耳にすると、その物音がしていると思われる部屋に向かって駆けだし、敷居口まで行くと、ひどく息切れがして立ちどまり、そしてなかを見てびっくりぎょうてんしたことには、例のオレンジの皮の男と少年がめいめい椅子をもって、しきりと床をどたばたたたいていた。

ちょうどそのとき三番目の人物が、隣の部屋から出てきた。二十八歳から三十歳と思われる若い男で、短く刈ったほおひげをはやし、眼鏡《めがね》をかけ、アストラカンの部屋着をきこみ、どこか外国人くさい、ロシア人かと思われるようすをしていた。

「やあ、こんにちは、ガニマール君」と、その男はいった。

それからふたりの相棒に向かって、

「ありがとう、諸君。うまくやってくれて感謝する。これは約束のお礼だ」

若い男は百フラン札を出してふたりに与え、外に押し出して、うしろからふたつのドアをしっかりとしめた。

「きみ、失礼した、かんべんしてくれたまえ」と、男はガニマールにいった。「きみに話したいことがあってね……急用で」

男は手を差し出したが、警部がぽかんとして顔を怒りにゆがめているのを見ると、大仰《おおぎょう》に、

「きみにはわからんようだな……はっきりしてるじゃないか。……ぼくはきみに急用があって、会いたかったのだよ。……ねえ、それでいいじゃないか……」

そして、異議を唱《とな》えたのに答えるようなかっこうで、

「いやいや、そりゃ、きみ、ちがうよ。手紙を書いたり、電話をかけたのじゃ、きみはやってきはしない……それとも一連隊もひきつれてくるだろう。ところで、ぼくはきみとふたりきりで会いたかったんだ。それであのふたりの好人物にいいつけてオレンジの皮をまき、十字に丸のしるしをつけさせて、つまりきみをここまで手引きしてくるように迎えを出すほかは手がないと考えたんだ。おい、どうしたんだ。鳩《はと》が豆鉄砲をくったようなかっこうをしてさ。どうかしたのかい。たぶんぼくに見覚えがないのだろう。リュパンだよ。……アルセーヌ・リュパンだ。……きみの記憶の底をかきまわしてみてくれ。……この名前で、何か思い出すことはないかい」

「ちきしょう」ガニマールは歯をくいしばっていった。

リュパンはしょげたかっこうをして、なつかしそうな口調で、

「おこったのか。そうだよ、きみの目でわかる。……デュグリヴァル事件のことだろう。きみが逮捕にくるのを待っておるべきだったのだろう。……なむさん、そこまでは、ちっとも考えなかったんだ。誓っておくが、次のときは……」

「悪党め」と、ガニマールは吐《は》きすてるようにいった。

「ところがぼくは、きみがよろこぶだろうと思っていたんだ。まったく、そうだよ。『あの善

良な、でぶのガニマールにも、もうながいあいだ会わない。きっと首にとびついてくるだろうよ』と、自分で自分にいってきかせたくらいだ」

ガニマールはさっきから身動きもしないでいたが、やっと自失状態から抜け出したようすだった。あたりを見まわし、リュパンをながめ、あきらかに、じっさいいまにも首にとびついていこうとしているのではなかろうかと自問し、それから自制して椅子をつかみ、腰をおろして、とっさのうちに相手のいいぶんを聞くつもりになったらしかった。

「話してみろ」と、警部はいった。……「駄弁《だべん》はごめんだよ。忙しいからだだ」

「そうこなくては」と、リュパンはいった。「話すとしよう。こんな閑静《かんせい》な場所はまたとない。これはロッシュユロール公爵がもっている古い屋敷でね。公爵はここには一度も住まず、この階をぼくに貸してくれてね、ペンキ屋の大先生と住居をわかつ喜びを与えてくれたわけだ。ぼくはきわめて実用むきの同じような住居を、ほかにもいくつかもっているがね。ここではぼくは、みかけはロシアの大貴族のようなかっこうをしているが、元大臣ジャン・デュブルイユ氏ということになっている。……わかるだろうが、あまりひと目をひきたくないので、少しくやっかいな職業を選んだわけさ……」

「それがわたしにとって、どうしたというのだね」ガニマールが横槍《よこやり》を入れた。

「まったくだ。ぼくはだべっていて、きみは忙しいからだだったんだね。かんべんしてくれ。手間はとらせない。……五分間……じゃ、はじめるよ。……葉巻きはどうだ。いやか。よろしい。ぼくもほしくない」

リュパンは自分でも腰をおろし、考えこんでテーブルの上をピアノをひくようにたたきながら、さて次のような話をした。

「一五九九年十月十七日、暖かくて、楽しい、いいお天気の日……よく聞いているね……それで、一五九九年十月十七日……ところで、きみには、ぜひとも、アンリ四世の治世まで、さかのぼって、ポン・ヌーフ（パリ中央の橋）の由来について、くわしい事実を説ききかせる必要があるかしら。いや、きみはフランスの歴史に通じているはずがない。そんなことを話したところできみの頭を混乱させるだけだ。だから、これだけのことを知らせておけば充分だろう。つまり、夜中の一時ごろ、いまいったポン・ヌーフの左岸の最後の迫持《せりもち》の下を通過していたひとりの船頭が、自分の伝馬船の前方へ、なにものかが落ちる水音を聞いたのだ。それは橋の上から投げこまれたもので、あきらかにセーヌの川底に沈める目的だった。すると飼っていた犬が吠《ほ》えながらとび出して、船頭が船のへさきまで行ってみると、犬が新聞紙の切れを口にくわえて振っているのが見えたのだ。その新聞紙にはいろんな品物がくるんであった。船頭は水中に沈まなかった品物だけをかき集めて、船室にはいり、それを調べてみた。調べた結果はおもしろそうなものだった。たまたまこの船頭はぼくの友人のひとりと関係があったので、その友人がぼくのところへ、そのことを知らせてよこした。そういうわけでけさ、ぼくはたたき起こされて事の次第をきかされ、その拾いあげた品物を渡された。これだがね」

リュパンはテーブルの上に並べてあった、その品物を示した。まず新聞紙の破れた断片があった。それから大きなクリスタルのインキ壺があり、そのふたには長い糸切れが結んである。

それからガラスの小さな破片があり、くちゃくちゃになった、しなしなするボール紙の箱のようなものがある。それから、最後に緋《ひ》色《いろ》の絹の小切れがあり、同じ材料で同じ色の房《ふさ》がひとつついていた。

「これがぼくたちの証拠の品々だよ、きみ」と、リュパンは先をつづけた。「犬がばかをしでかして、ちらかしてしまって。ほかの品がそろっておれば、問題の解決は、たしかにもっとやさしいんだがね。だがぼくの見たところでは、これだけでも、少しく頭と知恵を働かせれば、どうにかものになると思う。そういうことにかけては、まさにきみの独壇場だ。どう思うかね」

ガニマールは眉《まゆ》ひとつ動かさなかった。リュパンの饒舌《じょうぜつ》はがまんしても、威信のうえからして、言葉ひとつ、身ぶりひとつ批判ととられるような頭を縦にふったり、横にふったりですらも答えるわけにはいかなかった。

「どうやら、われわれは完全に見解が一致したらしいね」リュパンは警部の沈黙におかまいなしに先をつづけた。「そこでぼくは、これらの証拠品が物語っている事件を要約して、こう断言する。ゆうべ、九時から真夜中のあいだに、派手な身なりをした女が短刀で刺されて、それからあと、首を絞められて死んだ。犯人はりっぱな服装をし、片眼鏡をかけた、競馬場に出入りをする男で、その直前、いまいった女とメレンゲ菓子を三つとコーヒー・エクレアをひとつ食べた。まずはこういったところさ」

リュパンはシガレットに火をつけ、それからガニマールの袖《そで》をつかんだ。

「どうだい警部、びっくりしたろう。きみはね、探偵推理の領分では、こんな腕前はしろうとには及びもつかないと考えている。まちがいだよ、きみ。リュパンは小説のなかの探偵のように推理にかけては手品師なんだ。立証しろというのか。明々白々の、子どもだましのようなものさ」

そして、リュパンは論証につれて、いちいち証拠の品を指さしながら言葉をつづけた。

「つまりだね。ゆうべ九時から真夜中のあいだというのは、（この新聞のはしくれに、きのうの日付がついて《夕刊》と記されている。それにまたきみが見るとおり、ここにこうして黄色い紙のバンドのきれが新聞に張りついている。これは予約講読者に新聞を送るのに使うもので、夕刊だったら九時の配達便でなくては読者の宅に届かない）――だからして、九時以後に、りっぱな服装をした男というのは（よく気をつけて見てくれ、この小さなガラスの破片の縁のところには小さな穴があいている、そして、片眼鏡というものは、元来が貴族趣味の持ち物だ）そこで、りっぱな服装をした男がケーキ屋にはいっていった、ということになる。（ここに箱の形をした、きわめて薄手のボール紙があるだろう。これにはまだメレンゲとエクレアのクリームが少しくっついている。ふつうよくこのふたつは並べて入れるものだ）で、その片眼鏡の男はお菓子の包みをかかえて、その若い女と会った。この緋色の絹の肩かけは、派手な身なりをしていることを充分に物語っている。それで男はその女と会って、動機はまだわからないが、まず短刀で刺し、それからこの絹の肩かけで首を絞めた（警部、拡大鏡で調べてみるといい。すると、絹の上に赤の色が一段と濃いしみがついているのがわかる。ここに見えるのは短刀をぬぐった跡で、こちらのは血でよごれた手を布地でこすり取ったしるしだ）。犯行が終わると、男はあとに痕跡《こんせき》をのこさないようにするために、ポケットからまず予約購読している新聞を取り出した（このきれはしをちょっと見たまえ）。これは競馬新聞で、紙名は調べればすぐわかるだろう。次に紐を取り出した。これは鞭《むち》についている紐だ（このふたつの事実によって、その男が競馬に興味をもち、当人自身、馬に乗ることがわかる）。それから、その男はつかみあいのさい壊れた片眼鏡の破片を集めた。そして、鋏《はさみ》で（調べるとわかるが、これは鋏による切り口なのだ）、肩かけのよごれた部分を切りとり、残りの部分は、たぶん被害者のひきつった手がつかんだままにしておいたのだろう。そしてケーキ屋のボール箱を丸めた。同時にほかの手がかりになりそうな品物をも始末した。それは、いまごろは短刀といっしょに、セーヌ川の川底に沈んでいるはずだ。そこで男は全部のものをまとめて新聞にくるみ、紐でしばり、重しのかわりにこのクリスタルのインキ壺をくくりつけた。そしてずらかったのだ。まもなく、包みはさっきいった船乗りの伝馬船のへさきへ落ちてきた。まあ、こういった次第だ。うっふ。汗がでるよ。どうだい、この話は？」

リュパンは自分の長広舌《ちょうこうぜつ》が警部に与えた効果を知るため、ガニマールを観察していた。ガニマールは相変わらず沈黙をまもりつづけた。

リュパンは笑い出した。

「じつをいうときみは、はらの底では、びっくりしてるんだろう。それでいて、警戒しているんだ。（リュパンのやつ、なんでこの話をおれにもちこんだのだろう。他人《ひと》に教えず、殺人犯人を追いかければ、なにかくすねるものがあったら独り占めできるのに）と、こう考えているんだろう。たしかに、その疑問は筋が通っている。しかしだ……そこにひとつの《しかし》がある。しかしだ、ぼくにはひまがないのだ。現在、仕事が山ほどあって、お手あげなのだ。ロンドンの押し込み強盗事件がひとつに、それにローザンヌにもうひとつ。それからマルセイユの子どもすり換え事件に、死に神にとりつかれている若い娘の救済。そいつがいちどきにみんな、ぼくの双肩《そうけん》に落ちかかっているんだ。ぼくは考えた。（この事件はひとつ、あの善良なガニマールにもちこんだらどんなものだろう。あの男だったら成功するだけの腕をりっぱにそなえている。それに大いにあの男のためにつくしてやれることになる。どんなにかあの男も名声を博するだろう）ってね。

そう考えると、さっそく実行だ。けさ八時、ぼくはオレンジの皮を持った人物を、きみの出迎えのために差し向けた。きみは釣り針にかじりついた。そして九時にはぴちぴちはねながらここまでやってきた」

リュパンは立ちあがっていた。すこしく警部のほうへ身をかがめると、その目をじっと見入りながらいった。

「もうひとつ、それでおしまいだ。話はいまいったとおりだ。たぶん、まもなく被害者もわかるだろう。……おそらく、バレエの踊り子か、カフェー・コンセールの歌姫だろう。いっぽうまた、犯人はポン・ヌーフの近く、たぶん左岸に住んでいる公算が高い。この事件はきみに贈呈する。やってみたまえ。ぼくはこの肩かけのきれはしだけもらっておく。もしきみが肩かけ全部を復元したいというのなら、残りのきれはしをぼくのところへ持参したまえ。警察が被害者の首から取りあげるやつをね。持ってくるなら、かっきりひと月先にしてくれ。つまり、きたる十二月二十八日午前十時。ぼくは必ずいる。そして心配せんでよろしい。これはきわめてまじめな話なんだよ、きみ、それはぼくがきみに誓う。でたらめは絶対にない。思いきってやっていいよ。ああそうだ、もうひとつ大事な点があった。片眼鏡の男を逮捕するときには注意したまえ。左ききだ。じゃ失敬するよ。きみ、成功を祈る」

リュパンはくるりとからだをひるがえし、ドアのそばに行くと、それをあけて、警部がなんとかはらをきめることを考えるひまもなく、たちまち姿を消した。はっとして一足とびにガニマールは駆けつけたが、すぐ気がついたことには、錠前《じょうまえ》の取っ手がなにかわからぬ仕掛けでまわらなくなっていた。その錠前をはずすのに十分かかり、控えの間の錠前をはずすのにさらにまた十分かかった。三つの階段をころげるようにして駆けおりたときには、もはやアルセーヌ・リュパンに追いつく望みはぜんぜんなくなっていた。

それにまた警部は追いつこうとも考えなかった。リュパンは警部に奇妙な複雑な感情をいだかせていた。そこには不安と怨恨《えんこん》と心ならずもの賛美と、どんなに努力しても、どんなに根気よく捜査をつづけても、こんな敵手にはとうてい打ち勝てないという、ばくぜんとした直感が混じりあっていた。任務と自尊心からして追及はしていたが、しょっちゅうこの恐るべき謎の人物にだまされ、自分の失敗を笑おうと待ちかまえている公衆の面前で恥をかかされることを心配していた。

とくにこの赤い肩かけの話は、警部には怪しいと思われた。たしかにひとかたならずおもしろいにはちがいないが、いかにもほんとうらしくなかった。それにリュパンの説明は一見論理的ではあるが、どう考えたってまじめな検討に値しなかった。

（いや、これはすべて悪ふざけだ……）と、ガニマールは考えた。（想像と仮定の寄せ集めで、根拠はなにもない。おれはその手にのらないぞ）

ガニマールは、オルフェーヴル河岸、三十六番地（パリ警視庁）に着いたときには、その朝のできごとはなかったことにして、無視する堅い決心をしていた。

警部は保安部の階段をのぼっていった。すると同僚のひとりが声をかけた。

「部長に会ったかい」

「いいや」

「すぐ会いたいといっていたよ」

「え?」

「そうだよ。追いかけて行きたまえ」

「どこへ?」

「ベルヌ街だ、ゆうべ、殺人事件があったんだ」

「え。それで被害者は?」

「よくは知らんがね。……カフェー・コンセールの歌うたいの女とか、いったようだ」

ガニマールはただ、

「これはこれは」とつぶやいただけだった。

三十分ののちにはガニマールは地下鉄から出て、ベルヌ街のほうへ歩いて行っていた。

被害者は、芸能界ではジェニイ・サフィールの芸名で知られ、三階にある、つましいアパートに住んでいた。ひとりの巡査に案内されて、主任警部はまずふたつの部屋を通り抜け、それからすでに取り調べを担当する司法当局者や、保安部の部長デュドゥーイ氏や、検死官が集まっていた部屋にはいっていった。

最初のひと目でガニマールはぞっとした。長椅子の上に若い女の死体が横たわり、ひきつった手には赤い絹の切れっぱしをつかんでいるのが見えたのである。はだけたコルサージュの外にむき出しになっている肩にはふたつの傷口があり、そのまわりに血が凝結していた。顔はゆがんで、ほとんど黒色をし、狂ったような、おそろしい表情をしていた。

警察医が検死を終わって、そしていった。

「わたしの最初の結論は、きわめて簡単明瞭です。被害者は最初に短刀で二度刺され、そのあと絞殺されたのです。窒息死であることは明らかです」

(これはこれは)と、ガニマールはリュパンの言葉、犯罪を予見した話を思い出しながら、また考えた。

予審判事が異議をとなえた。

「しかし首には皮下溢血《いっけつ》の形跡がちっともない」

「絞殺は」と、医師は述べた。「被害者が持っていた、この絹のスカーフを使ってもできます。ここに残っているこの切れっぱしで。被害者は身を守るために、両手でしがみついています」

「でも、この切れっぱしだけしか残っていないのは、どうしたことだろう」と、判事はいった。

「あとの残りはたぶん、血でよごれたので、犯人が持ち去ったのでしょう。急いで鋏でたち切ったあとが、きわめてはっきりと見えます」

「これはこれは」と、ガニマールは三度目、同じことを口のなかでくりかえした。「あのリュパンのちきしょう、その場にいもしないで全部見通しだ」

「で、犯罪の動機は？」と、判事がきいた。「錠前はたたきこわされ、たんすはかきまわしてある。デュドゥーイ君、なにか情報はあったかね」

　保安部長は答えた。

「小間使の陳述を土台にして、すくなくともひとつの仮説は組みたてられます。被害者は歌手としての才能はとるにたりないものでしたが、美貌で評判だったのです。そして二年まえにロシアに旅行して、帰ってきたときにはすばらしいサファイアをもっていました。なんでも宮中のだれかがくれたらしいのです。ジェニイ・サフィール（サファイア）は――そのときから、ひとはこの女のことをそう呼ぶようになったのですが――この贈りものをたいへんに自慢にしていましたが、用心して身にはつけないようにしていたのです。それで、サファイアを盗むのが犯罪の動機だったと推定しては、どんなものでしょう」

「ところで、その小間使は宝石のある場所を知っていたのか」

「いや、だれも知っていなかったのです。そして、この部屋のとりちらかしようをみると、犯人も同様に知らなかったことを示すものと思えます」

「その小間使を尋問することにしよう」と、予審判事はいった。

デュドゥーイ氏は主任警部をかたわきにひっぱって行って言った。

「ガニマール、きみはなんとも変なようすをしている。どうしたんだね。なにか心当たりがあるのかね」

「ぜんぜんありません、部長」

「そいつは困ったね。保安部には、なんとしてもぱっとした功名がひとつ必要だ。このところ犯人が見つからない、同じような犯罪が、すでに数件も重なっている。こんどこそホシをあげんことには。しかもてっとりばやく」

「むずかしいですな、部長」

「ぜひ、そうしなくちゃ。まあ聞け、ガニマール。小間使の話によると、ジェニイ・サフィールはたいへん規則正しい生活をおくっていて、このひと月というもの、劇場から帰ると、ということは十時ごろになるが、たびたびひとりの人物と会っていたそうだ。そしてその人物はいつも真夜中ごろまでいたそうだ。『社交界の男で、わたしと結婚したいといっている』というのが、ジェニイ・サフィールのいいぶんだった。その社交界の男というのはひとから見られないようにあらゆる用心をして、門番の住居の前を通るときには外套《がいとう》の襟《えり》を立てて帽子の縁をひきさげるようにしていた。そしてジェニイ・サフィールも、その男がまだ来ないうちから、いつも小間使を遠ざけるようにしていたそうだ。それでまず、その男を見つけることがかんじんだ」

「手がかりはなにも残していないのですか」

「なにもない。われわれが相手にしているのはなかなか手強《てごわ》い野郎で、充分に計画を立て、絶対にしっぽをつかまれないようにして、その計画を実施したのはあきらかだ。こいつを逮捕できたら大手柄になる。ガニマール、わしはきみをあてにしているよ」

「おお、部長。あなたはわたしをあてにしてくださる」警部は答えた。「よろしい。やってみましょう……やってみましょう。……いやだとは申しません。……ただ……」

ガニマールはたいへん神経がたかぶっているようすで、その興奮ぶりにデュドゥーイ氏はおどろいた。

「ただ」と、ガニマールは、あとをつづけた。「ただ、わたしは誓って……ねえ、部長、わたしは誓って……」

「なにを誓うのだね」

「いや、なんでもありません。……いまにわかります、部長。……いまにわかります」

ガニマールは外に出てから、はじめてその文句にしめくくりをした。しかも声高く、地べたをどんと踏みつけて、めっぽう腹立たしそうな口調でしめくくりをつけた。

「ただ、おれは神かけて誓うが、この逮捕はおれ一流のやりかたで、あのちきしょうがくれた情報なんかにはひとつも頼らずに、やってみせる」

リュパンに対して悪態をつきながら、この事件にかかりあいにされたことにぷりぷりしながら、しかもぜひとも自分の手で解決してみせる固い決意をもって、ガニマールは街をあてどもなく、ぶらぶらと歩いていた。煮えくりかえる頭のなかで、なんとかしてすこしでも考えをまとめ、てんでんばらばらの事実のなかから、だれも気がつかない、リュパンが勘づいていない、成功への緒《いとぐち》となるような、小さな手がかりを見つけようと捜していた。

警部は一軒の飲み屋で、大急ぎで昼食をすませると、またぶらぶら歩きをはじめたが、とつぜんあっけにとられ、びっくりして立ち止まった。いつのまにか数時間まえ、リュパンによっておびきよせられたシュレーヌ街の当の家のポーチをくぐっていたのである。自分の意志よりもいっそう強力な力が、またもや警部をここまで導いてきたのだ。問題の解答はそこにあった。そこには真相のすべての要素があった。なんとしたって、リュパンの主張はいかにも的確で、その推理はいかにも理路整然としていて、かくもすばらしい洞察力《どうさつりょく》によって生命の根底までゆすぶられていたガニマールは、敵が残していった地点から仕事に手をつける以外に方法はなかった。

警部はもはやそれ以上は抵抗することをやめて、四階までのぼっていった。部屋は開いていた。だれも証拠品には手を触れていなかった。ガニマールはそれをポケットにしまった。

外に出ると、警部は服従する以外に手のない師匠の手管《てくだ》にあやつられ、いわば機械的に推理し、行動した。

その未知の犯人はポン・ヌーフの近くに住んでいるということを肯定すれば、そこからベルヌ街へ行く途中で犯人が菓子を買った、夜、店をあけている、大きなケーキ屋を見つけねばならなかった。見つけるには時間はかからなかった。サン・ラザール駅の近くで、一軒のケーキ屋が、ガニマールが持っていたのと材料も形も同じボール紙の小さな箱を出して見せてくれた。そのうえ、ひとりの女店員が、まえの日の晩、首は毛皮のなかに埋《うず》めていたが、片眼鏡だけははっきりと見えた、ひとりの紳士に菓子を売ったのを覚えていた。

（これで第一の手がかりは確認できた）と警部は考えた。（犯人は片眼鏡をかけている）

ガニマールは次には競馬新聞の断片をよせ集めて、それを新聞店で見せたところ、苦もなく、〈チュルフ・イリュストレ〉（絵入り競馬新聞）であることがわかった。そこでただちに、チュルフ新聞社に出かけて、予約購読者の名簿の閲覧を求めた。そして、その名簿からポン・ヌーフの界《かい》隈《わい》、とくにリュパンがそういっていたので、セーヌ川の左岸に住んでいるものの名前と所番地を抜き出した。

それからガニマールは保安部にかえり、部下を五、六人かき集め、必要な指示を与えて出してやった。

夕方の七時、それらの部下の最後のひとりがかえってきて、耳よりな情報を伝えた。〈チュルフ〉の購読者で、プレヴァイユという人物がオーギュスタン河岸の中二階に住んでいた。その男はまえの日の夕方、毛皮のマントを着て外出しがけに、門番女の手から郵便物と、予約している〈チュルフ・イリュストレ〉新聞をうけとり、そのまま出ていって、真夜中ごろ帰ってきた。

このプレヴァイユ氏は片眼鏡をかけていた。競馬場の常連で、自分でも数頭の馬をもっており、自分が乗ったり貸し出したりしていた。

調査は迅速にはかどり、結果はリュパンの予言とぴったり合っていたので、ガニマールは刑事の報告を聞きながらきもをつぶした。いまさらながら、リュパンが持っている該博《がいはく》きわまりない才能を思い知らされた。その長い一生を通じて、これほどの洞察力と、これほどの鋭い、俊敏な知能を持っているものには、一度も会ったことがなかった。

警部はデュドゥーイ氏に会いにいった。

「すっかり用意はできています。令状はお持ちですか」

「なんだと?」

「逮捕の用意がすっかりできているといってるのですよ、部長」

「ジェニイ・サフィールの殺人犯人がだれかわかったのか」

「そうです」

「だが、どうやって。説明してくれ」

ガニマールはいささか照れて、すこしく顔を赤らめながら答えた。

「偶然です、部長。犯人は足がつきそうな証拠品を全部、セーヌ川に投げすてたのです。その包みの一部が拾いあげられて、わたしに手渡されたのです」

「だれによって?」

「船頭ですが、お礼参りがこわいといって、名前はあかしてくれませんでした。しかし必要な手がかりは全部ありました。仕事は朝めしまえでしたよ」

そして警部はどういう手順だったかを説明した。

「そして、きみはそれを偶然だというのか」デュドゥーイ氏はあきれて叫んだ。「そして、仕事は朝めしまえだったというのか。だってこいつはきみの手柄のなかでも、もっともすばらしいもののひとつだよ。ひとつ最後まできみの手でやってくれ、ガニマール君、抜かりのないように」

ガニマールは急いでかたづけようとした。部下を連れて、自らオーギュスタン河岸に出張り、目ざす家のまわりに部下を配置した。門番女を尋問すると、当の借家人は外で食事をするならわしだが、夕食後にはきちょうめんにうちに帰ってくるという話だった。

じっさい九時すこしまえ、門番女は窓から乗り出してガニマールに合い図をし、警部はすぐと低く呼び子を吹いた。シルクハットをかぶり、毛のマントを着た紳士が、セーヌ川沿いの歩道を歩いてきていた。やがて車道を横切ると、家のほうへ向かってきた。

ガニマールは進み出た。

「あなたはたしかにプレヴァイユさんですね」

「そうです。しかしあなたは……」

「わたしは、ある役目をもって参ったものです……」

その言葉を終わりまでいうひまはなかった。物陰から浮かび出る警部の部下たちの姿を見つけると、プレヴァイユはいきなり壁ぎわまであとずさりして、敵方と面と向かいあったまま、一階を占めて鎧戸をすっかりおろしている一軒の店の扉に背中をよせかけた。

「さがれ」と、男は叫んだ。「おまえなんかに用事はない」

男は右手にふといステッキを振りかざし、左手は背中のほうにすべりこませて、どうやら扉をあけようとしているらしかった。

ガニマールは相手がその扉を抜け、どこか秘密の通路を通って逃げ出すかもしれないとふと思った。

「おいおい。ふざけるな」と、警部は近よりながらいった。……「袋のねずみだ。……手をあげろ」

しかしプレヴァイユのステッキをつかんだとき、ガニマールはとつぜん、リュパンが与えた警告を思い出した。プレヴァイユは左ききなのだ。左手で捜しているのは、ピストルだ。

警部はいきなり腰をおとした。相手のすばやい動作が見えた。二発の銃声がひびきわたった。だれにもあたらなかった。

数秒のあとにはプレヴァイユは顎にしたたか拳骨をくらい、その場にのびてしまっていた。そして九時には拘置場につながれていた。

ガニマールは当時すでに多大の名声を博していた。しかしかくも迅速に、しかもきわめてあっさりとこの犯人を逮捕したことは、たちまち警部を有名にした。世間ではたちまちプレヴァイユを、それまで未解決になっていたいろいろな犯罪全部の犯人に仕立て、新聞はガニマールの武勇をはやしたてた。

取り調べは、最初のうちはきわめて迅速にはかどった。まず最初に、プレヴァイユはそのほんとの名前がトーマ・ドロックであり、すでに司直の手をたびたびわずらわした前科者であることが判明した。そのうえ家宅捜査の結果新しい証拠こそ出なかったが、包みをからめるのに使ったのと同じような紐の巻いたのが発見され、被害者の傷口と同じ傷口ができると思われる短刀が見つかった。

しかし八日目になって事態は一変してしまった。それまで尋問に答えることを拒否していたプレヴァイユは、弁護人に守られてきわめてはっきりしたアリバイの申し立てをした。犯罪の当夜はフォリ・ベルジェール座にいたというのである。

事実、そのタキシードのポケットのなかから、平土間の一等の座席券とプログラムが発見され、そのいずれもその当夜の日付になっていた。

「でっちあげのアリバイだ」と、予審判事はがんばった。

「それじゃ、証明しろ」とプレヴァイユは答えた。

面通しが行なわれた。ケーキ屋の店員は、片眼鏡の紳士のような気がすると答えた。ベルヌ街の門番は、ジェニイ・サフィールをよく訪ねていた男のような気がするといった。しかし、それ以上のことはだれにも確認できなかった。

こうして予審ではなにひとつ正確なことは立証できず、正式に起訴できる堅実な根拠はなにもなかった。

判事はガニマールを呼んで、その当惑をうちあけた。

「わたしはこれ以上、がんばることは不可能だ。起訴しようにも、しっかりした証拠がない」

「だって、予審判事、有罪にきまっていますよ。犯人でなかったなら、プレヴァイユは抵抗せずに逮捕されたはずです」

「あの男は悪者に襲われたのだと思いこんだといっている。ジェニイ・サフィールなどには一度も会ったことがないとまで主張している。そして事実、その主張をくつがえすだけの証人はひとりとして見つからない。同時にまたサファイアが盗まれたとしても、あいつのうちからは発見できなかった」

「ほかの場所からも出てきませんよ」と、ガニマールは横槍を入れた。

「そりゃそうかもしれないが、ほかで見つからないからといって、あの男を責めるわけにはゆかない。ガニマール君、われわれに必要なものはなにか、きみにもわかっているだろう。しかも至急に。あの肩かけの片割れだ」

「片割れ？」

「そうだよ。犯人が持ってにげたのは明らかだ、それというのは、犯人の血まみれの指のあとが布地についているからだよ」

ガニマールは答えなかった。数日まえから、問題はいずれそこに結着するのを感じていた。ほかには役立つ証拠がなかった。絹の肩かけさえあれば、そしてそれだけがプレヴァイユの有罪を実証できる。そしてガニマールの立場は、その有罪の立証を必要としていた。逮捕した責任上、逮捕によってその名をうたわれ、悪人仲間のもっとも恐るべき敵としてもてはやされているからには、プレヴァイユが釈放されたとあっては、世間のもの笑いになるのは必定《ひつじょう》だった。

不幸にして、その唯一の欠くべからざる証拠はリュパンの手中にあった。どうやってそいつをあの男から取りもどしたらよいか。

ガニマールは捜した。新しい捜査に精根をつくし、ベルヌ街の謎をさぐるのにいく夜も眠れない夜をすごし、十名もの部下を動員して、見つからないサファイアの発見に努力した。

十二月二十七日、予審判事は裁判所の廊下で警部を呼びとめた。

「どうだね。ガニマール君、なにか新しい発展は？」

「なにもありません、判事さん」

「だったら、わたしは事件を投げ出す」

「もう一ん日《ち》待ってください」

「なぜ。われわれが必要とするのは、肩かけの片割れだ。きみは持っているのか」

「あすになれば手に入れます」

「あす？」

「そうです。それで、あなたがお持ちの半分をわたしに貸していただきたい」

「そうすれば？」

「そうすれば、完全な肩かけにしてごらんに入れることを約束します」

「よろしい」

ガニマールは判事の事務室にはいった。そして絹の布切れを持って出た。

「ちきしょう、まったくしゃくだ」ガニマールはいまいましそうにつぶやいた。「とりにいって、きっと手に入れてみせる、あの証拠品を……とにかく、リュパン君に約束どおりやってくる勇気さえあれば」

心の底では、ガニマールはリュパン氏にその勇気があることを疑わなかった。そしてまさにそのことが警部をいらだたせていた。いったいなんで、リュパンはこの会合を望んだのか。この際、なんの目的を追及しているのか。

不安で心は憤りに燃え、憎しみでいっぱいで、警部はあらゆる必要な警戒措置を講じることを決心し、こちらが待ち伏せの罠《わな》におちないようにするばかりでなく、こうして機会が到来したからには、まちがいなく敵を罠にひっかけてやる用意万端をととのえた。そして次の日、十二月二十八日リュパンによって指定された日、ひと晩じゅうかけてシュレーヌ街の古ぼけた屋敷を研究したあげく、表門以外にほかの出入り口がないことを確かめ、部下たちに危険きわまる捕《と》りものに出かけるのだということを予告しておいて、部下とともに自ら戦場に乗りこんでいった。

ガニマールは部下を一軒のカフェーで待機させた。命令ははっきりしていた。四階のどれかの窓に警部が姿を見せるか、一時間たってなお警部が戻ってこない場合は、刑事たちは家に乱入して、そこから出ようというやつは片っぱしから逮捕しなくてはならない。

警部はピストルの調子と、ポケットのなかからでも容易に撃てることを確かめた。そしてのぼっていった。

警部はあらゆるものが自分が出ていったときのままなのを見て、かなりびっくりした。つまりドアというドアはあけっぱなしで、錠前は壊れたままなのである。客間の窓が表通りに面しているることを確かめたあと、ガニマールはアパートにある残り三つの部屋をのぞいてみた。だれもいなかった。

「さてはリュパン君、おじけづいたな」と、いささか満足でないこともなくつぶやいた。

「おまえさんもばかだなあ」と、うしろで声がした。

ふりかえって見ると、敷居口にペンキ屋の長い仕事着を着た年よりの職人がいた。

「さがさんでいい。ぼくだよ、リュパンだ。けさからペンキ請負人のうちで働いている。ちょうどいまは食事どきだ。それであがってきた」

リュパンは愉快そうにほほえんでガニマールをながめていたが、やがていった。

「いやはや、おまえさんのおかげでペンキ屋でえらい目にあってるよ。おまえさんの寿命の十年くらいもらったんではひきあわん。とはいっても、おれはおまえさんが大好きさ。なにを考えているんだい、大将。ちゃんと筋道を立てて、まえからいってあるじゃないか。AからZまで、まえからいってあるだろう。おまえさんにちゃんとわかるように話しておいたろう、事件のことは。解いてやったろう、肩かけの謎は。おれの論法には隙間《すきま》はないといっておいたじゃないか、鎖には欠けた環《わ》はないとね。……だが、なんという知能の傑作だ。なんという見通しだ、ガニマール君。犯罪の発見からきみが証拠を求めてここへこうしてやってくることまで、あったことのすべて、その後起ころうとしていたことのすべてを見通した直感力のすばらしさ。まったく驚嘆に値する、みごとな洞察力だよ。肩かけは持ってきたかね」

「半分ね。持ってきている。きみは別の半分を持っているかね」

「ここにある。合わせてみよう」

ふたりはふたつの絹の切れをテーブルの上に並べた。鋏で切った切り口はぴったりと合った。それに色も同じだった。

「だが思うに、きみはこれだけのことのために出向いたのではないはずだ」と、リュパンはいった。「きみが関心を持っているのは、血の跡があるかどうかを知ることだ。こちらへ来たまえ、ガニマール君、ここでは明るさがたりない」

ふたりは内庭に面した、じっさいもっと明るい隣の部屋にはいり、リュパンは自分が持っていた布切れを窓ガラスの上に当てた。

「見たまえ」リュパンはガニマールに場所をあけてやりながらいった。

警部はうれしさにこおどりした。はっきりと、五本の指の跡とてのひらの押し型が見えていた。動かぬ証拠だ。血まみれの手で、ジェニイ・サフィールを刺した同じ手で、犯人はこの布切れをつかみ、肩かけを首のまわりで結んだのだ。

「それにこれは左手の跡だよ」と、リュパンが注意した。……「だからして、きみに警告したんだ。なんのふしぎもないことが、これでわかったろう。だってぼくは、きみからすぐれた頭をもっていると思われるのは一応認めるとしても、魔法使だとは思われたくないものね」

ガニマールはすばやく絹の布切れをポケットにしまいこんだ。リュパンはそれを承知した。

「ああいいとも、きみ、それはきみにくれる。きみをよろこばせるのは、ぼくにはたいへんにうれしい。そらね、ごらんのとおりこんどの話には、どこにも落とし穴なんかなかったろう……あったのは、親切心だけさ……友だちが友だちに対して、仲間が仲間に対する好意だけさ。……それと、白状すればすこしばかりの好奇心。……そうさ、ぼくは片方の絹の切れを調べて見たかったんだ……警察の手にあるぶんをね。……心配せんでよろしい。……心配せんでよろしい、いまに返してやるよ。ほんのちょっとだけだ」

無頓着《むとんちゃく》な態度で、そしてガニマールがわれ知らず耳を傾けて聞いているのを前にして、リュパンは肩かけの半分の先端についている房を調べていた。

「実に気がきいている。こうした女の手ずさみの細工というものは。きみは取り調べのさい、その点に気づいていたかね。ジェニイ・サフィールはたいへん器用な女で、自分で帽子や衣装をつくっていた。この肩かけも……当人がこさえたのにちがいない。……もっとも、そのことには、ぼくは最初の日から気づいていたがね。ぼくは自慢ではないが、生まれつき好奇心が強くてね、きみがいまポケットに入れた絹の小切れを徹底的に調べてみた。……すると、房の内部に、小さな聖牌《メダイユ》があるのを発見したんだ。あのかわいそうな女がお守りとして、そこへ入れておいたんだね。実に胸を打たれる話じゃないか、ガニマール君。ノートル・ダーム・ド・ボン・スクールの聖牌だった」

警部はひどく気がかりで、リュパンから目をはなさなかった。リュパンのほうは話をつづけた。

「それでぼくは考えたんだ。肩かけの残りの半分、つまり警察が被害者の首に巻きついているのを見つけるはずのぶんを調べてみたらおもしろいだろうとね。だって、いまやっと手にすることができたこの残りの半分も、はしが同じようになっているものね。……だからして、これにも同じ隠し場所があるかどうかわかるだろう、そしてそのなかに……そら見たまえ、きみ、じつに巧みにできているじゃないか。しかもしごく簡単に。赤いより糸をひと巻き用意して、それで穴があいたオリーブの実形の木片のまわりを編みあげるだけでよい。しかしながらその丸い木のたまには、まんなかに小さなくぼみ、小さなうつろが残してある。もちろん穴は狭いにちがいないが、聖牌くらい入れる余地は充分にある。……別のものでもよいがね……たとえば宝石とか……サファイアとか……」

ちょうどそこまでいったとき、リュパンは絹のより糸をはだけて、オリーブの実形の穴から親指と人差し指で、純度といい、カットといい申しぶんのない、すばらしい青い石をつまみ出した。

「どうだ、いったとおりだろう、きみ」

リュパンは顔をあげた。警部は色を失い、目をぎらつかせ、自分の前で輝いている宝石に肝をつぶし、魅入《みい》られてしまっているようすだった。そして、やっといっさいのからくりがわかってきた。

「ちきしょう」と、最初の会見のときの悪態を、ふたたび思い出してうなった。

ふたりの男は互いににらみ合ってつっ立っていた。

「そいつを返せ」と、警部がいう。

リュパンは布切れを返した。

「それからサファイアもだ」ガニマールは命令した。

「ばかをいうな」

「それを返せ、でないと……」

「でないと、なんだね、あほたれ」リュパンはどなった。「ああそうか。だがおまえさんは、おれがこの事件をあんたにゆずったのは、座興だとでも思ってるのかい」

「そいつを返せ」

「おまえさんはこのおれというものを知らなかったのか。あきれたよ。もう四週間、おれはおまえさんを、うつけもののようにうろつかせてやった。それをおまえさんたら……おいおい、ガニマール、ほんのちょっぴり頭を働かすんだ、でぶちゃん。……わかるだろう、この四週間、おまえさんはよくいうことをきく、ただの犬ころだったんだよ。……ガニマール、そらもってこい。旦那《だんな》のとこに持っておいで。……おお、パパにわんわんしな。……いい子をするんだよ……甘ちゃん」

煮えくりかえる怒りを押えて、ガニマールはただひとつのこと、部下の刑事たちを呼ぶことしか考えていなかった。そしていまいる部屋は内庭に面しているので、少しずつ迂回《うかい》運動をして、部屋の出口のほうへあと戻りしようと、一生懸命になっていた。出口まで行けば、一足とびに窓に突進して、窓ガラスがどれかたたき割れる。

「それにしても」と、リュパンはつづけた。「おまえさんたちもよっぽどまぬけにちがいない、おまえさんもお仲間も。布切れを手に入れてからだれひとりとしてさわってみようと考えたものもなく、あのかわいそうな女がなぜその肩かけにしがみついていたか疑ってみるものがひとりもなかったなんて。おまえさんたちは考えてみることもせず、なにひとつ見越すこともなく、行きあたりばったりに動いている」

警部は目的を達しかけていた。リュパンがほんの一瞬自分から遠ざかったすきを利用してとつぜん態度を一変し、ドアの取っ手をつかんだ。しかし思わず呪《のろ》い声をあげた。取っ手はびくともしなかった。

リュパンはぷっとふき出した。

「それもか。それすらもおまえさんには予想がつかなかったのか。おまえさんはおれに罠をかけている。おれにはまえもってものをかぎつける能力があることを認めないでね。……そしてのこのこ、この部屋に連れこまれるなんて。おれがおまえさんをここに連れこむには、下心がありはしないか疑ってもみず、錠前には特別の仕掛けがあることを思い出してみもせずにね。おい、ほんとうにまじめな話、おまえさんはこれをどう思う」

「どう思うって？……」ガニマールはわれを忘れてどなった。

すばやくピストルをひき出すと、相手にまっこうからねらいをつけた。

「手をあげろ」と叫んだ。

リュパンはその前へつっ立って、肩をそびやかした。

「また、大しくじりだよ」

「手をあげろ、といってるじゃないか」

「また、大しくじりだよ。おまえさんの道具は役にたたたんよ」

「なに？」

「おまえさんのうちの家政婦のカトリーヌばあさんはね、おれの手下なのさ。けさ、おまえさんがコーヒーをのんでるあいだに、火薬に水をぶっかけておいたんだよ」

ガニマールは激怒の身ぶりひとつして武器をポケットにおさめ、リュパンにとびかかった。

「あとは？」リュパンは警部のむこう脛《ずね》をひと蹴《け》りして、ぴたりと立ち止まらせるといった。

ふたりの服は、ほとんど触れもしなかった。まなざしはいまにもとっくみあいをはじめようとする敵《かたき》同士のように、互いに挑みあっていた。

けれども、つかみあいは行なわれなかった。以前の戦いの記憶が、戦いは無用であることを教えていた。そして過去のすべての敗北、甲斐《かい》のなかった攻撃、リュパンのおそるべき反撃を思い出していたガニマールは、身動きもしなかった。手も足も出ないのを感じていた。リュパンは向かってくるあらゆる個人の力を粉砕する力をもっていた。そうだとするとじたばたしたってなんの役にたつ。

「そうだろう」リュパンが親しげな声で口を切った。「これでやめておいたほうがいい。それにねえ、きみ、この事件がきみにもたらしてくれたものを、とくとよく考えるんだね。栄光、確実な近い将来の昇進、そしてそのおかげで老後を幸福に暮らせる見通しもついたじゃないか。そのうえに、サファイアを発見したり、かわいそうなリュパンの首をほしがったりなどしようとは、きみもいわんだろう。それは不当というものだ。このかわいそうなリュパンが、きみの生命を救ってやったことまであるのは勘定に入れないでもね。そうとも、きみ。いまいるここで、プレヴァイユが左ききだってきみに教えてやったのは、だれだったかね。……それを、こんなやりかたでぼくにお礼をするとは。いい趣味じゃないよ、ガニマール。まったく、きみは、ぼくをえらい目にあわせる」

しゃべりながら、リュパンはさっきのガニマールと同じ動作をして、戸口に近づいていた。ガニマールは敵が逃げ出そうとしているのを知った。警戒することをすっかり忘れて、その行く手をさえぎろうとした。そして、胃袋に頭の痛撃をうけて反対側の壁ぎわまではねとばされた。

ほんのわずかな操作で、リュパンは鍵のばねを動かし、取っ手をまわすと、扉を半開きにし、高らかに笑いながらさっと身をひるがえしてその向こうに姿を消した。

二十分ほどたって、ガニマールが部下たちといっしょになることができたとき、そのうちのひとりがいった。

「ペンキ屋の職人がひとり、仲間が昼めしから帰ってくるころ、あのうちから出てきましてね、この手紙をわたしに差し出し『おまえさんの親分に渡してくれ』といいました。『どの親分に』とききかえしましたが、そのときはもう行ってしまっていました。たぶんあなたのことだと思います」

あった。

「よこせ」

ガニマールは封を切った。鉛筆で急いで走り書きしたもので、次のような文言がしたためて

この手紙は、ねえきみ、ひとを過度に信用するのは用心したほうがいいことを、きみに教えるために書きのこしておく。だれかがおまえのピストルの薬莢《やっきょう》は湿っているといったときには、たとえきみがいかにそのだれかを信用していようと、相手がアルセーヌ・リュパンを名のる男であろうと、その手に乗ってはいけない。まず最初に撃ってみることだ。そしてそのだれかがあの世へもんどりうって旅立ったときには、きみは第一に薬莢が湿っていなかったこと、第二にカトリーヌばあさんは、世にもまれな誠実な家政婦であることの証明ができる。

ぼくは、そのばあさんと相知る光栄の日を待っている。

親愛の情をこめて、きみの忠実なる友人

アルセーヌ・リュパン

オスカー・ブロズキー事件

オースチン・フリーマン
大久保康雄 訳

The Case of Oscar Brodski　一九一一年

二十世紀初頭には多くの科学者探偵が活躍したが、その中でもソーンダイク博士の残した足跡は大きい。作者**オースチン・フリーマン** Austin Freeman（1862.4.11–1943.9.28）は医師であったが、一九〇四年を境に作家に転じ、著作に専念するようになった。彼は一九一二年の『歌う白骨』で倒叙推理小説を提唱したが、本編はその倒叙形式が最も成功を収めた短編といえよう。

1　犯罪の過程

良心ということについて、ばかげたことが、おどろくほどふんだんに語られている。一方では悔恨（極端なチュートン民族学者一派は「呵責《かしゃく》」と呼びたがるようであるが）、他方では「やすらかな良心」——このようなものが、幸福か否かを決定する要因とされているのである。

もちろん「やすらかな良心」という見方にも一理はあるが、しかしこれは、まるで仮説を論拠とした議論にすぎない。ある独特の強い良心は、きわめて不利な条件——もっと薄弱な良心が「呵責」のためにはげしく苦しめられるような条件のもとでも、平然としてやすらかでありうる。さらに、ある幸運な人たちは、実際まるで良心なんぞ持っていないようでもある。この持たざる天分によって、彼らは一般人類の精神的な栄枯盛衰から超然と遊離しているのである。

サイラス・ヒックラーは、まさにその実例だった。その陽気な丸顔が、慈悲ぶかそうにかがやき、たえず微笑をたたえているのを見ていると、だれも彼が犯罪者であるとは想像もしないであろう。わけても、いつも愛想のよい彼に接し、この家について心も軽やかに賛美するのを聞き、食事時には熱心に料理を賞味するのを心にきざみつけていた彼の優秀な、高教会派の家政婦にいたっては、そんなことは夢想だにしていなかった。

しかもサイラスが、つつましやかながら、安楽に暮らせる生活費を、みやびやかな夜盗の技術でかせいでいたのは事実なのである。これは不安定な、危険の多い職業ではあるが、思慮分別をもって、つつましやかにやれば、それほどあぶなっかしくもないのだ。そしてサイラスは非常に思慮分別のある男だった。いつも彼は、ひとりきりで仕事をやったし、自分ひとりで考えた。危機にのぞんで不利な共犯の証言を申し立てるような共犯者をもっていなかった。かんしゃくを起こしてロンドン警視庁《スコットランド・ヤード》へ駆けこむような仲間も一人もいなかった。多くの犯罪者とちがって、彼は強欲でもなく、金づかいも荒くなかった。「大もうけ」をやる場合は、きわめてすくなく、長い時日をへだてて、慎重に計画し、ひそかに決行していた。そして、その収入を賢明にも「毎週利益のあがる不動産」に投資していたのである。

若いころ、ダイヤモンドの取引きに関係していたサイラスは、現在でもすこしばかり、いささか不規則な取引きをやっていた。同業者間では、ダイヤモンドの不正買入れ《I・D・B》をやっていると見られていて、ある業者のごときは「故買」という不吉な言葉までささやくようになっていたのであるが、サイラスは慈悲ぶかげな微笑を見せて、あいかわらずわが道をたどっていた。彼は、みずから万事を心得ていたし、オランダの首都アムステルダムの彼の得意先の連中も、せんさく好きではなかった。

サイラス・ヒックラーは、こうした人物だった。十月の夕方のたそがれどきに庭さきをぶらついている彼は、つつましやかな中流階級の裕福な人間の典型のように見えた。ヨーロッパ大陸へ小旅行に出かけるときの旅行服をまとい、カバンは、ちゃんと荷づくりされて居間のソファーにおいてあった。ダイヤモンド（よけいな質問はいっさいせずに、サウサンプトンで正直に買いとってきたものなのである）の小さな包みは、チョッキの内ポケットにはいっており、もっと貴重な一包みは右の深靴の踵《かかと》の空洞のなかにしまいこまれていた。あと一時間半すれば、臨港列車に乗りこむために連絡駅へ出かける時刻だった。それまでは、光の薄れてゆく庭をぶらついたり、こんどの取引きの収益をどんなふうに投資するかを考えるよりほかに、何もすることはなかった。家政婦はウェルハムへ一週間ぶんの買物に出かけていて、十一時ごろまでは帰ってきそうもなかった。彼は、ただひとり庭にいて、ほんのすこしばかり退屈ぎみだった。

ちょうど家のなかへはいろうとしかけたとき、庭の端を走っている未舗装の道に足音がするのを彼の耳は聞きつけた。彼はたたずんで聞き耳をたてた。近くに人家はないし、しかもこの道はどこといって到達点はなく、家の向こうの荒地へ消え去っているのだ。訪問者だろうか？いや、そうではなさそうだ。サイラス・ヒックラーの家を訪れるものなど、ほとんどいなかったからだ。そのあいだに足音は次第に近づき、石の多い固い小道に、だんだん高くひびいてきた。

サイラスはぶらぶら門のところまで行って、それによりかかりながら、多少の好奇心をもって外をのぞいて見た。まもなくパイプにでも火をつけたのか、ぱっと見えた光が一人の男の顔を照らしだした。それから、ぼんやりした一つの人影があたりをつつむ暗がりからこちらへ近づいてきて、庭の向こうに立ちどまった。そして口から巻煙草をはなし、雲のように煙をはきだしながらたずねた――

「この道を行けばバザム連絡駅へ行けますかね?」

「いや」ヒックラーは答えた。「しかし、もっと向こうに駅へ通じている野道がありますよ」

「野道ですって?」相手は、うなるように言った。「いや、もう野道は堪能しましたよ。わしはロンドンからキャトリーまできて、連絡駅へ歩いて行くつもりだったのです。それで道路を歩きはじめたところが、どこかの阿呆が近道を教えてくれました。おかげでわしはこの半時間、暗がりのなかをうろつきまわらねばならん仕儀となったのです。なにしろわしは眼があまりよくないもんですからね」そう言い足した。

「どの列車に乗るつもりですか?」ヒックラーはきいた。

「七時五十八分の列車です」そう返事した。

「わたしもその列車に乗るんです」サイラスは言った。「しかし、あと一時間ほどたたないと出かけません。ここから駅までは、わずか四分の三マイルですからね。うちへはいって、ひと休みされてはどうですか。そうすれば、いっしょに出かけられるし、あんたも道に迷われる心配はない」

「ご親切にどうもありがとう」相手は眼鏡《めがね》をかけた眼で暗い家のほうをのぞきながら言った。

「それにしても――どうも、わしは――」

「駅で待つより、ここで待ったほうがいいでしょう」門をあけながらサイラスは独特の愛想のいい調子で言った。相手は一瞬ためらってから門をはいり、巻煙草をすててサイラスのあとから小別荘風の家の扉までついてきた。

居間は暗くて、消えかけている炉の火がにぶく光っているだけだったが、客人よりもさきに部屋にはいったサイラスは、天井からさがっているランプにマッチで灯をともした。その光が小さな部屋の内部を照らし出すと、二人の男はたがいにまじまじと相手をながめた。

「おや、ブロズキーじゃないか」客人を見てヒックラーは心の奥でつぶやいた。「たしかに、おれに気づかないらしい――もちろん気づくまい。もう長い年月がたっているし、あんなに眼がわるいのだから。――さあ、どうぞおかけください」声に出してそう言った。「時間つぶしに軽く一杯いかがですか?」

ブロズキーは小声で、いただきましょう、とぼんやりした口調で言った。そして主人が向こうをむいて戸棚をあけたとき、ブロズキーは帽子(かたい灰色のフエルト帽)を隅の椅子の上に、カバンをテーブルのはしにおいて、コウモリ傘をそれにもたせかけ、小型の肘掛け椅子に腰をおろした。

「ビスケットあがりますか?」ヒックラーは言いながら、テーブルの上に、ウイスキーの壜と、星模様のついた一番上等のグラス二つと、サイフォン壜をおいた。

「ありがとう、いただきましょう」ブロズキーは言った。「なにしろ、汽車に乗ってきて、おまけに、さんざん歩かされたものだから――」

「そうでしょうとも」サイラスはあいづちをうった。「空腹で出かけるのはいけませんよ。オートミールの堅焼きビスケットで、がまんしていただきましょう。いまビスケットはそれしかないようです」

　ブロズキーは、「オートミールのビスケットは特別大好物です」とそそくさと言って、その言葉を裏づけるように、みずからグラスに強いのを一杯つくり、いかにもおいしそうにビスケットをかじりはじめた。

　ブロズキーは慎重にものを食べるたちだったが、現在はいささか空腹でもあるらしかった。規則的に、ぼりぼり、むしゃむしゃやっているので、会話をするには不向きだった。だから、おしゃべりの大部分はサイラスが引きうけねばならぬ羽目になった。このときばかりは、さすがに愛想のよいこの犯罪者も、その役割に困惑をおぼえた。自然のゆきかたからすれば、客人の行くさきをたずねたり、旅行の目的を話しあったりすべきであったろう。だが、ヒックラーが断乎《だんこ》としてさけたのは、そういうことだった。彼は行くさきも目的もちゃんと知っていたし、そして自分の知っていることは胸にしまっておこうと本能的に考えたからである。

　ブロズキーはかなり著名なダイヤモンド商人で、大規模な商売をやっていた。おもに未加工の石を買いつけ、その鑑別にかけては実にすぐれた眼力をもっていた。彼がいささか異常な大きさと価値の石を好み、十分な量を買い集めると、みずからアムステルダムへ出かけて行って、未加工の石の細工を指図するのをならわしとしていることはひろく知られていた。それはヒックラーも知っていた。いまブロズキーがまたしても周期的な旅行に出発しようとしており、その少々着ふるした服のどこか奥深いところに、おそらくは数千ポンドの価値の紙包みがかくされていることも彼は疑わなかった。

ブロズキーはテーブルのそばに坐り、ぼりぼりむしゃむしゃと単調に口をうごかしつづけていて、ほとんど話をしなかった。ヒックラーはその向かいがわに坐って、神経質に、ときには狂おしげにしゃべりつづけながら、客人を見つめているうちに、だんだん強く心をひきつけられてきた。宝石、とくにダイヤモンドは、ヒックラーの専門だった。金物――銀器類は、てんからとりあわなかった。金《きん》は、貨幣以外のものをたまに手がけた。しかし、全部の品物を深靴にしまいこんで運ぶこともできるし、絶対安全に処分もできる宝石こそ、彼の商売の主要商品となっていた。ところがいま、彼がもっとも成功した「大もうけ」の一ダースぶんぐらいの包みをポケットに入れた男が、真向かいに坐っているのだ。その宝石の価値は、おそらく――そう考えかけて、彼は急に自制して早口にしゃべりはじめたが、あまり理路整然とした話しぶりではなかった。しゃべっているあいだも、意識下でつくりあげられた別の言葉がしゃべる言葉のすきまへ忍びやかに割りこんできて、一連の想念を並行的に進展させているようであったからである。

「もう夜になると、だいぶ冷えびえとしてくるようですね」ヒックラーは言った。

「まったくですな」ブロズキーはあいづちをうってから、またゆっくりとむしゃむしゃやりだしながら、鼻の孔から音をたてて息づいた。

（すくなくとも五千ポンド）意識下の想念が、またあらわれてきた。（おそらく六千か七千、一万ポンドぐらいかもしれない）サイラスは椅子のなかでそわそわして、なにか興味のある話題に観念を集中しようと懸命になった。新しい異常な心的状態が、次第に不快に意識されるようになっていた。

「園芸に興味をおもちですか？」と彼はたずねた。ダイヤモンドや毎週利益のあがる「不動産」のつぎに彼がたえず心を奪われていたのはフクシヤ（熱帯アメリカ原産の赤・白・紫の花の咲く観賞植物）であった。

ブロズキーは、おもしろくもなさそうにふくみ笑いをした。「ハットン・ガーデンへ行くのが一ばん手っとり早い――」ふいと言葉をとぎらせてから、彼はつけくわえた。「なにしろわしはロンドン人ですからね」

急に言葉がとぎれたのに、サイラスは注意をひきつけられた。その理由もぞうさなく当たりがついた。巨大な財宝を身につけている人間は用心ぶかく口をきかなくてはならないのだ。

「なるほど」うわの空でサイラスは返事した。「園芸はロンドン人の道楽にはならないようですな」それから意識を半ばもどして、すばやく計算しはじめた。かりに五千ポンドと見つもれば、毎週利益のあがる不動産にしてどのくらいのものになるか？　この前に買った一連の家々は一戸あたり二百五十ポンドで、それを一週十シリング六ペンスで貸した。その率でいけば、五千ポンドなら二十軒の家が買える。一戸あたりの家賃が一週十シリング六ペンス――まず一週十ポンドと見て――一日一ポンド八シリング――一年間に五百二十ポンド――一生涯これがはいりこんでくることになる。相当な財産だ。これをすでに所有しているものに加えたら、たいした財産になる。これだけの収入があれば、商売の七つ道具を河へ投げすてても、これからの生涯を無事安泰に安楽に暮らすことができる。

彼はテーブルごしにちらと客人のほうを盗み見た。そして、まぎれもなく生まれつき身にそなえているある種の衝動が自分の内部にわき立っているのを感じると、すばやく眼をそらした。こんな気分は消し去らなくてはいけない。肉体にたいする犯罪は、つねづね彼が狂気の沙汰《さた》とみなしているものだった。たしかにウエイブリッジの警官をちょっとやっつけた経験はあるが、あれは予想外の、やむをえないいきさつで、結局あの巡査のせいだったのだ。それにエプソム市での老家政婦の件もあるが、あれはいうまでもなく、あのばかな老いぼれ女があんな狂気じみた金切り声をあげようとしたからで――そうだ、きわめて遺憾な偶然の事故というべきだろう。あれをおれ以上に不幸な出来事と悔やんでいるものは、だれもいないにちがいない。それなのに計画的な殺人！――その身につけたものを奪いとる！　そんなことはまったく狂人の所業だ！

もちろんおれがそんな種類の人間なら、ここに一生に一度の機会がある。獲物は莫大だし、家は空っぽだ。近隣に人影はなく、本街道からも他の人家からも離れているし、この時刻、この暗がり――だが、もちろん死体のことを考えなくてはならない。昔からこいつがいちばん厄介なのだ。死体をどうするか――このとき、家の裏側の荒地を通っている鉄道線路のカーヴを曲がりながら急行列車が鋭く放つ汽笛の音が耳にひびいてきた。その音から新しい想念が彼の心にあらわれた。それを追いながら彼の眼は、なにも気づかずにだまりこんでいるブロズキーに釘《くぎ》づけになっていた。考え深げにウイスキーをすすっているブロズキーだった。しまいにサイラスはやっとのことで視線をそらして、ふいに椅子から立ちあがり、マントルピースの上の時計に眼をうつしながら、消えてゆく炉の火に向かって両手をひろげた。奇怪な激情に心が乱れて、家を出たほうがいい、と思った。冷たさよりも熱っぽさを感じているのに、彼はかすかに身ぶるいした。頭をまわしてドアのほうを見やった。

「ひどく隙間風《すきまかぜ》が吹きこむようだ」ふたたびかすかに身ぶるいして彼は言った。「ちゃんとドアをしめなかったのかな」大またに部屋を横ぎって、ドアを大きくひらいて外の暗い庭を見やった。とつぜん、道へ——大気のなかへ出て行って、いま彼の脳髄の扉をたたきつづけている狂気を発散させてしまいたいというはげしい衝動におそわれた。

「もう出かけてもいいころじゃないですかな」暗い星のない空にあこがれるような眼《まな》ざしを向けながら彼は言った。

ブロズキーはふと気がついたようで、ふりかえった。「その時計は合っていますか?」

サイラスはしぶしぶながら、合っている、と答えた。

「駅まで歩いてどのくらいかかりますか?」ブロズキーはたずねた。

「まず二十五分から三十分でしょうな」サイラスは無意識に距離を誇張して答えた。

「そうですか」ブロズキーは言った。「それならまだ一時間以上あるし、駅でぶらついているよりここのほうが愉快ですよ。必要以上に早く出かけても、なんの益もありますまい」

「さよう、もちろんそうです」サイラスは同意した。半ば残念なような、半ば勝ち誇ったような、奇妙な情感が脳髄に波うった。ちょっとのあいだ、彼は敷居に立ったまま夢みるように外の夜に見入っていた。それから静かにドアをしめた。そして意志を働かせるようすもなく錠《じょう》にさした鍵が音もなくまわった。

彼は椅子へもどり、だまりこんでいるブロズキーと話をしようとしたが、口ごもって言葉がとぎれとぎれになった。だんだん顔が熱くなり、脳髄がはちきれるように緊張して両耳がかん高く、かすかに鳴りだすのを感じた。新たな、ぞっとするような関心をこめて自分が客人を見つめているのに気づき、ひたむきな意志の力で眼をそらした。だが一瞬後には、その眼が無意識のうちに、ひときわ怖ろしいはげしさで、なにも気づいていない男に釘づけになっているのを知った。そして絶えず心のうちに、血みどろの暴力を好む人間がこんな場合にやりそうな事柄の想念が、すさまじい行列のようにうごめきつづけた。そのものすごい合成体がこまかい点からすこしずつ犯罪構想の一部分になり適当に配置されて、やがて合理的な、整然と筋道の立った一連の事件を構成して行った。

彼は眼を客人に釘づけにしたまま落ちつかなく椅子から立ちあがった。もはや彼は、貴重な宝石の包みをかくしもっている男の真向かいにじっと坐っていることにたえられなくなったのである。おそれ、おどろきながら、彼の確認した衝動は一瞬ごとに、しだいにおさえきれなくなりつつあったのだ。じっとしていれば、まもなくそれは彼を圧倒してしまいそうだった。そして彼は——そのすさまじい思いからぞっとして後ずさったが、彼の指さきはダイヤモンドをいじりたくてむずがゆくなった。結局サイラスは天性と習性からして犯罪者だった。猛獣だった。これまで彼の生活費は労働によって獲得されたものではなくて、ひそかに、あるいは必要ならば暴力によって獲得されたものなのだ。彼の本能は掠奪《りゃくだつ》的だった。そしていま身近にあらわれた無防備の宝石は、論理的な結果として抜きとりか強奪を彼に示唆したのであった。このダイヤモンドを自分の手のとどかぬところへはやりたくないという思いが急速に圧倒的な力にふくれあがりつつあった。

しかし彼はもう一度だけ努力して、この誘惑からのがれたいと思った。外出する瞬間がくるまでブロズキーの前から離れていようと考えた。

「失礼ですが」と彼は言った。「あちらで、もっと厚い靴にはきかえてきたいと思います。こんな日照りつづきのあと、どう天気が変わるかもしれませんし、旅行中に足がじめじめするのはひどく不愉快なものですからね」

「そしてまた危険でもありますよ」ブロズキーは言った。

サイラスはとなりの台所のほうへ歩いて行った。そこにともっている小さなランプの光で、丈夫な田舎《いなか》風の深靴がちゃんとみがいて、すぐにはけるようにしてあるのを彼は見ていたので、椅子に腰をおろすとはきかえにかかった。もちろん彼はこの田舎風の深靴をはくつもりはなかった。いま彼のはいている深靴のなかにダイヤモンドがかくしてあったからである。だが、はきかえてからまた考えなおすことにするつもりだった。そうすれば時間つぶしにもなるだろう、と思った。彼は深々と息をすいこんだ。とにかく居間から出てきたのでほっとした気分だった。このままずっと台所にいたら、きっと誘惑も消えてしまうだろう。ブロズキーは勝手に出かけるだろう――ひとりで行ってほしいものだ――そうすればすくなくとも危険は去るだろう――そして機会が消えたならば――ダイヤモンドは――

ゆっくりと深靴のひもをほどきながら彼は眼をあげた。彼が腰をおろしているところから、ブロズキーが台所の入口に背をむけてテーブルのそばに坐っているのが見えた。もう食べるのは一段落らしく、おちついたようすで煙草を巻いていた。サイラスは重苦しく呼吸しながら片方の靴をぬぎ、しばらく身うごきもせずに、じっと相手の男の背中を見つめていた。それからもう一方の靴のひもをほどきながら、心をうばわれたように何も気づいていない客人を見つめ、そのまま靴をぬぎ、そっと床においた。

ブロズキーは静かに煙草を巻きおわり、その紙をながめて煙草入れをしまいこみ、煙草の粉くずを膝《ひざ》から払いおとし、ポケットのマッチをさがしはじめた。急におさえきれぬ衝動にかられてサイラスは立ちあがって、そっと廊下を居間のほうへ忍び足で近づいて行った。靴下だけの彼の足は、すこしも音をたてなかった。猫のように音もなく忍び足で歩いて行って、ひらいた唇からそっと呼吸を洩《も》らしながら居間の敷居に立った。彼の顔は薄黒くあからみ、両眼は大きく見ひらかれてランプの光にきらめいた。急速に体内を駆けめぐる血潮が耳に高鳴った。

ブロズキーはマッチをすった——それが短い木軸のマッチであることにサイラスは気がついた——巻煙草に火をつけると、ブロズキーはマッチを吹き消し、炉格子のなかへ投げこんだ。それからマッチ箱をポケットへしまって巻煙草をふかしはじめた。

そっと音もなくサイラスは猫みたいな忍び足で一歩一歩、部屋のなかへはいって行き、ブロズキーの坐っている椅子のすぐうしろに立った——ひどく間近だったので、相手の男の頭髪を息でそよがせないように顔をそむけていなくてはならなかった。サイラスは半分間ばかり、殺人を象徴する彫刻のように身じろぎもせずに立っていた。そしてきらめく怖ろしい眼で知らぬが仏のダイヤモンド商人を睨《にら》みおろしながら、ひらいた口から音もなくせわしく息づき、巨大なヒドラの繊毛のようにそろそろと指をくねらせていた。それからやはり音もたてずにドアのほうへ後退し、すばやく身をめぐらして台所へもどった。

彼は深々と息をすいこんだ。きわどいところだった。ブロズキーの命はまさしく風前の灯《ともしび》だった。実にやすやすとやれたからである。事実、相手の男の坐っている椅子のうしろに立ったとき、もしサイラスが凶器——たとえばハンマーなり、あるいは一個の石でももっていたなら——

彼は台所を見まわして一本の鉄棒に目をとめた。新しい温室をつくった職人が残して行ったもので、角ばった鉄の仕切り棒の切れ端であった。長さ一フィート、厚さ四分の三インチばかりの鉄棒である。まったく、もしも一分間まえにこの鉄棒を手にもっていたなら——

彼は鉄棒をとりあげ、手であやつりながら、自分の頭のまわりをふりまわしてみた。怖るべき凶器であり、音もたてなかった。彼の心のなかにつくりあげられていた計画ともぴったり適合していた。ばかな！　こいつはすてたほうがいい。

だが彼はすてなかった。台所の入口へ歩いて行き、ふたたびブロズキーを見つめた。あいかわらずブロズキーは台所に背をむけて腰をおろしたまま、瞑想《めいそう》するように巻煙草をふかしていた。

とつぜんサイラスに変化があらわれた。顔があかくなった。陰惨なしかめ面をすえて、頸《くび》の血管が浮き出た。懐中時計を引き出し、はげしくそれを見てしまいこんだ。そして大またにすばやく、しかも音をたてずに廊下をすすんで居間へはいって行った。

犠牲者の坐っている椅子から一歩手前で立ちどまると、彼は注意ぶかくねらいをつけた。鉄棒がさっとふりあげられた。しかしそれがヒュッと空を切った瞬間、すばやくブロズキーがふり向いたので、身をうごかしたときのかすかな衣《きぬ》ずれの音がした。そんなふうに身をうごかしたので下手人のねらいは狂い、鉄棒は犠牲者の頭をかすめて、ほんのすこし傷を負わせたにすぎなかった。すさまじく震えるような叫びをあげて、ブロズキーはぱっと立ちあがった。そしてびっくり仰天《ぎょうてん》、死にものぐるいになって襲撃者の両腕にしがみついた。

ものすごい格闘がはじまった。必死に取っ組みあった二人の男は、前進したり後退したり、よろめいたり押したり突かれたりしながら、ここを先途《せんど》とたたかった。椅子が引っくり返り、空っぽのグラスがテーブルからはねとばされ、ブロズキーの眼鏡が足の下でふみくだかれた。おそろしく哀れっぽい震え声の叫びが三度も外の夜気へひびきわたった。相手をやっつけようと狂い立っていたサイラスも、だれか通りがかりの旅人にでもその声を聞きつけられはしまいかとひやりとした。懸命に最後の力をふるいおこした彼は、ぐいと犠牲者の背中をテーブルに押しつけ、テーブルクロスの一端をつかんで相手の顔に当てがい、ふたたび叫び声をあげようとして開いた口のなかへそれを詰めこんだ。こうして二人はたっぷり二分間、なにか悲劇的な寓話《ぐうわ》のなかの戦慄すべきひとかたまりのように、ほとんど身うごきもしなかった。やがて最後のかすかな痙攣《けいれん》が消えうせると、サイラスはつかんでいた手をゆるめ、ぐったりした相手の肉体をそっと床の上へ倒れさせた。
事は終わった。よかれあしかれ仕事はやってのけられたのである。サイラスは重苦しく息をはずませて立ち、顔から汗をぬぐいながら時計を見やった。針は七時一分前をさしていた。これだけの仕事に三分とすこしかかったわけである。これをすっかり片づけてしまうのに、あと一時間ちかい時間があった。彼の計画にはいっている貨物列車は七時二十分に通過するはずであり、その線路まではわずか三百ヤードであった。それにしてもやはり時間を浪費してはならなかった。もう彼はすっかり落ちついていた。ただブロズキーの叫び声を聞きつけられたかもしれないということが気になるだけだった。だれにもそれを聞かれていなければ、すべては順調に運ぶはずだった。

彼は身をかがめ、死んだ男の歯のあいだから静かにテーブルクロスをはずし、相手のポケットを注意ぶかくさぐりはじめた。それほど時間もかからぬうちに、もとめていたものを見つけた。その紙包みを手にして内部に小さな固い粒がすれ合うのを感じたとき、こんどの事件にたいするかすかな悔いも、しめたという歓喜にのまれてしまった。

彼はマントルピースの上の時計に注意ぶかく眼をやり、てきぱきと事務的に仕事を片づけていった。テーブルクロスに二つ三つ大きな血の滴《しずく》がかかっており、死体の頭のそばの絨毯《じゅうたん》に小さな血痕がついていた。サイラスは台所から水と爪ブラシと乾いた布をとってきてテーブルクロスのしみを洗いおとし——テーブルクロスの下の松板のテーブルの上も注意ぶかく点検して——絨毯の血痕もきれいに洗い去り、ぬれた個所をふいて乾かし、死体の頭の下に一枚の紙をさし入れて、それ以上よごれないようにした。それからテーブルクロスをきちんと敷き、椅子を立て、こわれた眼鏡をテーブルの上におき、格闘中にふんづけた巻煙草をひろいあげて炉のなかへ投げこんだ。そしてガラスの破片を、ちり取りへはき集めた。その一部分はくだけたガラスの破片であり、残りは壊れた眼鏡の破片だった。彼はそれを一枚の紙にうつし、注意ぶかくあらためて見て、眼鏡のレンズと見きわめのつく大きい破片をひろい出して別の紙へとりのけ、ちらばっているこまかい破片も集めた。あとの残りはちり取りへもどし、いそいで靴をはいて家の裏のごみだめへ持って行った。

　もう出かける時刻だった。大いそぎでヒモ箱からとり出したヒモを切りとった――彼は物事をきちんとやる男で、多くの人びとが半端もののヒモで間に合わせたりするのを軽蔑していたのである――そしてそのヒモで死んだ男のカバンとコウモリ傘を結びつけ、それを肩に引っかけた。それからガラスの破片を入れた紙をくるんで眼鏡といっしょにポケットへ入れ、死体をかかえあげて肩にかついだ。ブロズキーは小柄なほっそりした男で、九ストーン（一ストーンは十四ポンド）もないくらいだったから、サイラスのような筋骨のたくましい大男にはそれほどたいした重荷ではなかった。

　この夜は漆黒の闇だった。サイラスが黒い門から鉄道線路へとひろがる荒地を見やると、二十ヤード前方もよく見えなかった。用心ぶかく耳をすまし、なんの物音もしないのをたしかめてから彼は外へ出て、そっと背後の門をしめた。そしてでこぼこの地面に気をくばりながら、かなり早い足どりで歩きはじめた。だが歩行は思うほど静かにはいかなかった。砂利の多い地面を貧弱な芝草がおおっていてどうにか彼の足音を消してはくれたものの、ゆれるカバンとコウモリ傘がいらだたしく音をたてた。じっさい彼の足どりは、重い死体よりもその音のためにさまたげられたのであった。

線路までの距離は三百ヤードばかりで、ふつうの場合なら三分か四分で歩いて行けただろうが、いまは重荷をかついで用心ぶかく進み、ときどき立ちどまっては聞き耳をたてるので、荒地から線路をへだてている三本の横棒の柵のところまで行くのにちょうど六分かかった。そこへたどりつくとちょっと立ちどまって、もう一度注意ぶかく聞き耳をたて、四方の闇に眼をくばった。この陰気な場所には人の影は見えず、人のいる気配もなかった。遠くかなたから鋭くひびいてきた汽笛が、さいそくするように彼をうながした。

やすやすと死体をかついで柵をこえた彼は、数ヤード向こうの、線路が急カーヴしている個所へ運んで行った。そしてそこに死体をうつ伏せにして横たえ、左側のレールの上に頸をすえた。小さなナイフをとり出して、カバンとコウモリ傘を結びあわせたヒモを、コウモリ傘のほうの端のところで切った。そしてカバンとコウモリ傘を線路の死体のそばに放り出し、注意ぶかくヒモをポケットへしまいこんだが、ヒモの端を切ったときに地面へ落ちた小さな輪だけは拾わなかった。

近づいてくる貨物列車の急速な蒸気の音や金属性の轟音《ごうおん》が、もうはっきりときこえはじめた。手早くサイラスはポケットからつぶれた眼鏡とガラスの破片を入れた紙包みをとり出した。そして眼鏡を死体の頭のかたわらへ投げだし、紙包みを手のなかへあけてガラスの破片を眼鏡のまわりにまきちらした。

すばしこくやったが、けっして早すぎるほどではなかった。機関車の急速な、はげしい蒸気の音はもう間近くせまってきていた。彼は衝動的に、このままここにいて眺めていたい気持になった。殺人を事故か自殺に転化する最後の幕を目撃したかったのである。しかしそうするのがはたして安全であるかどうか。自分の姿を見られずに引きあげることができなくなる恐れがある。だから、なるべく近くにいないほうがよさそうだ。いそいで彼は柵を乗りこえて、大またに荒地を横ぎって立ち去った。そのあいだに貨物列車は蒸気の音をひびかせ轟々《ごうごう》とどよめきながらカーヴの地点に向かっていた。

家の裏口へたどりつこうとしたとき、彼は線路からひびいてきた音響に急に足をとめた。長く引っぱった汽笛につれて、ブレーキのうなる音、車輛《しゃりょう》が接触し合う大きな金属性のひびきだった。機関車の音はやんで、噴出する蒸気の刺しつらぬくようなシューッという音がした。貨物列車が停車したのである。

ほんの一瞬、サイラスは息をのみ、石化したように口をあけて立ちすくんでいたが、すばやく大またに裏口へ行き、家へはいって音もなくドアに錠をさしこんだ。たしかに彼は胆《きも》をひやしていた。いったい線路にどんなことがあったのだろう？　死体が見つけられたことは確実である。だが、いまどんなことがもちあがっているのだろう？　警察の連中がこの家へやってくるだろうか？　彼は台所へはいりこみ、もういちど立ちどまって聞き耳をたてた――いつ、だれかがきて、扉を叩かぬともかぎらない――彼は居間へはいって、あたりを見まわした。すべてがきちんと片づけられているようだった。だが取っ組みあいをしているうちにとりおとした鉄棒が、そのまま横たわっていた。彼はそれをとりあげてランプの下につき出して見た。血はついていないが頭髪が一、二本くっついていた。すこしぼんやりした調子でそれをテーブルクロスでぬぐい、それから台所を駆けぬけて裏庭へ出ると、塀ごしに向こうがわのいらくさの茂みのなかへ投げこんだ。その鉄棒に罪証めいたものがあるとは思えなかったが、それを凶器として用いた彼の眼には、なんだかそれが不吉な影を宿しているように見えたのである。

もうこれですぐ駅へ出かけてもよさそうに思えた。まだ時刻は早かった。やっと七時二十五分になったばかりである。しかしだれかがやってきた場合、家のなかにいるのを見つけられたくなかった。彼のソフト帽はカバンといっしょにソファーの上においてあったし、コウモリ傘も革ヒモでカバンに結びつけてあった。彼は帽子をかぶり、カバンをとりあげて、ドアのところへ行った。それからランプのところへ引きかえし、シンを引っこめて暗くしようとした。ランプのネジに手をやって立っていた瞬間、ふいと薄暗い部屋の隅に眼をやった彼は、ブロズキーの灰色のフエルト帽が椅子の上にあるのを見つけた。あの死んだ男がこの家へはいってきたときに、おいたままになっていたのである。

サイラスはちょっとのあいだ石化したように立ちすくみ、恐怖の冷たい汗の玉を額に浮かべていた。すんでのことにランプを暗くして出かけてしまうところだった。もしそうしていたなら――彼は大またに椅子のところへ行き、その帽子をつかみあげて内側を見た。まぎれもなく彼の名前があった。「オスカー・ブロズキー」と裏張りにはっきりと書かれていたのである。

もしもこれをこのままにしておいて出かけてしまい、あとで発見されたなら、確実に身の破滅となったであろう。まったく、いまでも捜査隊がこの家へ乗りこんでくれれば、これで絞首台へ送られることは必定《ひつじょう》である。

そう思うとぞっとして手足がふるえた。しかし胆はつぶしたものの、冷静さはうしなわなかった。彼は台所へ駆けこんで、火つけ用の乾いた木の枝を一つかみとってきた。そしてそれを居間の煖炉《だんろ》の、もう火は消えているがまだ熱い灰の上におき、ブロズキーの頭の下に敷いてあった紙をもみくしゃにして――それに小さな血痕がついているのを、彼はいまはじめて気がついたのであった――それを木の枝の下へおしこみ、マッチをすって火をつけた。木片が燃えあがると、小型ナイフで帽子をずたずたに切りきざみ、ぼろくずにしたやつを炎のなかへ投げこんだ。

そのあいだじゅう、見つかりはしまいかという恐怖に心臓がどきどきと高鳴り、両手はふるえつづけた。フエルトのぼろくずは決して燃えやすいものではない。ぱっと燃えて灰になってしまわずに燃えかすのようなかたまりになって、煙をあげたり、いぶったりするのである。そればかりでなく彼がうろたえたことには、燃える毛の臭気とともに、きつい樹脂の悪臭を放つのであった。彼はその悪臭を退散させるために（表の扉はあける元気がなかったので）台所の窓をあけなくてはならなかった。しかも、こまかく切ったぼろを火で燃やしながらじっと耳をそばだてて、木の枝のはじける音よりもおそろしい足音――運命の神の呼出し状をもたらすドアのノックの音を、けんめいに聞きとろうとしていた。

時間も急速に過ぎ去りつつあった。もう八時二十一分前になっていた！　あと数分で家を出て行かなければならない。さもないと列車に間に合わなくなる。切りきざんだ帽子のつばを燃える木片の上へ落としておいて、彼は二階へ駆けあがって窓を一つあけた。出て行く前に台所の窓はしめておかなければならないからである。もどってみるとすでに帽子のつばは真黒な、金くそみたいなかたまりにちぢんで、脂肪のように泡をふいたりシューシュー音をたてたりしながら、えがらっぽい煙をのろのろと煙突へ送りこんでいた。

八時十九分前！　もう出て行く時刻である。彼は火かき棒をとって注意ぶかく燃えかすを小さくたたきつぶし、それを木の枝と石炭のあかあかとした燠《おき》にまぜた。うち見たところ、煖炉のようすにはなんの異常もなかった。居間の炉の火で手紙類や不要なものを燃やすのはいつもの彼のならわしだった——だから家政婦だって何も変わったことに気づきはしないだろう。それに彼女が帰るまでには、燃えかすもすっかり灰になってしまっているだろう。燃え残るような金属製の付属品などがなにも帽子についていないことも、ちゃんと気をつけてたしかめてあるのだ。

ふたたび彼はカバンをとりあげ、最後にもういちどあたりを見まわし、ランプを暗くした。そして表のドアをあけ、ちょっとのあいだそのドアをあけたまま ささえていた。それから外へ出てドアに錠をおろし鍵をポケットへ入れた（もう一つの鍵は家政婦が持っていた）。そしてきびきびした足どりで駅へ向かった。

結局、ちょうどよい時刻に彼は駅へついた。切符を買ってぶらぶらプラットホームへ出た。

列車到着の信号はまだ出ていなかったが、あたりには異常な興奮がただよっているようだった。乗客たちはプラットホームの端により集まって、みんな線路の一つの方向を見つめていた。あるはげしい吐き気をおぼえるような好奇心にかられて彼が乗客たちのほうへ歩みよったとき、闇のなかから二人の男があらわれて、防水布をかぶせた担架を運びながらゆるい斜面をプラットホームへあがってきた。乗客たちは左右にわかれて担架を運ぶ男たちを通し、粗布ごしにほのかに見える死体に魅せられたように眼を向けた。そして担架が信号室へ運びこまれると、担架のあとから手さげカバンとコウモリ傘とをもってついてきた赤帽に注意を集中した。

そのなかの一人が、ふいに前へとび出して叫んだ。

「それがあの人のコウモリ傘ですか?」

「そうですよ」赤帽は答えて立ちどまり、それを相手につき出して見せた。

「おや、これは!」その乗客はわめいて間近に立っていた長身の男のほうを向き、興奮した調子で言った。「これはブロズキーのコウモリ傘です。断言できます。あなたもブロズキーをおぼえていらっしゃるでしょう?」長身の男はうなずいた。するとその乗客は、ふたたび赤帽に向かって言った。「このコウモリ傘を私は知っている。これはブロズキーという紳士のものだ。あの人の帽子を見れば名前が内側に書いてあるはずだ。いつも帽子に自分の名前を書いておくのだから」

「まだ帽子は見つからないのです」赤帽は言った。「でも、いま駅長が線路をこちらへやってきますから」駅長がたどりつくのを待って赤帽は告げた。「このかたがこのコウモリ傘を知っておられるそうです」

「なるほど」駅長は言った。「あなたは、このコウモリ傘を認知されるのですね。ではちょっと信号室へおはいりになって、死体を確認できるかどうか見てくださいませんか」

乗客はおどろいた顔つきで、たじろいだ。「いや、それは——その人は——とてもひどくやられているんですか?」びくびくした調子できいた。

「まあ、そういえるでしょうね」という返事だった。「なにしろ機関車と六輛の貨車が被害者の上を通過してから、やっと停車したのですからね。事実、きれいに首をはねられていますよ」

「ぞっとします。まったくぞっとする!」その乗客は息をはずませた。「さしつかえなかったら——私は——どうも気がすすみません。ねえ博士、あなただって、私が見に行くことが必要だとはお考えにならないでしょう?」

「いや必要だと思いますね」長身の男は答えた。「一刻も早く確認することが、もっとも重要なことかもしれませんからね」

「ではやっぱり見ないわけにはいかないでしょうね」と乗客は言った。

ひどく気がすすまぬようすで、乗客は先に立って行く駅長について信号室へはいった。そのときベルが鳴って列車の近づくのを知らせた。サイラス・ヒックラーは物見高い群衆のあとからついて行って、しめられたドアの外側に立った。やがて例の乗客が蒼《あお》ざめた顔でふるえおののきながらとび出してきて、長身の男のところへ駆けもどった。

「やっぱりそうです！」息せき切って彼は叫んだ。「ブロズキーです！　気の毒なブロズキー。身ぶるいがする！　私とここで落ち合って、いっしょにアムステルダムへ出かけることになっていたのです」

「彼は何か——商品を持っていましたか？」と長身の男はきいた。サイラスはその返事を聞きとろうと耳をそばだてた。

「なにか宝石類をもっていたにちがいありませんが、何をもっていたか私は知りません。もちろん彼の店の番頭なら知っているでしょうがね。ところで博士、私からもお頼みします。ぜひこの事件を見きわめてください。これが本当の事故なのか、それとも——あれなのか、そのことだけでもたしかめていただきたいのです。なにしろ私どもは古くからの友人で、同じ町の人間でもありますし、二人ともワルシャワの生まれですからね。ぜひともあなたに、この件に眼を向けていただきたいのです」

「いいですとも」相手は言った。「自分で満足の行くまでやってみて——見かけ以上には何もひそんでいないことをたしかめたら、あなたに報告しましょう。それでいいですね」

「ありがとう。ご好意に感謝しますよ。おお、汽車がきました。ここにとどまって調べていただくのは、さだめしご迷惑なことだとは思いますが——」

「いや、すこしも」博士は答えた。「私たちは明日の午後までにウォーミントンへ到着すればいいのだから、知る必要のある事柄をすっかり調べあげてからでも、十分あちらの約束も果たせると思います」

サイラスはその長身の堂々とした男を、ながいこと念入りに見つめていた。いまやチェス盤に向かって腰をおろし、自分を相手にこちらの生命を賭けた一局を受けて立とうとしている男。鋭く考え深そうな顔、決然として落ちつきはらっていて、まことに怖るべき敵手に見えた。サイラスは列車へ乗りこんでからふりかえって自分の敵手を見ながら、ブロズキーの帽子のことをひどく不快な気持で思いめぐらし、ほかに何も手抜かりをやっていなければいいのだが、と考えた。

2　推理の過程

（医学博士クリストファ・ジャーヴィス記）

ハットン・ガーデンの著名なダイヤモンド商人、オスカー・ブロズキー氏の死をめぐる特異な実情は、つねづねソーンダイクが主張している法医学の実際面での一、二の点の重要性が十分理解されていないことを、きわめて力強く例証した。それがどんな点であるかは私の師友に適当な個所で語ってもらうことにして、まず私はこの事件が最高度に啓発的であると思うので、そのいきさつを順を追って記録することにしよう。

十月の夕方の薄暗がりがせまるころ、二人きりで客車内の喫煙室にいたソーンダイクと私は、ルーダムの小駅へ近づいているのに気がついた。そして列車が停車しかけたとき、プラットホームで列車を待っている一群れの田舎の人びとを、私たちはのぞいて見た。とつぜんソーンダイクがびっくりしたような口調で叫んだ。「おや、あれはボスコヴィッチにちがいない」ほとんど同時に、きびきびした敏捷《びんしょう》そうな小柄な男が私たちの車室のドアへ走ってきて、文字どおりころがりこんだ。

「せっかく先生がたがお話をしていらっしゃるところを、お邪魔して申しわけありません」

彼は熱っぽく握手をすると、衝動的に荒っぽく旅行カバン《グラッドストン》を網棚へ放りあげながら言った。

「それにしても先生がたのお顔を窓からお見かけしては、こんな楽しいかたがたと道づれになれるチャンスにとびついたというのも、これまた当然のいたりというべきでしょう」

「なかなかお世辞がうまいですな」ソーンダイクは言った。「あまりお世辞がうますぎるから、こちらは何もいうことがない。だが、どんな運命のめぐり合わせで、こんな――なんというところかな――そうか、ルーダムか――ルーダムあたりで、何をしているのですか？」

「ここから一マイルばかりのところに、私の弟がささやかな田舎屋敷をもっていますので、そこで二日ほどいっしょにすごしていたのです」ボスコヴィッチ氏は説明した。「私はバザム連絡駅で乗りかえて、臨港列車でアムステルダムへ出かけるのです。それにしてもあなたがたはどちらへ？　例の神秘的な小型の緑色トランクが帽子掛けにかけられているところを見ると、なにか秘密の探求らしいですな。ちがいますか。なにか複雑怪奇な犯罪の謎を解きにお出かけになるのでしょう？」

「いや」ソーンダイクは答えた。「きわめて平凡な用事でウォーミントンへ行くところですよ。

グリフィン生命保険会社から、あそこで明日おこなわれる検死法廷《インクエスト》の情況を観察してほしいと依頼をうけましてね。いささか荒野横断旅行じみているので、今夜こうして出かけてきたわけですよ」

「では、どうしてあの魔法のトランクをお持ちなのですか？」ちらと帽子掛けを見あげながらボスコヴィッチはたずねた。

「私はあれを持たずに家を出ることはないのです」ソーンダイクは答えた。「どんな出来事が起こるか、わかったものではありませんからね。これを持ち運ぶめんどうさも、突発事件の場合に自分の器具を手もとにもっている心強さにくらべたらとるにたらんですよ」

ボスコヴィッチは目をみはって、ウィルズデン・ズックにおおわれた四角い小型トランクを見あげていた。そして、やがて彼は言った。「あの銀行殺人事件に関連して、あなたがチェルムスフォード市へおいでになっていたころ、いったいあれには何がはいっているのだろうと、よく私は頭をひねったものですよ――そういえば、あれはまったくおどろくべき事件でしたね。そして、結局あなたの捜査方法が警察をびっくり仰天させたわけですがね」いつまでも彼が、あこがれるようなまなざしでトランクを見あげつづけているので、ソーンダイクは気さくにそれをとりおろして錠をあけた。実のところ、彼はその「携帯用実験室」をいささか誇りとしていたのである。たしかにそれは圧縮の極致だった。小さくて――縦横一フィート、深さ四インチにすぎなかったけれど――そのなかには、予備調査に必要な器具や用品がかなり完全にとりそろえてあったのだ。

「すばらしいものですね！」トランクが眼の前でひらかれると、ボスコヴィッチは声をあげて感嘆した。トランクのなかには試薬の小壜や小さな試験管がならび、小型のアルコール・ランプ、小さな顕微鏡、各種の器具も小人国《リリパット》のものがそろえてあった。「まるで人形の家みたいだ——なにもかも望遠鏡で逆さにのぞいて見るようだ。しかし、こんな小さなものがすべて実際に役立つのですか？　この顕微鏡にしても——」

「倍率はさほど大きくないが、完全に機能を発揮しますよ」ソーンダイクは言った。「おもちゃのように見えるが、そうではない。レンズは世界でも最も優秀なものです。もちろん大型の顕微鏡のほうがはるかに便利ではあるでしょうが——しかし大型を持ち歩くわけにはいきませんから、どうでもポケット・レンズで間に合わさなくてはなりません。そこでこんなふうに小型の器具をそろえたのです。まあ、何も器具をもたぬよりはこのほうがましというものです」

ボスコヴィッチはトランクのなかのものをのぞきこんではそれものにさわるように器具に指をふれながら、しきりにそれらの使用方法をたずねた。半時間ほどして、彼の好奇心がやっと半分ばかり満たされたとき、列車が速力をおとしはじめた。

「おや」彼は声をあげて立ちあがりながら旅行カバンをつかんだ。「もう連絡駅です。あなたがたもここでお乗りかえになるのでしょう？」

「そうです」ソーンダイクは答えた。「ここから支線でウォーミントンへ行くのです」

プラットホームへおりたとき、私たちは何か異常な出来事が起こっているか、もしくは起ったことに気がついた。すべての乗客、大部分の赤帽や駅員が駅の一端に集まって、いずれも暗い線路のほうに目をこらしているのだ。

「なにかあったのですか?」ボスコヴィッチ氏が駅の監督にたずねた。

「そうです」監督は答えた。「二マイルほど向こうの線路で、貨物列車に人がひかれましてね。駅長が担架をもって死体収容に出かけているのです。あそこに、こちらへやってくる角灯が見えるでしょう。あれがそうだろうと思います」

ゆれている角灯が一瞬あかるくなって、光るレールにちらちら反射しているのを、私たちは見つめていた。すると切符売場から一人の男がプラットホームへ出てきて見物人の群れにはいりこんだ。彼が私の注意をひきつけたのは、あとで思い起こしてみると二つの理由からだった。まず第一に、その陽気そうな丸顔がひどく蒼ざめてひきつり、けだものじみた表情をしていたこと。第二に、はげしい好奇のまなざしで闇に見入ったくせに、その男は何もたずねなかったこと。

ゆれている角灯が次第に近づいてきた。ふいに二人の男が視界にあらわれ、防水布をかぶせた担架を運んできた。粗布ごしに人間の姿がぼんやりと見てとれた。二人はゆるい斜面をプラットホームへあがり、担架を信号室へ運んで行った。すると乗客たちのせんさくするようなまなざしは、あとから手さげカバンとコウモリ傘をもってきた赤帽と、しんがりに角灯をもってやってきた駅長へうつった。

赤帽が通りすぎようとしたとき、ボスコヴィッチ氏はふいに興奮したようすで前へとび出した。

「それがあの人のコウモリ傘ですか?」彼はきいた。

「そうですよ」赤帽は答えて立ちどまり、それを相手につき出して見せた。

「おや、これは!」ボスコヴィッチはわめいて、ソーンダイクのほうをふり向いて叫んだ。「これはブロズキーのコウモリ傘です。断言できます。あなたもブロズキーをおぼえていらっしゃるでしょう?」

ソーンダイクはうなずいた。するとボスコヴィッチはふたたび赤帽に向かって言った。「このコウモリ傘を私は知っている。これはブロズキーという紳士のものだ。あの人の帽子を見れば名前が内側に書いてあるはずだ。いつも帽子に自分の名前を書いておくのだから」

「まだ帽子は見つからないのです」赤帽は言った。「でも、いま駅長が線路をこちらへやってきますから」そして赤帽は駅長に告げた。「このかたがこのコウモリ傘を知っておられるそうです」

「なるほど」駅長は言った。「あなたは、このコウモリ傘を認知されるのですね。ではちょっと信号室へおはいりになって、死体を確認できるかどうか見てくださいませんか」

ボスコヴィッチ氏はおどろいた顔つきでたじろいだ。「いや、それは――その人は――とてもひどくやられているんですか?」彼はびくびくした調子できいた。

「まあ、そういえるでしょうね」という返事だった。「なにしろ機関車と六輛の貨車が被害者の上を通過してから、やっと停車したのですからね。事実、きれいに首をはねられていますよ」

「ぞっとします。まったくぞっとする!」ボスコヴィッチは息をはずませた。「さしつかえなかったら——私は——どうも気がすすみません。ねえ博士、あなただって、私が見に行くことが必要だとはお考えにならないでしょう?」

「いや必要だと思いますね」ソーンダイクは答えた。「一刻も早く確認することが、もっとも重要なことかもしれませんからね」

「ではやっぱり見ないわけにはいかないでしょうね」ボスコヴィッチは言って、ひどく気がすすまぬようすで先に立って行く駅長について信号室へはいった。そのとき音高くベルが鳴って臨港列車の近づくのを知らせた。ボスコヴィッチの死体検分は最短時間のものであったにちがいない。やがて彼は蒼ざめた顔で、ふるえおののきながらとび出してきて、ソーンダイクのところへ駆けもどった。

「やっぱりそうです!」息せき切って彼は叫んだ。「ブロズキーです! 気の毒なブロズキー。身ぶるいがする! 私とここで落ち合って、いっしょにアムステルダムへ出かけることになっていたのです」

「彼は何か——商品を持っていましたか?」ソーンダイクはきいた。そのとき、さっきから私の注意をひきつけていた未知の男がボスコヴィッチの返事を聞きとろうとするようにじりじり近づいてきた。

「なにか宝石類をもっていたにちがいありませんが、何をもっていたか私は知りません」ボスコヴィッチは答えた。「もちろん彼の店の番頭なら知っているでしょうがね。ところで博士、私からもお頼みします。ぜひこの件を見きわめてください。これが本当の事故なのか、それとも——あれなのか、そのことだけでもたしかめていただきたいのです。なにしろ私どもは古くからの友人で、同じ町の人間でもありますし、二人ともワルシャワの生まれですからね。ぜひともあなたに、この件に眼を向けていただきたいのです」

「いいですとも」ソーンダイクは言った。「自分で満足の行くまでやってみて——見かけ以上には何もひそんでいないことをたしかめたら、あなたに報告しましょう。それでいいですね」

「ありがとう」ボスコヴィッチは言った。「ご好意に感謝しますよ。おお、汽車がきました。ここにとどまって調べていただくのは、さだめしご迷惑なことだとは思いますが——」

「いや、すこしも」ソーンダイクは答えた。「私たちは明日の午後までにウォーミントンへ到着すればいいのだから、知る必要のある事柄をすっかり調べあげてからでも、十分あちらの約束も果たせると思います」

ソーンダイクが話していたとき、あきらかにこちらの会話を聞きとるつもりで間近に立っていた未知の男は、実に奇妙な眼つきで念入りにソーンダイクを見つめていた。そして列車が到着してプラットホームにぴったりととまってから、はじめてその男はあわてて車室を求めて去って行った。

列車が駅を出てしまうと、ソーンダイクはすぐ駅長のところへ行き、ボスコヴィッチから依頼されたことを話した。「もちろん」と最後に彼はつけくわえた。「警察がくるまでは手をつけるべきではありません。報告はすんでいるのでしょうね?」

「それはもう」駅長は答えた。「すぐに州警察部長に知らせておきました。もう警察部長か警部かが見えるはずです。実はちょっとそのへんまで出かけて行って、たしかめようと思っていたところです」あきらかに駅長はなにか言質《げんち》をあたえないうちに、まず警官と内密に話したいと思っているようであった。

駅長が行ってしまうとソーンダイクと私は、もう人影もなくなったプラットホームを行ったりきたりしはじめた。新しい調査にはいるときにはいつもそうするように、私の友人は考え深げに、事件の特質をあらまし話した。

「この種の事件では、可能な三つの解釈のうちのどれかに決定しなければならない。事故か、自殺か、他殺かだ。そしてその決定は、三種の事実からの推理によって引きだされる。第一は事件の一般的な事実。第二は死体の検査から得られる特殊な資料的事実。第三は死体の発見された場所の調査から得られる特殊な資料的事実。ところで現在、私たちの握っている一般的な事実は、故人がダイヤモンド商人で特定の目的をもって旅行しており、かさばらないで、しかもすばらしく大きな価値のある品物を身につけていたらしいということだけだ。このような事実はいささか自殺説には不利で、他殺説に有利だ。事故の問題についての事実としては、問題の線路に通じる踏切、街道、小道の有無、木戸つきの、あるいは木戸なしの柵があるかどうか、そのほか死体が発見された場所へ偶然に被害者の足を向けさせるような、あるいは向けさせないような事実などだが、このような事実はまだつかんでいないのだから、私たちとしてはさらによく知ることが望ましいわけだ」

「例のカバンとコウモリ傘をもってきた赤帽に、慎重にもうすこし質問してみたらどうかしら？」と私は言ってみた。「いま彼は集札係と熱心に話しこんでいる。だから、新しい聞き手をつかまえたらきっとよろこぶにちがいないと思うよ」

「それはなかなかいい思いつきだね、ジャーヴィス」とソーンダイクは答えた。「どんなことを話すか、あたってみよう」私たちは赤帽に近づいた。すると私の予想したとおり、赤帽は悲劇的な話をぶちまけたくてむずむずしていた。

「ざっとまあこんなふうにして起こったんですよ」ソーンダイクの質問に答えて、赤帽は言った。「ちょうどあの場所で線路が急にまがっているんですが、そのカーヴを貨物列車がまがろうとしたときに、急に機関士が何かレールに横たわっているのを見つけたのです。機関車がまがり、ヘッドライトがそれを照らし出してはじめて人間だと気がつき、すぐに機関士は蒸気《スティーム》を切って汽笛を鳴らし、はげしくブレーキをかけたのですが、ご承知のように貨物列車は停車にすこし時間がかかりますのでね。ぴったり停車させるまでに、機関車と半ダースの無蓋《むがい》貨車が、あの可哀そうな男の上を通っちまったというわけですよ」

「機関士には、あの男がどんなふうに横たわっていたか見えたのかね？」ソーンダイクがきいた。

「さよう、はっきり見えたそうです。ヘッドライトがまともに照らし出したわけですからね。下り線の左側のレールの上に頸をのせて、うつ伏せに横たわっていたのです。首はレールの外側にあるし、胴体はレールのそばにあって、どうもわざわざそういうかっこうで寝ていたみたいでしたよ」

「そのへんに踏切はあるのか？」ソーンダイクはきいた。

「いいえ、踏切もなければ街道もありません。野道もないし、まるでなんにもありやしねえ」

赤帽は強調しすぎて口調がぞんざいになった。「あの荒地を横ぎってきて、柵をのりこえてレールへたどりついたのにきまっています。どうも思いつめた末の自殺らしいですな」

「そういうことを、どうしてきみは知ったのかね？」ソーンダイクはたずねた。

「機関士と相棒が死体を線路からどけてつぎの信号所へ行き、電信機で知らせてきたのですが、それをすっかり駅長が線路を歩いて行く途中、話してくれたのです」

ソーンダイクは赤帽に礼を言い、信号室のほうへ歩いてもどりながら、新しく耳にした事実の意味を語った。

「赤帽の意見も一つだけ当たっている。それは偶然の事故ではなかったということだ。被害者が近眼か、聴覚障害者か、愚か者でないかぎり、柵をのりこえて列車にやられるということはありえないだろう。しかし線路に横たわっていた姿態から考えると、二つの仮説のうち一つしか成りたたない。つまり、赤帽がいうように思いつめた自殺か、さもなければすでに死んでいたか、意識をうしなっていたかだ。しかし推論はこのくらいにしておいて、はっきりしたことは死体を見るまで待つしかないだろう。といっても警察が私たちに死体を見せてくれればの話だがね。とにかく駅長が警官と一緒にやってきたから、なんというかあたってみよう」

あきらかに駅長と警官はどんな外部の助力もことわるつもりのようであった。警察医が必要な検査をするから、ありきたりの方法で十分知識は得られる、というのである。しかしソーンダイクが名刺を出すと、すこしばかり形勢が変わった。名刺を手にして警部は、ふむ、ええ、などと煮えきらないことをつぶやいていたが、やがてやっと私たちに死体を見せることに同意した。そこで私たちはいっしょに信号室へはいった。駅長がさきにはいって行ってガス灯を明るくした。

担架は壁のそばの床においてあって、不気味な死体はまだ粗布でかくされていた。手さげカバンとコウモリ傘は、レンズがとれてしまった眼鏡のつぶれたワクといっしょに大きな箱の上においてあった。

「この眼鏡は死体のそばで発見されたのですか？」ソーンダイクがたずねた。

「そうです」駅長が答えた。「頭のすぐそばにあったのです。レンズは砂利《バラス》の上に散らばっていました」

ソーンダイクは手帳に何か書きとめた。警部が粗布をとりのけた。ソーンダイクは死体を見おろした。死体はぐんにゃりと担架に横たわっていた。首がはずれ、手足がねじれていて、ぞっとするほど陰惨だった。警部のさし出した大きな角灯の光に照らし出されている不気味な死体を、ソーンダイクはたっぷり一分間ほど、だまってのぞきこんでいた。それからまっすぐに身をのばして、しずかに私に言った。

「三つの仮説のうち、二つは消してもよさそうだ」

警部はすばやく彼を見てなにか質問しようとしたとき、それまで台の上においてあった旅行トランクに注意をうばわれた。いまそのトランクをひらいて、ソーンダイクは解剖用のピンセットを二つ抜き出していた。

「検死解剖《ポスト・モーテム》をする権限は、われわれにはないのですよ」警部が言った。

「そうです、もちろんありません」ソーンダイクは言った。「ただ私は口のなかを見ようとしているだけです」一つのピンセットで唇をめくりかえして内側を調べてから、彼は綿密に歯を調べた。

「すまないがきみのレンズをかしてくれないか、ジャーヴィス」彼は言った。私が接合レンズをひらいて手わたすと、警部は死体の顔に角灯を近づけて、一心に身をのりだした。いつもの組織的なやり方で、ソーンダイクはでこぼこした鋭い歯なみを、ずっとゆっくりレンズで見て行き、やがてレンズをもどすと上歯の門歯をさらに精密にしらべた。最後に上の二本の前歯のあいだからピンセットで何か小さなものを微妙な手つきではさみ出し、それをレンズの焦点にあてた。彼のつぎの行動を予想して、私は分類表示のついた顕微鏡の載物《スライド》ガラスをトランクからとり出して、切開針といっしょに彼に手わたした。彼が歯のあいだから採取した小さなものを載物《スライド》ガラスへうつし、切開針でそれをひろげるあいだに、私は小さな顕微鏡を台の上にすえた。

「取りつけ液《ファラント》を一滴、それからカヴァ・ガラスを一枚たのむよ、ジャーヴィス」

私が壜を手わたすと、彼は例の小さなものの上に取りつけ液《ファラント》を一滴おとし、その上をカヴァ・ガラスでおおい、顕微鏡の台に載物《スライド》ガラスをのせて注意ぶかく観察した。

ふと警部に眼をやった私は、彼の顔にかすかに薄笑いがうかんでいるのを見てとった。警部は私の眼をとらえると、いんぎんにその薄笑いをおさえようとした。

「私は考えていたのですよ」警部は弁解するように言った。「この人物が夕食に何を食ったかを見つけるのは、すこしばかり本筋からそれているのではないかとね。不衛生なものを食べたために死んだわけではありませんからね」

ソーンダイクは微笑して警部を見あげた。「この種の調査では、どんなことでも本筋からそれていると臆断するのはいけませんよ、警部。どんな事実でも、事実にはなにか意味があるにちがいないですからね」

「首をちょん切られた男の食べたものには、私はなんの意味もくみとれませんがね」警部は高飛車に応答した。

「そうでしょうか」ソーンダイクは言った。「横死した男の最後の食事には、はたして関心を向けるべきものが何もないでしょうか。たとえばこの死んだ男のチョッキに散らばっている粉くずですが、これから何も知ることはできないでしょうか？」

「何を知ることができるか、私には見当がつきませんな」がんこな応答だった。

ソーンダイクはピンセットで粉くずを一つ一つつまみとり、それを載物ガラス《スライド》にのせて、まずレンズで見てから顕微鏡で見た。

「これでわかったところによると」と彼は言った。「死の直前、故人はある種の麦粉でつくったビスケット、どうやらオートミールのまじっているものを食べています」

「それこそ無意味というものではありませんか」警部は言った。「われわれが解決しなければならない問題は故人がどんな茶菓を食っていたかということではなく、どうして死んだかということです。自殺したのか？　偶然の事故で死んだのか？　それとも何か犯罪行為のために生命をおとしたのか？」

「失礼ながら」ソーンダイクは言った。「もはや解決しなければならない問題は、だれが、どんな動機で故人を殺したか、ということだけです。その他のことは、私の関するかぎりすでに解答が出ています」

警部はおどろいて目をみはった。信じかねるといった表情をただよわせていた。

「それはまた早いところ結論にたどりついたものですな」

「これはかなり明白な殺人事件です」ソーンダイクは言った。「動機については、故人がダイヤモンド商人で、相当量の宝石を身につけていたと推定される。死体を調べてみてはいかがですか？」

警部はうんざりしたような声を出した。「いやはや。しかしそれはあなたの当て推量というものです。死んだ男がダイヤモンド商人で、貴重な財宝を身につけていたから殺されたなんて」彼はまっすぐに突っ立ち、きびしい非難の眼でソーンダイクを見ながらつけくわえた。「それにしてもこれは法律上の調査であって、新聞などによく出ている安っぽい犯人当ての懸賞などではないことを、あなたにも知っていただきたいものです。死体を調べることは、これは私がここへ出かけてきた主目的ですよ」大げさに私たちに背をむけて、彼は死んだ男のポケットを一つ一つ、引っくりかえしはじめた。そしていろんな品物をとり出しては、それを箱の上の手さげカバンとコウモリ傘のそばにならべた。

彼がそうしているあいだに、ソーンダイクは死体ぜんたいに眼をくばり、とくに深靴の底に注意をむけた。そしてレンズでその底を実に綿密に調べた。警部はおかしさをかくしきれないようすだった。

「その足は肉眼でも十分に見えるくらいの大きさがあるように思われますがね」と彼は言った。

「しかしおそらく」と駅長にこっそり一瞥《いちべつ》をなげてからつけくわえた。「あなたはすこし近眼なのかもしれませんな」

ソーンダイクはおもしろそうにくすくす笑った。そして警部が死体を調べているあいだに、すでに箱の上にならべられたいろんな品物をながめた。財布と手帳をあけて見ることは当然警部にまかせたが、読書用の拡大鏡、小型ナイフ、名刺入れ、そのほかポケットに入れてあったこまごました品物を、ソーンダイクは注意ぶかく調べた。警部はひそかにおかしさをおし殺したような表情で、眼のすみからソーンダイクを見ていた。ソーンダイクは読書用の拡大鏡を灯にかざして、その屈折力をはかったり、煙草入れのなかをのぞいたり、一綴《つづ》りの巻煙草用紙をめくって、その紙のすかし模様を調べたり、銀のマッチ箱の中身を観察したりした。

「その煙草入れのなかから、何が発見できるとお考えになったのですか?」死体のポケットからとり出した鍵束を箱の上におきながら警部はきいた。

「煙草です」とソーンダイクは鈍重に答えた。「しかし細刻みのラタキア（トルコ産の高級煙草）が出てくるとは思っていませんでしたよ。純粋のラタキアが巻煙草にして吸われているのは、まだ見たおぼえがありませんのでね」

「いろんなものに興味をおもちですな」警部は横目でぼんやりと立っている駅長のほうをちらと見てから言った。

「そのとおりです」ソーンダイクは同意した。「ところで、ポケットのなかにはダイヤモンドはなかったようですね」

「さよう、この男がダイヤを身につけていたことは、われわれにはわかっておらんのです。しかしここに金時計と金ぐさり、ダイヤモンドのネクタイピン、それに」――と彼は財布をあけて中身を手のなかへうつした――「金貨十二ポンド入りの財布もあります。これで強盗説は成り立たないようですね。こうなってみると、他殺という説もいかがなものでしょうかね」

「私の意見は変わりません」ソーンダイクは言った。「ところで、死体が発見された場所を調べてみたいと思います。機関車は点検しましたか？」と終わりの質問を駅長に向けた。

「そのほうの調査はブラッドフィールドに電報で依頼しておきました」駅長は答えた。「たぶんもう報告がきているでしょう。線路へ行く前に眼をとおしておいたほうがいいと思います」

私たちは信号室から出た。すると駅の監督が電報を持って待ちうけていた。監督はそれを駅長にわたしした。駅長は声をあげて読んだ。

「機関車ヲ注意ブカク点検シタ。前輪ノ近クニ小サナ血ノ汚点ガアリ、第二車輪ニ、ソレヨリモ小サナ汚点ガ見ラレルノミデ、他ニハ、ゼンゼン血痕ナシ」駅長はいぶかしげに、ちらとソーンダイクを見た。ソーンダイクはうなずいて言った。「はたして線路も同じことを示しているかどうか、それを見きわめるのも一興かと思います」

駅長は解しかねる顔つきで説明をもとめようとしたが、このとき死んだ男の所持品をポケットへ入れた警部が、早く出かけようとせきたてた。ソーンダイクはトランクをきちんとしめ、角灯を所望した。私たちは線路をたどって歩きはじめた。ソーンダイクは角灯をもち、私は私たちに絶対必要な例の緑色トランクをたずさえていた。

「この事件について、ちょっと私にはわからないところがあるのだが」警部と駅長とをさきへ行かせて、もう声がとどかないと見きわめをつけると、私はソーンダイクに言った。「きみは非常に早く結論に達したが、そんなに急速に意見をきめて、自殺ではなく他殺だとしたのはどういうわけかね?」

「ささやかではあるが、実に決定的な事柄があったからだよ」ソーンダイクは答えた。「きみはこめかみの上の頭皮についている小さな傷に気がついたことと思う。あれは擦過傷《さつかしょう》だ。機関車にでも容易につけられる傷だ。しかし――あの傷口からは血が出ていた。かなり長いあいだ出血しつづけていたのだ。傷口から二筋の血が流れていて、どちらもすっかり凝固し、一部分は乾いていた。だが被害者は首を切りとられていたのだから、あの傷が機関車によってつけられたものとすれば、首を切りとられた後でつけられたものにちがいない。機関車が近づいたとき、傷のついているあの部分は機関車からかなり離れた個所にあったからだ。ところが切りとられた首は出血しないものなのだ。だからあの傷は、首を切りとられる前につけられたのだ。

あの傷からは出血しているばかりでなく、二筋の血の流れが直角にながれおちている。その血の流れの様相から見て、最初に流れた血の筋は顔の側面をつたってカラーへながれおちている。つぎに流れた血の筋は、傷から後頭部へながれおちている。ところでジャーヴィス、きみも知っているように引力の法則に例外はない。血が顔をつたって顎のほうへながれおちたのなら、そのとき頭はまっすぐになっていたにちがいない。また前から後頭部へながれおちたのなら、そのとき頭は水平になり、顔は仰向《あおむ》けられていたにちがいない。ところが機関士が見たときには、被害者は顔をうつ伏せにして横たわっていたのだ。だからこう推論するしかあるまい。つまりあの傷をつけられたとき、被害者はまっすぐな姿勢をしていた――立っているか坐っているかしていたのだ。そのあとまだ生きているうちに、血が後頭部へながれおちるくらいの時間、仰向けに横たわっていたのだ」

「そうか。なるほど。自分でそれくらいの推理ができなかったとは、慚愧《ざんき》のいたりだ」私は悔やむように言った。

「すばやい観察と急速な推論は習練によってできるものだよ」ソーンダイクは答えた。「それにしても、きみはあの顔から、どんなことを気づいたかね？」

「窒息《ちっそく》の気配が強いと思った」

「さよう、疑問の余地はない。あれは窒息した人間の顔だ。また舌が目立って腫《は》れていたし、上唇の内側に歯できざみ目がつき、口の上からはげしく押しつけられてできたらしいいくつかの微傷にも、きみは気づいたにちがいない。こうした事実や推論が、頭皮の傷とどんなにぴったりと符合するかを考えてみたまえ。もしも私たちが、被害者が頭に一撃をうけ、襲撃者と格闘し、やがて押しつけられて窒息させられた事実を知っていたとすれば、ちょうどあの死体で発見されたような証跡をもとめることになるだろうと思う」

「ところで被害者の歯のあいだにはさまっていたものを何か発見したようだが、あれはなんだったのかね？　私は顕微鏡をのぞいてみる機会がなかったのでね」

「あれか。さよう、私はあれで確証を得たばかりでなく、推論を一段階おしすすめることができたのだ。あれは織物の繊維の小さな房《ふさ》だよ。顕微鏡で見ると、いろいろに染められた数種の繊維の集まりだとわかった。主要な部分は深紅色に染められた羊毛の繊維だが、青く染められた綿の繊維もまじっているし、黄色く染められた黄麻《おうま》らしい繊維もいくらかまじっていた。あきらかにまだら染めの織物で、女のドレスの切れはしかもしれない。もっとも黄麻がまじっている点から考えると、二流品のカーテンか敷物の類《たぐい》を暗示しているようにも思えるがね」

「その重要性は？」

「衣類の切れはしでないとすれば、家具調度から出たものにちがいない。家具調度は住居を暗示するというわけだ」

「しかしあまり決定的なものとも思えないがね」私は異議をとなえた。

「その通りだ。しかし貴重な確証になる」

「何の確証かね？」

「被害者の深靴の底があたえてくれる暗示の確証だ。あれを私はこまかくしらべてみたが、砂や砂利や土の証跡はまるで発見できなかった。被害者が発見された場所までたどりつくには、どうでも荒地を横ぎって行ったにちがいないのにね。私が見つけたのはこまかい煙草の灰と葉巻か巻煙草を踏みつけたような焦げ跡、それからビスケット粉、つき出た一本の針、絨毯のものらしい繊維だけだった。あきらかに被害者は絨毯を敷いた家のなかで殺され、そこから線路まで運ばれたことが暗示されているわけだ」

しばらく私はだまりこんでいた。ソーンダイクをよく知っているはずの私だが、このときはすっかり驚嘆してしまった。それは彼の調査について行くたびに、いつも新しく味わわされる感動だった。一見つまらない事実を総合統一し、秩序だった因果関係に調整して、それに一連の物語を語らせる彼の能力は、つねに私にとっては不思議な現象であり、その能力が発揮されるたびに私は新たなおどろきにうたれるのであった。

「きみの推論が正しいとすれば」私は言った。「事件はほとんど解決されたといっていい。その家のなかにはたくさん証跡があるにちがいない。だからいまとなっては、問題はそれがどの家かということだけだ」

「そのとおりだ」ソーンダイクは答えた。「問題はそれだよ。しかもきわめてむずかしい問題だ。その家の内部を一瞥すれば、すべての謎がとけるにちがいない。だがいかにしてその一瞥をやってのけるか？　殺人の証跡があるかどうかを見るために、当てずっぽうにどんな家へでもはいりこむというわけにもいくまい。いまのところ手がかりの糸はあっけなく切断されている。その糸の別の端は、どこかの未知の家のなかにある。それとこちらの端とをつなぐことができないとすると、事件は迷宮入りというわけだ。つまりこの問題は、だれがオスカー・ブロズキーを殺したか、ということになるのだからね」

「では、これからどうするかね？」

「つぎの捜査の段階は、この犯罪とある特定の家とを結びつけることだ。その目標に向かって、私としては全力をつくして入手できるだけの事実を集め、その一つ一つの事実をあらゆる連鎖関係をたどって考察するしかない。もしもそんなふうに結びつけることができなければこの捜査は失敗ということになり、もう一度、新規まき直し、はじめから出なおさなければならないだろう――私の推定どおり、ブロズキーが本当にダイヤモンドを身につけていたことが判明すれば、まずアムステルダムあたりからやりはじめることになるだろう」

このとき死体の発見された場所へついたので、私たちの会話は中断された。駅長が立ちどまって、警部とともに角灯のあかりで左側のレールをしらべていた。

「実に血の量がすくないですね」駅長が言った。「この種の事故を私はたびたび見てきていますが、いつも機関車にも線路にもたいへんな血なのに、これはまことに奇妙です」

ソーンダイクはほんのちょっとレールに注意を向けただけだった。そのことにはもう彼は関心をもっていなかったのだ。彼の手にした角灯はレールのそばの地面を照らしていた――レールのそばの白堊《はくあ》の破片のまじった砂利だらけの地面だった。ついでその角灯は、レールにひざまずいた警部の靴の底を照らした。

「ほら、わかるだろう、ジャーヴィス？」彼は低い声で言った。私はうなずいた。警部の靴の底には砂利の小つぶなどがいっぱいくっついていた。とくに踏んできた白堊の色がくっきりとついていた。

「帽子は見つからないのですね？」ソーンダイクはたずね、身をかがめて線路のそばの地面におちていた短いヒモ切れをひろった。

「見つかりません」警部が答えた。「しかし遠くにあるはずはありませんよ。おや、また何か手がかりになるものを発見されたようですな」ちらとヒモ切れを見やりながら、警部はにやにやして言いそえた。

「いや、まだ何もわかっていませんよ」ソーンダイクは言った。「緑色のヨリ糸をまぜた白い麻ヒモの切れはしですが――ことによると、あとで何かを語ってくれるかもしれません。とにかく保存しておきましょう」彼はポケットから小さなブリキ箱をとり出した。いろんなものと一緒にいくつかの種袋が入れてあったが、その袋のなかへヒモを入れて、外側に鉛筆でメモを走り書きした。そのやりかたを、警部はいかにも寛大そうに微笑しながら見ていた。それからふたたび線路をしらべはじめた。こんどはソーンダイクも、その調査に加わった。

「可哀そうに、あの男は近眼だったらしい」警部は眼鏡のレンズの破片を示しながら言った。

「そのために線路へ迷い出たのかもしれません」

「そうですね」ソーンダイクは言った。枕木の上やまわりの砂利にレンズの破片が散らばっているのを、とうに彼は気づいていたのだ。彼はまたブリキの「蒐集箱」をとり出して、なかからもう一つ種袋を抜き出した。「ピンセットをかしてくれないか、ジャーヴィス」と彼は言った。「そしてきみもピンセットを持って、これらの破片をひろい集めるのを手つだってくれないか」

　私が彼の要求に応じてその仕事にとりかかると、警部がけげんそうに私たちを見あげた。

「この眼鏡のレンズが故人のものだったことは、疑う余地がないと思いますがね」彼は言った。

「たしかに故人は眼鏡をかけていたのです。私は鼻にそのあとがついているのを見たのですからね」

「それにしても、その事実を立証したところでべつに害にはならないでしょう」とソーンダイクは言った。そして声をおとして私に言いそえた。「見つかるかぎり、どんな小さな破片でもひろいあげてくれないか、ジャーヴィス。ことによるときわめて重要なものかもしれないからね」

「どうしてこれがそんなに重要なのか、私にはよくわからないが」角灯のあかりで砂利のなかの微小なガラスの破片をさがしながら私は言った。

「わからないかね」ソーンダイクは言った。「これらの破片を見たまえ。いくつかはかなり大きいが、この枕木の上にある大部分のものは実に小さい。あきらかにこれらのガラスの状態は、周囲の状況と一致していないのだ。これは厚い凹レンズをたくさんの小片にこわしたものだが、いったいどんなふうにしてこわされたのか？　単に落っこちたためにこわれたのではないことだけはあきらかだ。そういうレンズは落ちると、少数の大きな破片にこわれるのが普通だ。上を通過した車輪にこわされたのでもない。車輪にこわされたのならこまかい粉になっているはずだし、その粉がレールの上に見られるはずだが、実際にはその痕跡《こんせき》がない。あの眼鏡のワクも、きみもおぼえているだろうが同じようなチグハグな点を見せていた。落ちてこわれたもの以上に、つぶれ、そこなわれてはいるが、車輪が上を通過したほどひどい状態にはなっていなかった」

「それできみはどういうことを暗示しようというのかね?」私はきいた。

「見かけからすると、眼鏡は踏みくだかれたもののように思える。だが死体がここへ運ばれたものとすると、たぶん眼鏡もここへ持ってこられたものであり、しかもそのときにはすでにこわれていたのではないかと思う。殺人犯人がここへ持ってきてから踏みくだいたのではなく、格闘中に踏みくだかれたもののように見えるからだ。だからどんな小さな破片でもひろいあつめることが重要なのだよ」

「それにしても、どうしてそれが重要なのかね?」実際いささか愚かしくも私はたずねたものだった。

「見つかるかぎりの破片をすっかりひろいあげれば当然、予期しているよりもレンズの部分が足りないにちがいないが、その事実は私たちの仮説を裏づけ、足りない部分を他の場所で見つけることになるかもしれないからだよ。これに反し予期どおりの破片を見つければ、レンズがこの場でこわされたと結論づけなければならなくなるわけだ」

私たちがさがしているあいだに、警部と駅長はなくなっている帽子をさがしまわっていた。やっと私たちが最後の破片をひろいあげ、レンズまで使って注意ぶかくさがしてももう一つも見つからないという段階まできたときには、彼らの角灯が線路からすこし離れたところに狐火のように動いているのが見えた。

「あの人たちが戻ってくるまでに、私たちの成果を見きわめておこうじゃないか」ゆらめく角灯をちらりと見やりながらソーンダイクが言った。「柵のそばの草の上へトランクをおろしたまえ。テーブル代わりになるだろう」

私がそのとおりにすると、ソーンダイクはポケットから一枚の書簡紙をとり出し、それをトランクの上に平たくひろげ、この夜は風もなく静かだったけれど、二つの重い石でおさえた。それからその紙の上に種袋の中身をあけ、ガラスの破片を注意ぶかくひろげて、しばらくだまってそれを見つめていた。そうして見つめているうちに、はなはだ奇妙な表情が彼の顔をかすめた。とつぜん彼は大きい部類の破片をつまみあげ、名刺入れからとり出した二枚の名刺の上にそれを熱心にならべはじめた、すばやく、みごとな手ぎわで破片を寄せ合わせてゆくにつれて、二枚の名刺の上で二つのレンズがしだいに再構成されていった。私は興奮をつのらせながら見つめていた。友人の態度に、なにかの発見に近づいているような気配が感じられたからである。

やがて二枚の名刺の上にガラスの二つの長円形が横たわり、一つ二つ小さなすき間を残して完全な形になった。あとに残ったかなりの破片はひどく微小なものばかりなので、それ以上再構成するのは不可能だった。するとソーンダイクは身をそらせて静かに笑った。

「たしかに予想外の結果だ」彼は言った。

「何が？」と私はきいた。

「わからないかね。ガラスが多すぎるのだよ。こわれたレンズをほとんど完全に再構成してみたが、あとに残されている破片は、すき間をふさぐ分量よりもかなり多いのだ」

かなりの量の微小な破片をながめて、私もすぐに彼のいうとおりであることを知った。微小な破片があまりに多すぎるのだ。

「実に奇妙だ」私は言った。「いったいどういうわけだろう?」

「そのことは、おそらくこれらの破片が語ってくれるだろうと思うよ」彼は答えた。「理知的にたずねればね」

彼は紙と二枚の名刺を注意ぶかく地面へおろし、トランクをひらいて小さな顕微鏡をとり出した。そして倍率最小の対物レンズと接眼レンズをとりつけた――この二つのレンズによる倍率は十倍にすぎなかった。それから微小なガラスの破片を載物《スライド》ガラスにうつし、角灯を顕微鏡ランプのかわりにして観察しはじめた。

「うむ!」まもなく彼は声をあげた。「いよいよおもしろくなってきたぞ。ガラスが多すぎ、しかもすくなすぎるのだ。つまり、ここには眼鏡のレンズの破片は一つか二つしかない。レンズを完全に再構成するのに不十分なくらいだ。あとの破片は軟質の、むらのある、型に入れてつくられたガラス器のもので、澄みきった硬質の眼鏡のレンズと容易に見わけがつく。これらの異質の破片は、いずれも彎曲している。おそらく円筒の一部分であろう。ワイングラスか、もしくはタンブラーの一部分と見てさしつかえあるまい」載物《スライド》ガラスを一度か二度うごかしてから彼は話しつづけた。「運がいいよ、ジャーヴィス。この破片には二本の放射状の線が食刻《エッチング》されているのが見える。あきらかに八本の光線を放つ星模様の一部分だ——こちらの別の破片にも三本の線がついている——これは三本の光線の末端だ。これだけわかれば、ちゃんとガラス器が再構成できるというものだ。無色の薄いグラス——たぶんタンブラーで——星模様の飾りが散らばっていた。そういう意匠のガラス器は、きみだっていくらでも知っているはずだ。それに帯模様をつけたものもあるが、たいてい星だけが飾りになっている。まあ、この標本をのぞいてみたまえ」

私が顕微鏡に眼を当てたところへ、駅長と警部がもどってきた。顕微鏡をまんなかにして地面に腰をおろしている私たちの様子は、謹厳な警部にもさすがにおかしかったらしく、彼は長いこと、おかしそうに笑いつづけた。

「いや、これはどうも失礼しました」やがて弁解するように彼は言った。「それにしても、なにしろ私のような古風な人間には、それはどうも少々——つまり——なんですね——いや、顕微鏡というものはまことに興味ぶかく、おもしろいものにはちがいありません。それはわかります。しかし、こうした事件の場合にはたいして役に立たないように思われますがね」

「そうかもしれません」ソーンダイクは答えた。「ところで、結局どこで帽子は見つかりましたか?」

「それがまだ見つからないんですよ」警部はちょっとまごついたように答えた。

「では、私たちも手つだって捜索をつづけましょう」ソーンダイクは言った。「ちょっとお待ちくださればごいっしょにまいります」彼はキシロール・バルサムを二枚の名刺の上へ数滴たらして再構成したレンズをその台紙へ定着させてから、それも顕微鏡もいっしょにトランクへおさめて、では出かけましょう、と言った。

「近くに村か集落がありますか?」彼は駅長にきいた。

「いちばん近いのはコーンフィールドです。そこまでのあいだには全然集落はありません。コーンフィールドは、ここから半マイルほど離れています」

「そして、いちばん近い道路はどこにあるのです?」

「ここから三百ヤードほど向こうの家のそばを未完成の道が通っています。土地建物会社がつくりかけて、そのまま立ち消えになってしまったのです。そこから駅へ通じる野道があります」

「近くにはほかに家はないのですか?」

「そうです。この半マイル四方には、その家があるだけです。それに、この近くには道も、それ以外はありません」

「それではおそらくブロズキーは、その方向から線路へ近づいてきたものにちがいない。死体はレールのそちらがわで発見されたのですからね」

警部も同意見だったので、駅長を案内役にして、私たちは地面を捜索しながらゆっくりと、その家のほうへ向かった。私たちが通って行く荒地には、すかんぽやいらくさなどの草むらがいっぱいあったので、警部は両脚と角灯でなくなった帽子をさがして一つ一つ草むらを蹴《け》とばしながら歩いて行った。三百ヤード歩いて、庭をかこんだ低い塀のところへたどりついた。塀の向こうにこぢんまりとした家が見えた。私たちが立ちどまっているあいだに、警部は塀のそばのいらくさの茂みにはいって行って、力をこめてそこらを蹴りとばした。とつぜん金属性の音がしたと思うと、それにまじって何か悪態をわめきちらす警部の声がきこえた。やがて警部が片脚をかかえたままとび出してきて、口ぎたなく悪態をついた。

「いらくさの茂みのなかへ、あんなものを入れておくなんて、まったく料簡の知れない大ばか野郎だ！」痛めた足をなでながら彼はわめいた。ソーンダイクは問題の品物を茂みのなかからひろいあげてきて、角灯のあかりに照らして見た。長さ一フィートばかり、厚さ四分の三インチほどの鉄棒の切れ端だった。「それほど長いこと、この茂みのなかにあったものではないようだ」綿密にしらべてみながら彼は言った。「ほとんど錆《さび》がついていない」

「しかし、すくなくとも私の脚と衝突できるだけの時間はそこにあったわけです」警部はぶつくさと言った。「こんなところへ入れておきゃがった人間の頭に、この鉄棒を一発ガンとくらわしてやりたいものだ」

警部の苦しみには一向に無関心で、ソーンダイクは静かに鉄棒をしらべつづけた。やがて角灯を塀の上におき、ポケット・レンズをとり出してレンズでまたしらべはじめた。その態度に癇癪《かんしゃく》を起こしたらしく、警部は大憤慨《ふんがい》のていで、痛めた足をひきひき向こうへ行ってしまった。駅長もそのあとからついて行った。まもなく家の玄関の扉をたたく音がきこえた。

「載物《スライド》ガラスを一枚たのむよ、ジャーヴィス、取りつけ液《ファラント》を一滴つけてね」ソーンダイクが言った。「この鉄棒に、なにか繊維がくっついている」

私は載物《スライド》ガラスをととのえ、それといっしょにカヴァ・ガラスやピンセットや切開針を彼に手わたし、塀の上に顕微鏡をすえた。

「警部にはたいへん気の毒だが」ソーンダイクは小さな顕微鏡に眼をあてながら言った。「あれは私たちにとっては幸運の一蹴だったよ。ちょっと標本をのぞいてみたまえ」

私は顕微鏡をのぞいて載物《スライド》ガラスを動かし、上にのっているものを見て意見をのべた。「赤い羊毛の繊維と青い綿の繊維、それに黄色い黄麻らしい植物繊維だ」

「そうだ」ソーンダイクは言った。「被害者の歯のあいだから発見した繊維の一房《ひとふさ》と同じもので、たぶんあれと同じ布から出たものだろう。気の毒なブロズキーが窒息させられたカーテンか敷物かで、この鉄棒をぬぐったのだろう。これはあとで照合するために、塀の上へおいておくことにしよう。まず、なんとかしてこの家のなかへはいってみる必要がある。これはあまりにもはっきりした指針だから、無視するわけにはいかないよ」

いそいでトランクをしめて私たちは家の表へ急いだ。すると警部と駅長の姿が、未完成の道路にぼんやりと見えた。

「家のなかに灯はついているのですがね」警部が言った。「しかしだれもいないのです。十回以上もたたいてみたのですが、返事がありません。こんなところに、いつまでうろついていても意味がありませんな。おそらく帽子は死体が発見された近くにあるのではないかと思います。だから朝になれば見つかるでしょう」

ソーンダイクはそれには答えず、庭にはいりこんでおだやかに扉をたたいてから、身をかがめて鍵穴に耳をつけ、注意ぶかく聞き入った。

「本当に家のなかにはだれもいませんよ」いらだたしげに警部は言ったが、かまわずソーンダイクがじっとそのまま耳をそばだてていると、やがて腹立たしげにぶつくさと何かつぶやいて、向こうのほうへ歩み去った。とたんにソーンダイクは角灯で扉の上や敷居や、通路や小さな花壇を照らして見た。まもなく彼が身をかがめて一つの花壇から何かひろいあげるのを私は見た。

「きわめて啓示的なものがあったよ、ジャーヴィス」彼は門のところまで出てきて、ほんの半インチばかり吸っただけの巻煙草の吸い殻を見せた。

「どうしてこれが啓示的なのかね？」私はきいた。「これでどんなことがわかるというのかね？」

「多くのことがわかるよ」彼は答えた。「これは火をつけて、よく吸わないで投げすてられたものだ。つまり急に意図が変わったことを示している。これは家の扉の前で、家のなかへはいりこもうとしただれかが投げすてたものにちがいない。おそらくその人間はこのうちのものではない。さもなければこれを持って家のなかへはいって行ったはずだ。しかし、その人間は家のなかへはいりこむ予定ではなかった。はじめからはいるつもりだったら、これに火をつけはしなかっただろう。このようなことは一般的に考えられる事柄だが、つぎは特殊な点だ。この巻煙草用紙は、ジグザグ印という名で知られている種類のもので、実にはっきりしたすかし模様が、たやすく見てとれる。ブロズキーの巻煙草用紙はジグザグ印のものだった——この用紙がジグザグに引き出せるようになっているので、そういう名前がついているわけだよ。ところでそれがどんな煙草か、ちょっとしらべてみよう」彼は上衣のピンをとり、巻煙草の火のつけられてない端からにごった暗褐色の煙草をすこしばかり引き出して、私の目の前にさし出した。

「細刻みのラタキアだ」と私はためらいもなく言った。

「そのとおりだ」ソーンダイクは言った。「この巻煙草はブロズキーの煙草入れにあったのと同じあの煙草をつめたもので、ブロズキーの巻煙草用紙と同じ紙で巻かれている。三段論法の第四則に当然の敬意を表して、私はこの巻煙草がオスカー・ブロズキーの手でつくられたものであることを示唆する補強証拠をさがすことにしよう」

「それは何かね?」私はきいた。

「きみも気づいているだろうが、ブロズキーのマッチ箱には、丸い短い木軸のマッチがはいっていた――これもいささか特異なものだ。彼は門からあまり遠くないところで巻煙草に火をつけたにちがいない。だから、そのマッチを見つけることができるはずだ。彼が近づいてきたと思える方向の道をさがしてみることにしよう」

きわめてゆっくりと道を歩いて行きながら、私たちは角灯で地面をさがした。そして十数歩も行かぬうちに、私はでこぼこの道に一本のマッチが落ちているのを見つけ、驚喜してそれをひろいあげた。それは丸い木軸のマッチだった。

ソーンダイクはそれを興味ぶかげにしらべ、巻煙草といっしょに「蒐集箱」へしまいこんでから、もういちど家のほうへ引きかえした。「これでブロズキーがこの家のなかで殺されたことは、もはや疑いをさしはさむ余地はない。私たちはついにこんどの犯罪と、この家とを結びつけることに成功したのだ。これから家のなかへはいって行って、他のいろいろな手がかりをつなぎ合わさなくてはならない」私たちは足早に家の裏手へまわった。するとそこで警部が所在なげに駅長と話していた。

「もう引きあげたほうがいいのではないかと思いますがね」警部が声をかけた。「実際、なんのためにこんなところへきたのかわかりませんよ。しかし――ちょっと待ってください、そんなことをしてはいけません！」なんの前ぶれもせずに、いきなりソーンダイクが身軽にとびあがり、一方の長い脚を塀の向こうがわへおろしていたのだ。

「個人の屋敷内へはいりこむことは許されませんよ」警部はつづけた。だがソーンダイクは静かに内側へおりると、ふり向いて塀ごしに警部と向かいあった。

「よくお聞きください、警部」彼は言った。「私には被害者ブロズキーがこの家へきていたと信じるに十分な根拠があります。事実、私はそう誓言する用意があります。しかし時間は貴重です。ほとぼりのさめぬうちに臭跡を追わなければなりません。それに私はいきなり家のなかへ押し入ろうとしているのではありません。ただごみだめをしらべたいだけです」

「ごみだめですって？」警部は息をはずませた。「いやまったくあなたは風変わりな人だ。ごみだめで何をさがすつもりですか？」

「私が見つけようとしているのは、タンブラーもしくはワイングラスの破片です。八本の光線の小さな星模様のついた薄いガラス器です。それはごみだめにあるかもしれないし、家のなかにあるかもしれません」

警部はためらったが、ソーンダイクの自信満々の態度に気押《けお》されたようだった。

「ごみだめのなかにどんなものがあるかは、いますぐしらべても一向にさしつかえありません」警部は言った。「それにしても、タンブラーの破片などがこの事件とどんな関係があるのか、私にはさっぱりわかりませんがね。しかしまあ行ってみましょう」彼は塀へとびあがって庭へおりた。すぐに駅長と私があとにつづいた。

警部と駅長が通路を急ぎ足に歩いて行くと、ソーンダイクはしばらく門のそばをうろついて、地面をしらべていた。しかしなにも興味をひくものが見つからなかったので、鋭くあたりを見まわしながら家のほうへ近づいて行った。私たちが通路を半分も行かぬうちに、警部が興奮した調子で呼ぶのがきこえた。

「ありましたよ。こちらです」彼は大きな声で呼んでいた。いそいで近づいて行くと、警部と駅長がびっくりした表情で小さなごみだめを見おろしているのにぶつかった。二人の角灯のあかりがごみだめを照らして、星模様のついたタンブラーの薄いグラスの破片が散らばっているのを私たちに示した。

「グラスの破片がここにあるのをどうして察知されたのか、私には見当もつきません」新たに芽ばえた敬意を語調にひびかせて警部は言った。「ところで、これを見つけてどうされるつもりですか？」

「これは証拠の連鎖の一環にすぎませんよ」ソーンダイクは言いながらトランクからピンセットをとり出して、ごみだめの上に身をかがめた。「たぶんなにか別のものも見つかるでしょう」彼はいくつかの小さなガラスの破片をつまみあげ、入念にしらべてから、またおとした。ふいに彼の眼はごみだめの底の小さな破片を発見した。ピンセットでそれをつまみあげた彼は角灯の強い光のなかで眼に近づけて見て、レンズをとり出し、綿密にしらべた。「うむ」やっと彼は言った。「これが私のさがしていたものです。さっきの二枚の名刺を出してくれないか、ジャーヴィス」

私は再構成したレンズを定着させた二枚の名刺をとり出し、それをトランクの蓋の上におき、角灯の光をなげかけた。ソーンダイクはそれをしばらくじっと見つめ、さらに目を転じて自分のもっている破片を見つめた。それから警部に向かって言った。「あなたは私がこのガラスの破片をひろいあげるのをごらんになったでしょう？」

「見ました」警部は答えた。

「そして、これらの眼鏡のレンズをどこで発見したかもごらんになったし、眼鏡がだれのものであったかも知っていますね？」

「知っています。それは死んだ男の眼鏡だし、それらのレンズは死体が発見された場所で発見されたのです」

「よろしい」ソーンダイクは言った。「では、よくごらんください」警部と駅長が口をあけっぱなしにして首を前へさしのばすと、ソーンダイクは小さな破片を一方のレンズのすき間へさし入れてから、軽く前へ押した。すると破片はそのすき間にぴたりとはまり、まわりの破片の端と端とがきちんと接続して、レンズのその部分を完全な形にした。

「ほう！」警部が声をあげた。「いったいどうしておわかりになったのですか？」

「その説明はあとまわしにしなければなりません」ソーンダイクは言った。「まず家のなかを見てみましょう。踏んづけられた一本の巻煙草が見つかるはずです――もしかしたら葉巻かもしれません。それに麦粉でつくったビスケットと、一本の丸い木軸のマッチと、それからなくなっている帽子も見つかるかもしれません」

帽子のことが持ち出されると警部は勢いこんで裏口へ行ったが、錠がさしてあるのに気がついて、窓をあけようとした。それも固く戸じまりがしてあったので、ソーンダイクの意見に従って表の扉へまわることにした。

「ここにも錠がおろされています」警部が言った。「厄介ですが、ぶちこわしてはいりこむよりしようがありませんね」

「ちょっと窓のほうをあたってみたらいかがですか」ソーンダイクが示唆した。

警部は小型ナイフで留金をはずそうとして、しきりにむだ骨を折った。

「だめです」彼は扉のところへもどってきた。「どうしても、やはり――」ふいに言葉をとぎらせると、彼はびっくりして眼をみはった。扉はちゃんとあいており、ソーンダイクが何かポケットへしまいこんでいたのだ。

「あなたの友人はけっして時間を浪費なさいませんな――錠をあけることにかけてもね」警部はソーンダイクのあとから家のなかへはいりながら私に話しかけた。だが、まもなく警部のそのような思い入れも、新しいおどろきにのまれてしまった。ソーンダイクは先に立って小さな居間へはいりこんでいた。天井からさがっているランプが暗くされていて、ぼんやりと部屋を照らしていた。

私たちがはいったとき、ソーンダイクは灯を明るくして部屋を見まわした。テーブルの上にウイスキー壜、サイフォン壜、タンブラー一つ、ビスケットの箱がおいてあった。その箱を指さしてソーンダイクは警部に言った。「その箱のなかをごらんなさい」

警部は蓋をあけてのぞきこんだ。その肩ごしに駅長ものぞいて見て、二人とも目をみはってソーンダイクを見た。

「いったい、どうしてこの家に麦粉でつくったビスケットがあるとわかったのですか?」駅長が叫んだ。

「お話しすればがっかりなさるでしょう」ソーンダイクは答えた。「しかし、これをごらんなさい」彼は炉床を指さした。そこに半分ほど吸いさしの平べったくなった一本の巻煙草と、一本の丸い木軸のマッチがおちていた。警部はびっくりして声も出ず、それらを見つめていた。駅長のほうは迷信的な畏怖《いふ》とでもいうしかない表情で、目を大きくあけてソーンダイクを見つめつづけた。

「あなたは死んだ男の所持品を持っていましたね?」ソーンダイクがきいた。

「持っています」警部が答えた。「安全のために私のポケットに入れてあります」

「では」ソーンダイクは平べったくなった巻煙草をひろいあげた。「ちょっと煙草入れを見せてください」

警部がポケットから煙草入れをとり出してひらくと、ソーンダイクは鋭い小型ナイフで巻煙草をきちんと切りひらいた。「さて、煙草入れにはどんな種類の煙草がはいっていますか?」

警部は一つまみ煙草をとり出してそれを眺め、気味わるそうにかいでみた。「これは悪臭を放つ煙草の一種、混合煙草《ミクスチュア》へ入れるやつで——ラタキアではないかと思います」

「そしてこれは?」ソーンダイクは切りひらいた巻煙草を指さしながらたずねた。

「たしかに同じものです」警部は答えた。

「では、つぎに巻煙草の用紙を見てみましょう」

ささやかな一綴りの巻煙草用紙——別々の紙で成り立っているのだから、むしろ束というべきかもしれない——が警部のポケットからとり出された。そのうちの一枚を見本として警部は引き出した。ソーンダイクは半分吸いさしになっている紙をそのそばにおいた。警部はその二枚をくらべてみてから、灯の光にかざした。

「ジグザグのすかし模様は、まず見まちがいようがありませんね」警部は言った。「この巻煙草は故人の手で巻かれたものです。ぜんぜん疑いの余地はありません」

「もう一つ」燃え残りの丸い木軸のマッチをテーブルにおきながら、ソーンダイクは言った。「例のマッチ箱をお持ちでしたね?」

警部は小さな銀の箱をとり出しそれをひらいて、そのなかの丸い木軸のマッチと燃え残りのものとをくらべてみた。そしてパチリとその箱をとじた。

「あなたは徹底的に立証されました」彼は言った。「帽子さえ見つかれば、これで犯罪事実は完全に証明されることになります」

「帽子が見つかっていないとは断言できないようですよ」ソーンダイクは言った。「あの炉格子のなかに、石炭でない何かが燃やされているのにお気づきでしょう」

警部は勢いこんで炉のところへかけより、興奮した手つきで、火の消えたあとに残っているものをひろい出しはじめた。「燃えがらはまだあたたかい」彼は言った。「たしかにこれは石炭だけの燃えがらではない。石炭の上で木の枝が燃やされているが、これらの小さな真黒なかたまりは石炭でもないし木片でもない。帽子を燃やした燃えかすかもしれません。それにしても、こんなことまでいったいだれにわかるでしょう。こわれた眼鏡のレンズの破片は寄せ集めることができますが、すこしばかりの燃えかすから帽子をつくりあげることは、おそらくだれにも不可能でしょう」彼は一つかみの小さな、真黒な海綿状の燃えかすを見せて、悲しげにソーンダイクをながめた。ソーンダイクはそれを受けとって一枚の紙の上においた。

「もちろん帽子を再構成することはできません」ソーンダイクはうなずいた。「だが、これらの燃えかすの根源を突きとめることはできるかもしれません。結局、帽子の燃えかすではないかもしれません」彼は蠟《ろう》マッチをともし、真黒な燃えかすの一つをとりあげて炎をあてた。たちまち燃えかすのかたまりはぷすぷすと煮えるような音をたてて溶解し、濃い煙をあげた。またたく間に空気はきつい樹脂の悪臭に満ち、それに動物性の物質の燃える臭気が入りまじった。

「ワニスみたいなにおいがしますね」駅長が言った。

「さよう、シェラック・ワニスです」ソーンダイクは言った。「これで最初のテストは肯定的な結果が出たわけです。つぎのテストは、もうすこし時間がかかるかもしれませんよ」

彼は緑色のトランクをあけ、小さなフラスコ、安全じょうご、逃がし管、小さな折りたたみ三脚台、アルコール・ランプ、伝熱砂盤に使う石綿の平盤などをとり出して、マーシュの砒素《ひそ》テストの準備をした。注意ぶかく燃えがらを見きわめてから、彼はいくつかのかたまりを選び出してフラスコへ入れ、それにアルコールを満たして、石綿の平盤の上におき、その平盤を三脚台にのせた。それから、その下のアルコール・ランプに点火し、腰をおろして、アルコールが沸騰するのを待った。

「ちょっとここで解決しておいたほうがよいと思われる事柄がある」まもなくフラスコのなかが泡だちはじめたとき彼は言った。「取りつけ液《ファラント》をつけて、載物ガラス《スライド》を一枚たのむよ、ジャーヴィス」

私が載物ガラス《スライド》をととのえているあいだに、ソーンダイクはピンセットでテーブルクロスから小さな一房の繊維を抜き出した。「この織物は、これまでに見たことがあるような気がします」そう言いながら、彼は小さな一房を取りつけ液《ファラント》のなかにおき、載物ガラス《スライド》を顕微鏡の載物台へそっとのせた。「そうです」接眼レンズからのぞきこみながら彼はつづけた。「やはりこれはおなじみの織物でした。赤い羊毛の繊維、青い綿と黄色い黄麻の繊維です。すぐに分類表示を記入しておかなくてはならない。さもないと、ほかの標本と混合するかもしれないからね」

「どうして故人が死ぬにいたったかについて、どうお考えですか?」警部がたずねた。

「そうですね」ソーンダイクは答えた。「私の考えるところでは、殺人犯人は被害者をこの部屋へ誘いこみ、軽い飲食物を出した。犯人はいまあなたが坐っている椅子に坐り、ブロズキーはその小型の肘掛け椅子に腰をおろしていた。それからあのいらくさの茂みのなかで発見された鉄棒で犯人はブロズキーを襲撃し、最初の一撃で殺しそこない、格闘して、とうとう最後にこのテーブルクロスで窒息させたものと思われる。ついでにもう一つだけ申しあげておきましょう。あなたはこのヒモの切れはしをおぼえているでしょう?」彼は「蒐集箱」から、線路のそばでひろった麻ヒモの短い切れはしをとり出した。警部はうなずいた。「うしろを振り向いてごらんになれば、この出所が見てとれると思います」

すばやく警部は振り向いた。その眼はマントルピースの上のヒモ箱にぶつかった。彼がそれをおろしてくると、ソーンダイクはそのなかから緑色のヨリ糸をまぜた白い麻ヒモを引き出して、自分の持っている切れはしとくらべて見た。「緑色のヨリ糸からして同一のものであることは、まずまちがいがありますまい」彼は言った。

「もちろんコウモリ傘と手さげカバンを結びつけるために使ったのです。死体をかついでいたので、手ではそういうものを運ぶことができなかったのです。ところで、もうこちらの標本のほうもできあがったでしょう」

彼は三脚台からフラスコをとりあげ、はげしく振りうごかして、その中身をレンズでしらべた。アルコールは暗褐色になってずっと濃くなり、ねばねばした濃度のものになっていた。

「大ざっぱなテストとしては、これで十分な結果が得られたと思います」そう言いながら彼はトランクから小管《ピペット》と載物《スライド》ガラスをとり出した。そして小管《ピペット》をフラスコへさし入れ、底から数滴のアルコールを吸引し、載物《スライド》ガラスの上に吸引した液体をおとした。

そのアルコールの小さな池の上にカヴァ・ガラスをかぶせ、載物《スライド》ガラスを顕微鏡の載物台にのせると、彼はそれを丹念にしらべた。かたずをのんで私たちは黙々と彼を見まもっていた。やがて彼は顔をあげて警部にたずねた。「フエルト帽は何でつくられているか、ご存じですか?」

「知っているとはいえませんな」警部が答えた。

「そうですか。上等の部類の帽子は飼い兎《うさぎ》と野兎の毛でつくってあります――やわらかい下毛です――それをシェラック・ワニスで固めてあるのです。ところで、これらの燃えかすがシェラック・ワニスをふくんでいることは、ほとんど疑う余地がありませんし、また顕微鏡でのぞくと、野兎の小さな毛がたくさん見てとれます。だから、これらの燃えかすは、かたいフエルト帽の残滓《ざんし》であると断言してもいいだろうと思います。また、これらの毛は染められているようには見えませんから、おそらく灰色の帽子であったといえるでしょう」

このとき庭の通路をいそいで近づいてくる足音に話は中断された。私たちがいっせいに振り向くと、相当な年輩の女が部屋へかけこんできた。

彼女は一瞬、びっくりして声も出ないようすで立ちすくんでいたが、一座を一人一人ながめまわしてから、はげしい口調できいた。「あなたがたはどなたですか? ここで何をしているのですか?」

警部が立ちあがった。「私は警察のものです」彼は言った。「いま、くわしいことはお話しできませんが、失礼ながらあなたはどなたですか?」

「わたしはヒックラーさんの家政婦です」彼女は答えた。

「そしてヒックラーさんは、まもなくお帰りになる予定ですか?」

「いいえ」彼女はそっけなく返事した。「ヒックラーさんは、いま外出していらっしゃいます。今晩、臨港列車でお出かけになりました」

「アムステルダムへ行かれたのですね?」ソーンダイクがきいた。

「そうだと思います。それがあなたにどんな関係があるのか、わたしにはわかりませんけれどね」家政婦は答えた。

「たぶんダイヤモンド・ブローカーか商人かだろうと思いましたよ」ソーンダイクは言った。

「そういう人たちは、あの列車で出かけるのが相当多いのです」

「そうですよ」女は言った。「とにかくあの人は何かダイヤモンドに関係がありますわ」

「そうですか。では、もう私たちはおいとましなくてはなるまいね、ジャーヴィス」ソーンダイクは言った。「ここの仕事はすんだから、ホテルか宿屋を見つけなくてはならない。警部、ちょっとあなたにお話があるのですが」

警部はもうすっかり謙虚な、うやうやしい態度になっていた。彼は私たちにしたがって庭へ出て、ソーンダイクが言い残す助言を聞いた。

「すぐにこの家を押えて、家政婦を出してしまったほうがいいでしょう。何も動かしてはいけません。あの燃えかすを保存し、ごみだめにはだれにも手を触れさせないようにして、とくに部屋を掃かせないようにすることです。駅長か私かが警察に連絡して、あなたと交代する警官をよこしてもらうようにしましょう」

ねんごろな「おやすみなさい」の声とともに、私たちは駅長に案内されながらその家を離れた。このようにして私たちのこの事件との関係は終わりを告げた。ヒックラー（洗礼名はサイラスと判明）は汽船から上陸したとたんに逮捕され、身につけていた一包みのダイヤモンドは、あとでオスカー・ブロズキーのものであることが確認された。それは事実だが、しかし彼は公判に付せられなかった。帰国の途中、船が英国の海岸に近づいたとき、彼は一瞬、護送者たちの目をかすめて逃れ、三日後、オーフォードネスのほとりのうらさびしい浜辺に、手錠をはめられた死体がうちあげられるまでは、当局もサイラス・ヒックラーの運命を知るところがなかったのである。


「特異な、しかも常道的な事件にふさわしい劇的な結末だったよ」新聞を下におきながらソーンダイクは言った。「この事件はきみの知識の拡大に役立ったことと思うよ、ジャーヴィス、そしてきみも一つ二つは有益な推論をやれただろうと思うよ」

「それよりも私は、きみが法医学の讃歌をうたうのを聞きたいよ」と私は答えながら、天下周知のうじ虫みたいに彼に向かってからかうように、にやにやした（これはうじ虫のやらないことだ）。

「それは先刻承知さ」ひどくしかつめらしい顔つきをして見せながら彼は切り返した。「私はきみがイニシアティヴをとる精神に欠けているのを悲しむよ。それにしても、この事件が例証する点はこういうことだ。まず第一に遅延の危険。はかなく消え去りやすい手がかりが蒸発してしまわないうちに、ただちに行動することの重要性。あの場合にしても、数時間も遅延すればほとんど何ひとつ資料は残されていなかっただろう。第二に、きわめて微小な手がかりを徹底的に追及することの必要。あの眼鏡の場合に例証されたようにね。第三に、訓練された科学者が警察に助力することの急務。そして最後に」彼は微笑して、しめくくりをつけた。「底知れぬほど貴重な緑色のトランクを持たずには、けっして外へ出て行くべきではないと身にしみて知ったことだ」

ギルバート・マレル卿の絵

V・L・ホワイトチャーチ
中村能三 訳

Sir Gilbert Murell's Picture　一九一二年

V・L・ホワイトチャーチ Victor L. Whitechurch (1868.3.12-1933.5.25) は鉄道に取材した短編集『ソープ・ヘイズルの事件簿』(一九一二) を発表しているが、本編はその中の一つ。進行中の列車の中央部から貨車を一台抜きとるというずばぬけたトリックを使用しているが、はたしてこの手品うまくいくかどうか――うまくいきましたらご喝采を！　というしだい。

グレート・ウェスタン鉄道ディドコット・ニューベリー支線の貨物列車事件は、風変わりな興味のある事件で、ソープ・ヘイズルの事件簿のうちでも、特筆すべき地位をしめるものであった。この事件の主要な部分が発見されたのは、一部は偶然の機会、一部はヘイズルの明察によるものであるが、彼はつねに、主として自分に興味を感じさせたのは、大胆不敵な計画が遂行された、その独創的な方法であると言っていたものである。

事件がおこったとき、彼はひとりの友人とともにニューベリーに滞在していて、例のごとく写真機をたずさえていた。彼は愛書家であると同時に、ちょいとしたアマチュア・カメラマンだったからである。といっても、彼がとる写真といえば、たいてい汽車とか機関車ばかりであったが。朝の散歩から、カメラを肩にかけて帰ってきて、いまからプラズモン・ビスケット二枚の朝食をとろうと、玄関の間《ま》までくると、その友人が迎えでてきた。

「やあ、ヘイズル」と彼は言った。「どうやら、この町ではきみのような人物が入り用になったらしいぜ」

「なにごとが起こったのかね」とヘイズルはたずねて、カメラを肩からはずし、妙な体操をはじめた。

「ぼくはいままで駅に行ってたんだがね。駅長をよく知ってるんだよ。ところが、昨夜、この線でとても不思議な事件がもちあがったと話してくれたのさ」

「どこで?」

「ディドコット支線で。知っているだろうが、単線でね、バークシャー丘陵地帯をとおってディドコットに行ってるんだ」

ヘイズルは微笑して、なおも両腕を頭の上でまわしつづけた。

「親切に説明してくれてありがとう」と彼は言った。「だが、ぼくもその線のことなら知っているんだ。ところで、事件というのは?」

「そいつがさ、昨夜、ディドコットを発車したウィンチェスタ行きの貨物列車があるんだが、そのうちの貨車が一両、このニューベリーに着いていないらしいのだよ」

「それだけじゃたいしたこともないね」とヘイズルは、あいかわらず体操をやりながら答えた。

「もっとも、その貨車のブレーキがこわれて、連結器が切れたとなると別問題だ。そうなれば、次に来る列車が衝突するおそれがあるからね」

「いや。その貨車は列車のまんなかにあったんだよ」

「たぶん、なにかのまちがいで、側線にでも残されたんだろう」とヘイズルは答えた。

「だが、駅長の話では、沿線の各駅にはみんな電話をかけたが、どこにもそんな貨車はないということだよ」

「じゃ、もともとディドコットを出なかったのかもしれないいな」

「駅長は、そんなことは問題じゃないと、はっきり言っていたよ」

「ほほう、話がおもしろくなりかけたね」とヘイズルは答え、体操をやめて、プラズモン・ビスケットを食べはじめた。「こいつにはなにかあるかもしれない。もっとも、貨車を置きざりにするのは、そうめずらしいことじゃないがね。まあ、駅に行ってみるとしよう」

「ぼくもいっしょに行って、駅長に紹介しよう。駅長もきみの名声は聞きおよんでいるよ」

十分後には、ふたりは駅長室にいた。ヘイズルは今度もカメラを肩にかけていた。

「あなたに来ていただいて、ありがたいですよ」と駅長は言った。「どうもこいつは謎の事件のにおいがするんでね。わしにはなにがなんやら、さっぱり見当がつきません」

「貨車には何が積みこんであったか、わかっていますか」

「そいつが、やっかいなものでしてね。高価なものなんですよ。来週、ウィンチェスタで所蔵品美術展覧会があるので、この貨車は、その出品物の一部を、レミントンから輸送していたのです。ギルバート・マレル卿の所蔵品でね——たしか三枚と思いますが——大きな絵で、一つ一つ別の包装ケースに入れてありましたよ」

「ふむ——なかなかおもしろそうですな。その貨車が列車に連結されていたことは、たしかなんですか」

「制動手のシンプソンがいまこちらにいますから、呼びにやりましょう。そうすれば、あの男の口から話がきけますよ」

こうして、貨物列車の車掌が登場した。ヘイズルはじっと見つめていたが、実直そうなその男の顔には、疑わしそうな影もなかった。

「ディドコットを出たときには、その貨車はたしかに連結してありましたよ」彼は質問にこたえて言った。「それに、次の駅のアプトンではちゃんと見たんですよ、そこで貨車を二両ばかり離しましたからね。問題の貨車はわたしが乗っていた制動車の五、六両前でしたよ。それははっきり断言できます。それからコムトンに停車して、家畜貨車をつなぎましたが、そこでは、わたしは外に出ませんでした。それから先は、ニューベリーまでどこにも停車せずに来たのですが、着いてみると、その貨車が列車からなくなっているのを発見したのです。もしかしたら、なにかのまちがいで、アプトンかコムトンに残してきたんじゃないかと思ったんですがね、そうじゃなかったんです、そんな貨車はないと向こうじゃ言うんですからね。わたしが知っていることといえば、これだけです。へんちくりんな事件じゃありませんか」

「まったく変な事件だ！」とヘイズルは言った。「きっときみの考えちがいだろう」

「いや、そんなことは絶対にありません」

「その列車の機関士は、なにか気づいたことはないのかね」

「なにもないと言っていますよ」

「なるほどね、だが、そんなことがあるはずはないじゃないか」とヘイズルは言った。「貨車が一両、そうやすやすと消えてなくなるものじゃないからね、ディドコットを発車したのは何時だね？」

「八時ごろです」

「ほほう。すると、すっかり暗くなってからだね。なにか沿線で気づいたことはなかったかね」

「なにもありませんでした」

「もちろん、きみはずっと制動車に乗っていたんだろうね」

「はい――汽車が動いているあいだは」

このとき、駅長室のドアをノックする音がして、駅員がはいってきた。

「いまディドコット線の旅客列車が到着しまして」と彼は言った。「機関士の報告によりますと、包装ケースを積んだ貨車が、チャーンの側線にとまっているのを見たそうです」

「なんてこった!」と車掌は叫んだ。「わたしたちの列車は、チャーンには停車せずに通過したんですぜ――あそこには、キャンプ・シーズン以外は、汽車はとまらないんですからね」

「チャーンというのはどこかね」とヘイズルは、今度ばかりは途方にくれたようすでたずねた。

「アプトンとコムトンの間のキャンプ地に近い、プラットホームと側線だけの場所ですよ*」と駅長が答えた。「軍専用のものでね、軍隊が露営する夏以外は、ほとんど使わないのです」

「その場所をぜひ見たいものですな、それもできるだけはやく」とヘイズルが言った。

「では、そういたしましょう」と駅長は答えた。「ディドコット線に、もうすぐ発車する列車があります。ヒル警部もいっしょに行っていただくことにして、機関士にはチャーンで停車するように指令しておきます。帰りの汽車がふたりをまた乗せてくれればいいのですから」

＊(原注) ここで記録された事件は、チャーンが知らせがあれば停車する駅として一九〇五年六月号の『ブラッドショウ鉄道案内』に掲載される以前に起こったものである。

一時間たらずのうちに、ヘイズルとヒル警部とはチャーンで下車した、それはまことに荒涼たる場所で、丘陵地帯の広漠《こうばく》とした平たい盆地に位し、趣をそえるものといえば、わずかに木が一本あるだけ、半マイルばかりのところにぽつんと一軒たっている羊飼い小屋以外には、人里とおくはなれたところだった。

駅そのものはプラットホーム一つ、それに待合室と一本の側線だけで、その側線は鉄道用語でいう車止め——つまり、この駅の場合、車両をとめるための材木の緩衝物——でおわっている。そして、ディドコットのほうよりの転轍《てんてつ》機のところで、単線の軌道からわかれているのである。

この側線に、問題の貨車が、車止めにぶつからんばかりにしてとまっていた。三個のケースは積んだままで、「レミントンよりウィンチェスタ行き、ニューベリー経由」と、はり札がしてあった。貨車にはぜんぜん疑問の余地がなかった。しかし、停車しないで通過する列車のまんなかから、どうしてその貨車だけはなれたか、それはソープ・ヘイズルのような聡明な頭脳の持ち主にとっても謎であった。

「なるほど」と警部は、ながいあいだ貨車を見てから言った。「さあ、こんどは転轍機を調べてみようじゃありませんか」

このお粗末な駅には、信号所ひとつなかった。転轍機は、線路のすぐそばにある地面を掘った囲いのなかにある二本のレバーで動かすようになっていて、一本のレバーで錠をはずし、一本のレバーで転轍機を入れかえるようになっていた。

「転轍機はどうなっているかな」とヘイズルは近寄りながら言った。「ほんのたまにしか使わないんだから、動かないようにしてあると思うんだが」

「おっしゃるとおりですよ」と警部は答えた。「側線へのレールのはしと本線のレールのあいだに、木片が楔《くさび》のように、ボルトでとめてありますよ――ほほう、ぜんぜん手をふれた形跡はありませんね。それに、レバーも鍵がかかっていますよ――この枠囲いに鍵穴があります。こんなふしぎな事件には、いままで出くわしたことがありませんよ、ヘイズル」

ソープ・ヘイズルはひどく当惑して、転轍機とレバーを見ていた。あの貨車を側線に入れるには、これを使わないわけにはいかない、そのことはよくわかっている。だが、いかなる方法で？

急に彼の顔があかるくなった。たしかに、油をつかって、木の楔をとめたボルトのナットをはずしたにちがいない。二本のレバーのうち、一本の取っ手に視線がおちると、かるい喜びの声が彼の口からもれた。

「どうです」とそのとき、警部が言った。「これじゃ動かせやしませんよ」そう言うと、彼はレバーのほうへ手をのばした。そのとたん、驚いたことにヘイズルが彼の襟《えり》をつかみ、手がレバーにさわらないうちに引きもどした。

「失敬、失敬」と彼は言った。「痛くはなかったろうね。でも、先にこのレバーの写真をとらせてもらいたかったのだよ」

ヘイズルが三脚台の上にカメラをすえ、一本のレバーの取っ手にほんの二、三インチのところまで近づけ、ひどく入念に写真を二枚とるのを、警部はいささか不機嫌そうに見ていた。

「そんなことをしたって、役にたつとは思えませんな」と警部は不平そうに言った。しかし、ヘイズルは返事もしなかった。

「そのうちにわかるさ」と彼は心の中で言った。

それから、こんどは声に出して言った。

「この楔をはずしたにちがいないと思うんだよ、警部——そして、貨車をあそこにもっていくには、転轍機を動かさなければならないことは明らかだよ。どういう方法でやったか、それはまだわからないが、それが常習犯のしわざだったら、犯人が発見できないものでもないと思うよ」

「どんな方法でですか」と狐につままれたように警部はたずねた。

「いや、いまのところ、それは言わないほうがいいだろう。ところで、貨車に積んである絵が無事かどうか、はやく知りたいものだな」

「そりゃまもなくわかりますよ」と警部は答えた。「あの貨車をひいて帰りますからね」そう言って、警部はスパナでボルトをはずし、それからレバーの錠をはずした。

「ほう——軽くうごきますぜ」と彼はレバーをひきながら言った。

「そのはずさ」とヘイズルは言った。「最近油をさしてあるんだからね」

帰りの汽車がここを通るまでには、一時間ばかりあった。ヘイズルはそのあいだを利用し、羊飼い小屋に歩いて行った。

「腹がへりました」と彼はそこの女性に説明した。「空きっ腹が食物を欲するのは自然の理《ことわり》。玉ネギ二個とほうきをめぐんでいただけませんか」

あとでその女性は、「おかしな男がほうきを頭の上で振り回しながら、裁判官のような厳粛さで玉ネギを食べた」と言いふらしたものだ。

ニューベリーに帰ってヘイズルが最初に手をつけたのは、写真を現像することであった。夕方までには乾板がかわいたので、印画紙に二、三枚焼きつけ、そのうちのいちばんはっきりしたのを同封し、ロンドン警視庁の知り合いの係官あて、数日のうちにロンドンへ帰るつもりだから、そのとき返事がほしいと手紙をそえて発送した。次の日の夜、彼は駅長から手紙をうけとった。

それには次のように書いてあった。

拝啓　例の絵がどこか少しでもいたずらされていないかどうか、おしらせするお約束でしたので、その約束をはたします。ただいま、ウィンチェスタから報告をうけましたが、絵の荷解きもすみ、展覧会主催委員会の手によってしさいに調べられたそうであります。そして委員会は、絵が完全に無事であること、所蔵者の手をはなれたときのままの状態で受け取られたことに対し、問題なく満足しているそうであります。
貨車がチャーンの側線にはいったこと、およびその目的については、いまだに説明がつきません。パディントンから警察官が来まして、その方の要求により、事件は公表しないことになりました――荷物は無事に着いたのでありますから。あなたも秘密をまもっていただけるものと確信いたします。

「謎はいよいよ深まるばかりだ」とヘイズルは考えた。「ぜんぜん見当もつかん」

翌日、彼は警視庁をおとずれ、知り合いの係官に面会した。

「喜んでいただきたいですが、あんな問題はわけなくわかりましたよ」と係官は言った。「記録を調べると、あなたがねらっている男は、すぐ見つかりましたよ」

「どんな男ですかね」

「本名はエドガー・ジェフリーズというんですが、いろんな変名で、われわれには知られています。強盗と窃盗《せっとう》で四年間くらいこんでいたのですがね――その窃盗というのは、汽車で大胆不敵な泥棒をはたらいたものですから、あなたのねらい筋の男だということになりますね。なにをやらかしたんですか、それにあの指紋写真はどうして手におはいりになったんですか」

「それがね」とヘイズルは答えた。「いまのところ、なにをしたのか、わたしにもわからないのですよ。でも、なにか表面にあらわれてきたら、いつでも見つかるようにしておきたいのです。写真を手にいれた経路は、追及しないでください――現在のところ、事件はまったく個人的なものですし、おそらくなんということも起こりゃしないでしょうから」

係官は紙片にあて名を書いて、それをヘイズルに渡した。「その男は、現在アレンという名で、ここに住んでいます。こういう人物は監視をつけていますから、引っ越したら、またおしらせしますよ」

翌日の朝、ヘイズルは新聞をあけてみて、よろこびの声をあげた。それもむりではない、なぜならば、新聞にはつぎのような記事がのっていたからである。

名画の謎

ギルバート・マレル卿とウィンチェスタ所蔵品美術展覧会
めずらしい係争問題

来週ウィンチェスタにおいて開催される予定の、所蔵品美術展覧会委員会は、同委員会を相手どったギルバート・マレル卿のめずらしい告訴によって、きわめて当然のことながら、大騒ぎとなっている。

レミントン在住のギルバート卿は、すこぶる高価な絵画の持ち主であるが、そのなかには、有名なベラスケスの『聖家族』もふくまれている。この絵は、他の二枚の絵とともに、ウィンチェスタで公開するために、レミントンの本人の手で送られた。そして、卿は『聖家族』を最高の壁面にかけるよう、とくに要請していたので、陳列のようすを自分でたしかめるため、昨日同市におもむいた。

ギルバート卿が委員会の代表者数人と会場に行ったとき、問題の絵は、会場の床に、柱にたてかけてあった。

しばらくはなんということも起こらなかったが、たまたま卿がカンバスの裏側へ行ったとき、卿はこの絵が自分の絵とはちがっていると言いだして、会場にいる人々を驚かせた。模写とすりかえられていると言うのである。カンバスの裏には、自分だけしか知らないしるしがあるから、絶対にまちがいはない、そのしるしはちょっと見たところではだれにもわからないもので、それがこの絵にはないと言うのである。その絵が真物《ほんもの》と微細な点にいたるまで、非常に似ていること、これほど巧妙な偽物はかつて見たことがないことは、卿もみとめたが、それにしても、委員会が、この絵は鉄道会社から受け取ったままである、と声明したので、騒ぎは大きくなった。

現在のところ、事件は未解決であるが、ギルバート卿は往訪の記者にたいし、この絵はたしかに自分のものでないと強調し、真物はきわめて高価なものであるから、このすりかえ事件にたいし、委員会で責任をもってもらうつもりだと宣言した。

新聞社は、まだチャーンにおける謎の事件を知らないでいることが、ヘイズルにははっきりわかった。じつをいうと、鉄道会社はこの事件をひたかくしにしているので、委員会も鉄道で事故がおこったことは知らないでいるのである。

しかし、調査がはじめられることはわかっているので、ヘイズルも猶予なく調べをすすめることに決心した。ギルバート卿の話がほんとうなら、すりかえが、人目につかぬチャーンの側線でおこなわれたことは、すぐにわかった。彼はロンドンの家にいたので、新聞記事を読んだ五分後には馬車が呼ばれ、批評家および美術史家として、画壇では有名な友人のところへ駆けつけた。

「きみの知りたいことを、正確に教えられそうだね」とその友人は言った。「この問題について、夕刊に記事を書くため、たったいま調べたところだからね。ベラスケスのあの絵には、弟子が描いたと伝えられている有名な模写があって、両方の所有者のあいだで、どちらが真物であるか、ながいあいだ、はげしい論争がつづいたものなのだ――現在でも、サン・モリッツにいるある紳士の手にあるマドンナの絵にたいし、ウィーンの美術館でも、自分のほうこそ真物だと主張しているが、それと同じようなものだね。

ところが、『聖家族』の場合、ずっとまえに、けっきょく論争は永久に解決して、ギルバート・マレル卿の絵が、疑いもなく真物だということにきまったのだ。その模写がどうなったか、だれにも知られていない。二十年間、そのゆくえがわからないのだ。ぼくが知っているのはこれだけだよ。こんなことを新聞には、すこし引きのばして書くのだ。すぐ仕事にかからなくちゃならない。では」

「ちょっと待ってくれたまえ――その模写が、最後にあったのはどこだい？」

「うん、リングミア伯爵が最後に持っていたのだが、偽物だとわかると、二束三文に売ったというわさだよ、なにしろ、すっかり興味をうしなったんだからね」

「ところで、伯爵は非常に老人なんだろう？」

「そう――もうかれこれ八十だろう――でも、まだ絵にかけては、たいへんな情熱をもっているよ」

「売ったといううわさだけなのだ」とヘイズルは、友人の家を出るとき、心に思った。「それほどはっきりしたことじゃない——それに、狂気じみた収集家というものは、一つのものに執心したら、なにをしでかすか知れたものじゃない。どうかすると、道徳観念なんか失ってしまうものだ。友人の切手とか蝶《ちょう》の収集を、げんに盗んだ男を知っている。この事件にも、そんなことがあったとしたらどうだろう。どんなおそろしい恥さらしな騒ぎがおこるか、しれたものではない。そんな騒ぎが未然にふせげたら、おれはみんなから感謝されるのではあるまいか。なにはともあれ、ひとつ見当をつけて一発はなってみよう。それに、貨車が側線に入れられた方法は、なんとしてでも発見せずにはおかないぞ」

ヘイズルはいったん謎の鉄道事件に足をふみこむと、一瞬もむだにはすごさなかった。一時間とたたないうちに、彼は警視庁で教えてもらった名宛《あ》ての家に来ていた。その途中、名刺入れから名刺を出し——なにも刷ってない白いカードを——それに『リングミア伯爵より』と書いた。そして、それを封筒に入れた。

「こいつは相当思いきった手だ」と彼は心に思った。「だが、なにかあるとすれば、やってみるだけの値打ちはある」

こうして、彼はアレンに面会をもとめた。玄関のドアをあけた女は、うさんくさそうに彼を見て、アレン氏はいないだろうと思うと言った。

「この封筒をわたしてください」とヘイズルはそれに答えた。しばらくすると女はひっかえしてきて、ついてくるように言った。

鋭い、一癖《ひとくせ》ありそうな目つきの、ずんぐりした屈強な男が、部屋の中に立って待っていて、ヘイズルをうさんくさそうに見ていた。

「ところで」と彼はかみつくように言った。「なんだね。どんな用だね」

「リングミア伯爵のために来たんだがね。チャーンと言えば、なにをしに来たかわかるだろう」とヘイズルは、大胆に切り札を出してみせた。

「なるほど、それがどうしたというんだい」

ヘイズルはくるりと振りかえると、とつぜんドアに錠をおろし、鍵をポケットに入れてから、その男の前に立った。男はとびかかろうとしたが、ヘイズルはあっと思うまにピストルをつきつけていた。

「この野郎——刑事だな！」

「いや、そうじゃないよ——伯爵のために来たと言っておいたじゃないか。というと、伯爵のために、事件を捜しまわっているように聞こえるがね」

「あのおいぼれがどうしたというんだ」とジェフリーズがたずねた。

「ほう、それできみがなんでもすっかり知っていることがわかるよ。そこで、おとなしくわたしの話を聞きたまえ、そうすれば、すこしは筋道がわかるだろう。まず最初に、きみはこのあいだの晩、チャーンで絵をすりかえたね」

「たいそうよく知ってるらしいじゃないか」と相手はひやかすように言ったが、まえほど反抗的ではなかった。

「さよう、知っている――だが、なにもかも知っているわけじゃないのだ。あのレバーに跡をのこしておくなんて、きみもばかだな」

「跡をのこすって、おれがどんなことをしていたというんだ」とジェフリーズは、思わず正体をあらわして叫んだ。

「油だらけになって、取っ手に親指の指紋をのこしているんだよ。わたしがそれを写真にとって見せると、警視庁ですぐ調べてくれた。しごく簡単なことさ」

ジェフリーズは低い声で悪態をついた。

「ところで、おめえさんはなんのために来たんだい」

「話はそれだ、きみはこの仕事でたんまりもうけたことだろうな」

「いくら金をくれたって、おれはあぶねえことはしたくねえんだ。おれはあのおいぼれにそう言ってやったよ。やつはおれよりひでえやつだ――あの絵を手にいれろとそそのかしやがった。ばれたら責任をもつと言いやがってね。どうやらこの事件で名前が出るのを、もみけそうとしているんだな――おめえさんが来たのは、そのためなんだろう」

「そうでもないよ。まあ、わたしの話をききたまえ。きみは悪党だ、罰せられるのがあたりまえだ。だが、わたしはまったく個人的な立場で行動しているのでね、真物の絵をもとの持ち主に返すことができるなら、この事件はやみに葬ったほうが、みんなのためにいいんじゃないかと思うんだがね。絵はもう伯爵の手にはいったのかね」

「いや、まだだ」とジェフリーズは言った。「やつは一筋縄《ひとすじなわ》じゃいかん爺《じじい》だからね。だが、隠し場所は知っているよ。もちろん、おれも知っているがね」

「うん——きみも、物のわかった話をするようになったね。そこでどうだ。きみがそのことをすっかり話してしまう、わたしがそれを紙に書く。だいたいならば警察官の前で、きみの陳述がほんとうであることを宣誓してもらうのだが——なにも、警察官に立ち会ってもらう必要はないさ。その自供書を、必要な場合がおこったときのために、わたしが保管しておく。だが、その絵をギルバート卿に返すのに、きみが手をかしてくれれば、べつにそんなものが必要にもならないだろうと思うよ」

それから、もすこしいろいろと話しあった末、ジェフリーズは種明かしをはじめた。しかし、そのまえに、ヘイズルはポケットから牛乳びんとパンとをとり出し、ジェフリーズが話しているあいだ、おちつきはらって体操をし、それから彼一流の昼食をたべた。ジェフリーズの話とは次のようなものだった。

「こんどのことをたくらんだのは伯爵だよ。どういう方法で、伯爵がおれをつかまえたか、そんなことは関係のねえ話だ。おれのほうから、やつをつかまえたと言ってもいい——おれがそそのかしたのかもしれない——だが、そんなことは問題じゃねえ。伯爵はあの偽物の絵を、ながいあいだ物置きにかくしておいたのだが、その間も、ずっと真物の絵に目をつけていたのだ。偽物にたいへんな金をはらったので、真物を自分のものにするのが当然だと考えるようになったのだ。なにしろ、ことが絵となると、まるで正気じゃないからね。

いまも話したとおり、伯爵は偽物をかくしておいて、世間には売ってしまったと思わせておいたのだが、そのあいだもずっと、なんとかして真物とすりかえてやろうとねらっていたわけなんだ。

そこへ、おれという人間があらわれて、その仕事を引き受けることになった。仲間は三人だ。きわどい仕事だからね。おれたちは、どの汽車でその絵が運ばれるかつきとめた——そんなことはわけない話だよ。転轍機の鍵を手にいれれば、ボルトをはずすなんて手間はかからねえ。いざというばあい、すぐに動かせるように、転轍機にはよく油をさしておいたよ。

仲間のひとりは、おれといっしょにいた——側線で、貨車がはいってきたら、すぐにブレーキをかける用意をしている。おれは転轍機係だ。それから、もひとりの仲間は、こいつがいちばんむずかしい仕事なのだが、貨物列車に乗りこんだ——車のおおいの下にかくれてね。こいつは、両端に鈎のついた、ごく丈夫な、ながいロープを持っている。

汽車がアプトンを発車すると、その仲間は仕事にかかった。

貨物列車は速力がおそいからね、時間はたっぷりあったよ。うしろの車掌車からかぞえて、おれたちがねらっている貨車は五つ目だった。まずいちばんに、四つ目の貨車と六つ目の貨車とをつなぐ仕事だ。両方の貨車の外側のはしに鈎をかけ、ロープの残りを輪にして手にもっている。

やがて、列車が勾配《こうばい》にかかったとき、五つ目の貨車にのって、五つ目と四つ目の貨車の連結をはずす。ちゃんと道具を持っているのだから、そんなことはわけないさ。連結をはずすと、残ったロープがぴんと張るまでくり出す。つぎに、もう一本のロープを五つ目と六つ目の貨車にかけ、五つ目の貨車を六つ目の貨車からはずし、そのロープの残りをたぐり出す。

これでどうなったか、おめえさんにもわかるだろう。最後の何両かの貨車は、四つ目から六つ目につないだ長いロープで引っぱられて、そのあいだに、あいた場所ができたわけだ。このあいた場所の中間に、五つ目の貨車が、六つ目の貨車から出ている短いロープに引かれて走っている。仲間はするどいナイフを手にして、六つ目の貨車にのっているのだ。

それから先のことは、簡単だよ。機関車が通るとすぐ、おれは線路のすぐそばの転轍機のレバーをにぎった。六つ目の貨車の後ろのあいた場所が見えた瞬間、おれはレバーをひいた。五つ目の貨車が側線にはいる、それと同時に、仲間がロープを切ってはなすという仕掛けだ。

貨車が側線にはいるとすぐ、おれはレバーをもとにもどし、あとから来る貨車を本線に入れた。コムトンの前に勾配があるので、最後の四両は機関車にひっぱられた列車に追いついた。そこで、仲間はロープをたぐり寄せ、うまく四つ目と六つ目を連結したのだ。そして、汽車がコムトンにはいるので速力をゆるめたときをみはからって飛びおりたというわけだ、まあ、ざっとこんな方法だったのさ」

ヘイズルの目がかがやいた。

「じつにうまいことをやったものだな」

「そう思うかね。そりゃいくらか手ぎわはいったよ。それから次に、荷造りの箱の釘を抜き、枠から絵をはずし、持っていっていた偽物をかわりに張ったのだ。これにはすこし手間がかかったが、あんな寂しい場所だから、じゃまがはいる心配もなかったよ。仕事がすむと、おれはその絵をぐるぐる巻きにして持って、かくしたのだ。伯爵がそうしろと言うのだ。隠し場所は教える、そこで伯爵は、しばらく待っていて、自分で引きとるという約束だったのだ」

「どこに隠してあるのかね」

「おめえさん、ほんとに、この事件はもみ消すつもりかね」

「そのつもりでなかったら、きみはとうの昔につかまっているんだよ」

「それなら言うがね、チャーンからイースト・イルズリーへ行く、丘づたいの小道がある。その道の右手に古い羊の水のみ井戸がある——水はかれているんだ。絵はそこにあるんだ。捜せば、紐《ひも》がすぐ見つかるよ。井戸の上に結びつけてあるからね」

ヘイズルは正式に宣誓させて、その男の自供書をとった。だが、彼の良心は、もっと強硬な処置をとるべきだったのではなかろうかとささやいた。

＊

「いまお話ししましたとおり、わたしは当局とはなんの関係もない、たんなる個人なのです」とヘイズルはギルバート・マレル卿にむかって言った。「あなたの絵をお返しするのも、まったく個人としての立場から行動してきたのです」

ギルバート卿は、カンバスからおだやかなヘイズルの顔へと目をうつした。

「あなたはいったい、どなたなのですか」と彼はたずねた。

「そうですな、書籍収集家と言ってもらうとうれしいですな。『ジェイムズ一世時代の装釘』という、わたしのささやかな論文は、お目にとまっていませんかしら」

「いや」とギルバート卿は言った。「まだ拝見しておりません。ですが、こんどのことはもっとおたずねしなくちゃならん。どんな方法で、この絵を見つけたのですか。どこにあったのですか――だれが――？」

「ギルバート卿」とヘイズルが言葉をはさんだ。「もちろん、わたしは真相をすっかり知っています。わたしはいかなる意味でも、この事件に関係しておりません。ほんの偶然のことから、あなたの絵が盗まれたことや、その絵のありかを知ったのです」

「だが、すっかりお話をうかがいたいですな。わたしは告訴して――」

「わたしはそんなことは考えませんな。ところで、偽物の絵が最後にあったのはどこか、ご記憶ですか」

「知っています。リングミア伯爵が持っていました。――そして、売ってしまいましたよ」

「ほんとに売りましたかな」

「え？」

「もし、伯爵がずっと持っていたとしたらどうです？」とヘイズルは、いたずらっぽそうな顔をして言った。

ながい沈黙がつづいた。

「なんということだ」とやがてギルバート卿が言った。「まさかあなたはほんきでそんなことを言うんじゃないでしょうね。伯爵は片足を墓穴につっこんでいる人ですよ——たいへんな老人ですよ——ほんの二週間まえにも、いっしょに食事をしたんですよ」

「ほほう！　ところで、もう満足していただけたと思いますが、ギルバート卿」

「ひどい——まったくひどい。わたしは絵を取り返したからいいようなものの、こんな恥さらしな事件を世間にしらせたくありませんな」

「しらせる必要もないでしょう」とヘイズルは答えた「ウィンチェスタの連中とは、なんとかうまく話がつくでしょう？」

「ええ——それはね——たとい、わたしのほうがまちがっていたと言って、展覧会の期間、偽物を陳列してもね」

「わたしもそれがいちばんいいと思いますね」と、自分の行為をすこしも後悔せずに、ヘイズルは答えた。

「もちろん、ジェフリーズは罪をとわれるべきだ」と彼は心に思った。「だが、これが利口な方法だ——利口な方法だ」

「失礼ですが、お昼の食事でも」とギルバート卿が言った。

「ありがとう、でも、わたしは菜食主義者でして、それに——」

「コックがなにか見つくろってさしあげると思います。呼びましょう」

「ご好意はまことにありがたいのですが、駅の食堂にレンズ豆とサラダの料理を注文してありますので。でも、昼食まえの体操をここでやらせていただけますと、駅の人前でいささか晴れがましくやる手間がはぶけるのですが」

「どうぞ」と、ちょっと度肝をぬかれたギルバート卿は答えた。それを聞くとヘイズルは上着をぬぎ、風車のように両腕をふりまわしはじめた。

「食事のまえには、消化ということを考えなければいけませんのでな」と彼は説明した。

ブルックベンド荘の悲劇

アーネスト・ブラマ
井上勇 訳

The Tragedy at Brookbend Cottage

一九一三年

マックス・カラドスは盲人探偵。いわゆる安楽椅子探偵の極致である。カラドスの短編は二十六編あるが、本編はその中の代表作。この種のトリックとしては、初期のものといえよう。作者**アーネスト・ブラマ** Ernest Bramah Smith (1868.4.5–1942.6.23) はドイル式短編推理小説の最後の人と評されている。

「マックス」パーキンスンがうしろでドアをしめると、カーライル氏が言った。「きみが会うことを承知したホリヤー大尉がおいでになったよ」

「お話をきこうといったのだよ」カラドスは前にいる健康そうな、どこか戸惑いしたような未知の男の顔のほうへ、まっすぐに向きなおって微笑しながら、カーライルの言葉を訂正した。

「ホリヤーさんは、わたしが目の見えないことをごぞんじでしょうね」

「カーライルさんからうけたまわりました」と青年は言った。「しかし、カラドスさん、じつはあなたのことは以前に、同僚のひとりから聞いていました。イワン・サラトフ号の沈没に関連してです」

カラドスはひとなつっこく、あきらめたように頭を振った。そして、

「だって荷主たちは、秘密を漏らさないように誓言したんですがね」と、あきれたように言った。「そうですか、やむを得ないことでしょう。また新しい沈没事件ですか、ホリヤーさん」

「いいや、わたしのはぜんぜん、個人的な問題です」と大尉は答えた。「わたしの姉が――結婚してクリークというのですが――でも、カーライルさんのほうがわたしよりも、じょうずに話してくださるでしょう。すべてごぞんじですから」

「いやいや、カーライルはその道の専門家です。生《き》のままの話をきかせてください。ホリヤーさん。わたしの耳はわたしの目でしてね」

「けっこうです。さっそくありのままを申しあげることができます。だが、すっかりお話ししてしまったとき、わたしにとっては重大なことに思えるのですが、ほかのかたにはなんでもないことに聞こえるにちがいないと思います」

「わたしたち自身もときとして、つまらないことで重大な意味を発見することがよくあります」カラドスは、元気づけるように言った。「そんなことで遠慮をなさらないで」

ホリヤー大尉の話の大要は、次のようなものだった。

「わたしにはミリセントという姉があって、クリークという男と結婚しています。姉は現在二十八歳で、クリークは少なくとも十五は年上です。母も（もう死にましたが）わたしも、クリークのことはたいして気にしませんでした。こちらとして、おそらく年がいささか釣り合いがとれないことをのぞいては、その人物についてこれといってかくべつ反対することはなにもなかったのです。しかし、わたしどものあいだには共通した点はなにひとつないように思われました。クリークは陰気で、無口で、むっつりと黙りこんでいるので、話をしようにも冷や水をあびせられてしまうのです。その結果として、当然わたしどもはおたがいにたいして会うようなこともなかったのです」

「それはねマックス、きみにもわかっていてもらわないといけないが、四、五年もまえのことだよ」とカーライル氏が、おせっかいな口出しをした。

カラドスはかたくなにあくまで沈黙をまもっていた。カーライル氏は鼻をならし、自分が気を悪くしているという意味を相手に伝えようとこころみた。それから、ホリヤー大尉は先をつづけた。

「ミリセントはたいへんに短い婚約期間をおいただけで、すぐと結婚したのです。いや、じつにしめっぽい結婚式でして――わたしにはまるでお葬《とむら》いのように思われました。その男は身寄りはないといっていましたが、見たところどうやら友人も、仕事のうえの知りあいさえほとんどもっていないようでした。なにか知りませんが代理店をやっていて、ホルボーンに事務所をもっていました。わたしどもはクリークの個人的な境遇については事実上、なにも知っていないといっていいくらいでしたが、当時はその代理業で暮らしを立てていたのだと想像します。しかし思うに、それから仕事のほうがだんだん落ち目になっていったのでしょう。過去数年間はほとんど全部、ミリセントのわずかばかりの収入をたよりに、暮らしてきたのじゃないかと疑っています。そのような、こまかな話がご必要でしょうか」

「どうぞ」とカラドスはうながした。

「七年ほどまえに、わたしどもの父親が死にました節、父は三千ポンドの金を残しました。その金はカナダの株に投資されていて、年に百ポンドを少し越す収入がありました。遺言によって、母が生きているあいだはその配当をうけとり、母が死ぬと、その資産は五百ポンドをわたしに一括払いにするという条件で、ミリセントに行くことになっていました。しかし父はわたしにたいしてそれとなく内緒で、もしそのときになって、わたしのほうで特別にその金を必要としないばあいは、入り用になるまでミリセントにその配当をやってほしい、ミリセントも格別暮らしが楽ではないだろうから、と申しました。なにぶんカラドスさん、わたしの教育や出世のためには、姉よりもはるかにたくさんの金がかかっていましたし、それにわたしは給料を貰っているし、むろん女の子よりもずっとよく、自分で自分のしまつをつけることができるわけですものね」

「まったく、そうです」カラドスはあいづちをうった。

「そういうわけで、わたしはその金については手をつけませんでした」と大尉はつづけた。「三年まえに、わたしはもう一度、姉夫婦をたずねましたが、たいして顔を合わせることもありませんでした、ふたりは間借りをして暮らしていました。結婚後、姉夫婦に会ったのはそれがただ一度きりで、それ以後、先週まで一度も会わなかったのです。そのあいだに母が亡《な》くなり、ミリセントがずっと配当をうけとっていました。姉は金をうけとったとき、数回、手紙をくれました。そうでもしないと、わたしたちはほとんど連絡し合っていなかったのです。ところが一年ほどまえに、姉は新しい住所を知らせてよこしました。――マリング公有地のブルックベンド荘で――そこに一軒かりたのです。わたしは二カ月ほど休暇が貰えたとき、当然のこととして自分のほうからそこへたずねて行き、休暇の大部分を姉夫婦といっしょにすごそうと大いに期待をかけていたのですが、一週間いただけで、口実をもうけて逃げだしてしまいました。なにしろ陰気で、がまんのならぬうちで、全体の生活、空気が、なんともいいようのないほど気がめいるんです」大尉は本能的に警戒してあたりを見まわし、それから熱をこめてからだをのりだし、声をおとした。「カラドスさん、わたしは絶対の確信をもって言いますが、クリークはミリセントを殺す機会がくるのを、ひたすら待っているのです」

「先をどうぞ」カラドスは静かに言った。「一週間、ブルックベンド荘の気がめいる環境に包まれていられただけで、まさかそんな確信をいだかれたわけではないでしょう。ホリヤーさん」

「そうとばかりはいえません」ホリヤーはおぼつかなげに言った。「なんだか、うろん臭いのです。そして――わたしとしては――かるい憎しみの感情が、それにあずかって大いに力があったかもしれません。しかしながら、それにしても、もっと決定的なあることがあったのです。ミリセントがわたしが向こうに行った次の日、それを話してくれたのです。数カ月まえ、疑いもなくクリークは、なにか除草薬で計画的に姉を殺そうとしたのです。姉はそのとき、ひどく気がめいっていて、それでそのいきさつをわたしに話したのですが、あとになるとその話をもう一度することを拒絶し――ごまかして否定しようとさえするのです。――それに、実際問題として姉に、夫のことや夫の仕事について話させることは、いつだってたいへんにむずかしいのです。そのできごとのあらましはこういうことなのです。クリークは姉がひとりで留守《るす》番をしていて、夕食のときに飲むと思われるスタウトの瓶《びん》に、毒薬をいれておいたらしいのです。姉はてっきりそうにちがいないと、強い疑いをもっています。その除草薬はちゃんとラベルが貼ってありましたが、ビール瓶に入れてほかのいろんな飲みものといっしょに、ビールと同じ食器戸だなに入れてあったのです。ただ、上のほうの棚においてはありましたが。そして、クリークは当てがはずれたのを知ると、中身をあけて瓶をすっかり洗い、ほかの瓶の残りをそれについだというのです。わたしの考えでは、クリークは帰ってきて、ミリセントが死ぬか、死にかけているのを見つけると、姉がくらがりであやまって毒薬をのんだようにみせかけるつもりだったにちがいありません」

「なるほど」とカラドスはあいづちをうった。「簡単で、安全な方法です」

「それに、心得ておいていただきたいのはカラドスさん、姉夫婦はきわめてつましい暮らしをしているのです。そしてミリセントはほとんど、夫の言いなりになっているのです。たったひとりの召使は女で、毎日二、三時間くるだけなのです。家はさびしい、人里はなれたところにあります。クリークはときどき何日も泊まりがけで、うちを留守にします。ミリセントは自尊心からか無関心のせいか知りませんが、古い友だちはみんななくしてしまって、新しい友だちも作っていないらしいのです。クリークは姉を毒殺して死体を庭に埋め、ひとが姉のことをいぶかりはじめさえしないうちに、何千マイルも遠くへずらかってしまうかもしれません。わたしはどうすればいいのでしょう。カラドスさん」

「いまとなっては、毒薬は使いそうもなく、それよりもなにかほかの方法をとるでしょうね」カラドスは考えこむようにして言った。「一度失敗したので、奥さんはすっかり警戒なさるでしょう。クリークは自分の企てをほかの人間が知っていることに気づいているかもしれないし、すくなくともひとにさとられたかもしれないということくらいは考えているでしょう。……常識的にいうと、あなたの姉さんはその男とお別れになるのがいちばんの用心というものでしょうね、ホリヤーさん。別れるつもりはないのですか」

「そうなのです」ホリヤーは認めた。「別れるつもりはないのです。わたしも一度、それをすすめたのですがね」青年はしばらくためらってもぞもぞしていたが、やがて吐きだすように言った。「じつをいうとカラドスさん、わたしにはミリセントの気持ちがわからないのです。姉はいまでは、以前とはすっかりちがった女になってしまいました。クリークを憎んで、黙ってはいますが、心の底では軽蔑《けいべつ》しきっていて、それがふたりの生活を酸のようにむしばんでいながらも、夫のことをひどく嫉妬して、別れるくらいなら死んだほうがましなくらいに思っているのです。ふたりの生活はじつに惨澹《さんたん》たるものです。わたしは一週間それをがまんしていたのですが、義兄がきらいだということはともかくとして、あの男はなにかたくらんでいるといわざるを得ません。義兄が男らしくむかっぱらでもたてて、姉を殺したというのならまだしもわからなくもないでしょうけれど」

「それはわたしどもにはかかわりのないことです」とカラドスは言った。「こういった種類のゲームでは、われわれはどちらかの側につかねばなりません。そしてわたしたちはどちらの側につくかすでにきめているしだいです。あとは、われわれの側が勝つようにするだけのことです。ホリヤーさん、あなたは嫉妬とおっしゃいましたね。姉さんには嫉妬なさるほんとうの根拠がおありなのかどうか、心当たりがありますか」

「もっとはやく申しあげておくべきでした」とホリヤー大尉は言った。「わたしは偶然に、ある新聞記者と知りあいになったのですが、その男はクリークの事務所と同じブロックに社があるのです。それでクリークの名前をもちだしたところ、その新聞記者はにやにや笑って、『クリークだって。おお、それはあのロマンチックなタイピストを使っている男じゃないかね』と言ったのです。『それがね、クリークってのはわたしの義兄なんだ。そのタイピストがどうしたというのかね』と、わたしはきいてみました。すると、相手の男はナイフのようにぴったりと口をとじてしまったのです。そして、『いやいや、その男が結婚しているとは知らなかったんだ。ぼくはそんな話にはかかりあいになりたくない。ぼくはただ、その男はタイピストを使っていると言っただけだ。それがどうしたというのかね。われわれだってタイピストくらい使ってるし、だれだって使っている』と、その新聞記者は言いました。それ以上は、なにも聞きだせなかったのです。しかし、その言葉とにやにや笑いは意味深長です。――なにしろ、よくある話ですものね。カラドスさん」

カラドスは友人のほうへ向きなおった。

「きみにはもう、そのタイピストのことはすべてわかっているんだろうね、ルイス」

「徹底的に調べあげたよ、マックス」カーライル氏はいかめしい威厳を見せて答えた。

「その女は結婚していないのか」

「そうだ。独身と思われている」

「さしあたり肝心なことはそれだけだ。ホリヤーさんはその男が、なぜ奥さんをやっかいばらいしたいか、すてきな理由を三つあげられた。毒殺を企てたという見解をうけ入れるとして――それについては嫉妬深い婦人の疑惑という根拠しかないけれど――われわれはクリークの願望に、さらに実行にうつす決意を加えることができる。それだけわかれば、仕事はすすめられるでしょう。クリーク氏の写真をお持ちですか」

大尉は手帳をとりだした。

「カーライルさんが一枚ほしいといわれました。これが手に入れることのできた、いちばん上出来のものです」

カラドスは呼び鈴をならした。

「パーキンスン、この写真はね」相手があらわれると、カラドスは言った。「そのう——、ときになんでしたっけ、クリーク氏のファースト・ネームは」

「オースティンです」とホリヤーが口をはさんだ。大尉は少年のように、興奮とつつみきれない得意の感情がまじりあった気持ちで、ことのなりゆきを逐一見まもっていた。

「——オースティン・クリーク氏の写真だ。よく覚えておいてほしい」

パーキンスンはその写真をひと目見て、主人の手に返した。そして、

「おうかがいしますが、これはその紳士の最近の写真でございましょうか」ときいた。

「六年ほどまえのものです」大尉は好奇心をまるだしにして、この劇に新しく登場した役者をしげしげとながめながら言った。「しかし、いまとそうたいして変わっていません」

「さようでございますか。そのクリーク氏をよく覚えておくようにつとめましょう」

パーキンスンが部屋を出ていくと、ホリヤー大尉は立ちあがった。会見はどうやら終わりになったらしかった。

「おお、まだもうひとつ話がございました」と大尉が言いだした。「わたしはブルックベンド

にいましたときに、なんだかまずいことをしでかしたのではないかと気がかりです。というのは、ミリセントの金はすべて、おそかれはやかれ、おそらくはクリークの手にわたってしまうだろうと思われましたもので、わたしはあとで姉を助けてやれたらという気持ちだけで、わたしの分けまえの五百ポンドをうけとっておくほうがよかろうと考えたのです。それでその話をもちだして、いまちょうどいい投資の口があるから、その金がほしいと言ったのです」

「それがどうなのですか、あなたのお考えでは」

「もしかすると、それがきっかけになって、クリークが自分で考えていたよりもはやく行動をおこすようなことになるかもしれません。それともあの男はすでに元金に手をつけていて、その穴埋めにひどく困るかもしれません」

「それならそれでけっこうです。姉さんがはたして殺されるものとすれば、次の週だろうと来年だろうと、わたしに関するかぎり同じことです。乱暴なことを言ってお許しください、ホリヤーさん。しかしわたしにとっては、これは依頼をうけたひとつの事件にすぎず、わたしとしては戦略的に見るだけの話です。それにカーライル君の事務所でも、二、三週間のことならクリーク本人の世話がみられるでしょうが、永久にというわけにはゆきません。目前の危険を増大することによって、われわれは永続的な危険を減殺できます」

「よくわかりました」とホリヤーは賛成した。「おそろしく心配なのですが、すっかりあなたにおまかせいたします」

「それでは、われわれはあらゆる誘いの手をうち、あらゆる機会を提供してクリーク氏が仕事にとりかかるようにしむけてみましょう。あなたは現在、どこにお泊まりですか」

「現在のところ、二、三の友人とハートフォードシャー南部のセント・オールバンズにいます」

「遠すぎますね」なにを宿しているのか測り知れないカラドスの目は、そのもの静かな底を秘めたままだったが、声にあらわれた新しい、たかまる興味のひびきにけおされたカーライル氏は、むりをして威厳をとりつくろうことも忘れてしまっていた。「二、三分考えさせてください、どうか。シガレットがあなたのうしろにありますよ、ホリヤーさん」盲目の男は窓ぎわに行って、糸杉が影をおとしている外の芝生《しばふ》のほうを向いた。大尉はシガレットに火をつけ、カーライル氏は〈パンチ〉をとりあげた。やがてカラドスは大尉のほうに向きなおった。

「あなたのご予定を変更してさしつかえありませんか」とカラドスは客にきいた。

「もちろんですとも」

「けっこうです。わたしは、あなたにいますぐに——ここからまっすぐに——ブルックベンド荘へ行ってもらいたいのです。そして、姉さんにとつぜん休暇がうちきりになり、あす出港すると言ってください」

「《マーシアン》号がですか」

「いやいや。マーシアン号は出港しません。途中で船の動きを調べて、あす出港する船を見つけてください。転任になったというのです。わずか二、三カ月留守にするだけだと思う、帰ってきたときに、まちがいなく五百ポンドほしいというのです。どうかその家に長居をしないようにしてください」

「わかりました」

「セント・オールバンズは遠すぎます。なんとか口実をもうけて、きょうじゅうに引っ越してください。どこか市内で、電話の連絡ができる場所に宿をとってください。そして、その居場所をカーライル君とわたしに知らせてください。クリークには会わないようにするんです。じっさいはあなたを家に釘《くぎ》づけにしておきたくはないのですが、あなたのお力添えを必要とするかもしれないのです。なにか起こる徴候があれば、すぐお知らせします。そして、なにもしないでいいようなら、あなたを解放してさしあげねばなりませんものね」

「わたしのほうは、そんなことはかまいません。さしあたり、わたしにできることはなにもありませんか」

「なにもありません。カーライル君のところに行かれたのは、このうえなく賢明でしたよ。姉さんの保護を、ロンドンでいちばん腕ききの人物にたのまれたわけです」このまったく思いがけない賛辞の目的がなんであるか、当人はいささか戸惑いさせられたかっこうだった。

「それで、マックス」ふたりきりになると、カーライル氏が試みに言ってみた。

「それで、ルイス」

「むろんあの若いホリヤーの前で、こんな不愉快な話をくどくどするまでもなかったがね。だが実際問題として、ひとはだれだって、他人の命くらい――言っておくが、ひとつだけだがね――どうにでもできる、思いのままになる」

「へまをやらないかぎりね」カラドスはしぶしぶ賛成した。

「それはそうだ」

「そしてまた、結果がどうなろうと、てんでかまわないほど向こう見ずだったらね」

「もちろん」

「どちらもなかなかむずかしい条件だ。クリークは、あきらかにその双方をそなえている。きみは会ったかね」

「いや、さっきも言ったとおり、ぼくはひとをひとりつけて、その男の街での行動を調べさせた。それから二日まえ、どうやらこの事件はおもしろくなりそうに思えたので――たしかにマックス、その男はタイピストとたいへん深間《ふかま》になっていて、事態はいつなんどき急展開をするかわからなくなっているんだよ――それで、ぼくは自分でマリング公有地にでかけてみたんだ。家はさびしいところにあるにちがいないが、鉄道の線路沿いにあってね。きみも知っているだろうが、市場向けの野菜を作る農園地帯といった場所で、ロンドンから十二、三マイル出るとよくみかける、あれさ。――煉瓦《れんが》建ての家とキャベツ畑が、かわりばんこに並んでいてね。土地でのクリークの評判はいともかんたんにききだせた。向こうではだれとも交際しておらず、時間はきまっていないが、だいたい毎日街に出かけ、財布の紐《ひも》がかたいという評判だった。最後に、ときどきブルックベンドで日雇いの庭の手入れをするという老人と知りあいになったが、その老人は自分の小さな住居と温室つきの菜園をもっていて、ぼくは用件をはたすのに、トマトを一ポンド買わされた」

「それで――その投資はむくわれたかね」

「トマトはうまかった。だが、情報のほうはだめだった。その老人てのは、われわれの見地からすると、雇い主にきらわれていたという致命的な欠点をもっていた。数週間まえクリークは、もうおまえはいらない、これからは庭の手入れは自分ですると言ったそうだ」

「それは曰《いわ》くがありそうじゃないか、ルイス」

「クリークがダイナマイトで細君を爆死させて、その薬包が石炭に混じっていたと主張しないで、ただヒオスシアミンで毒殺して、庭に埋めるつもりだったならね」

「そうだそうだ。それにしても――」

「ところが、そのおしゃべりの老人は、クリークのすることはなんでも全部割り切れる、かんたんな説明をもっているんだ。老人にいわせると、クリークは狂人だという。クリークが庭で凧《たこ》上げをしているのを見たことさえあるそうだ。すぐ木にひっかかってこわれてしまうにきまっているのに、ね。十歳の子供だって、それくらいのことはわかっていると、老人は言っていた。そして案のじょう、凧はこわれてしまった。ぼくも自分の目でそいつが木の枝にひっかかって道路の上にぶらさがっているのを見たよ。正気の人間だっておもちゃ遊びをしてひまつぶしをすることってあるが、あの男のは度を越しているものね」

「最近はたくさんのおとなが、いろんな種類の凧をとばしているよ」とカラドスは言った。

「クリークは空を飛ぶことに興味をもっているのかね」

「そういっていいだろう。いくらか科学方面の知識をもっているらしい。ところでマックス、なにかぼくにしてほしいことがあるかい」

「してくれるかね」

「いうまでもないさ——当然の条件つきでね」

「では、ひきつづき街でのクリークの行動を部下に監視させ、その報告をきみが見たあとでこちらにまわしてほしい。そして、いまからここでいっしょに昼食をとろう。きみの事務所には電話をかけて、不愉快な仕事でひきとめられたといっておき、午後は労をねぎらってパーキンスンにひまをやり、きみがぼくの世話役になって、マリング公有地のあたりを車でひとまわりしてくれないか。時間があればブライトンまで足をのばして、《シップ》ではらごしらえをし、涼しくなってから帰ってこよう」

「きみはまことに親切で、はなはだもって運のいい男だよ」カーライルはため息をついて、ぼんやり部屋のなかを見まわしていた。

しかしことのありようは、ブライトンはその日の旅程にふくまれないで終わった。カラドスのつもりでは、たんにブルックベンド荘の近くまで行って、カーライル氏の説明をききながら、そのいちじるしく発達した機能を働かせて、土地勘を胸にたたきこんでおこうというにすぎなかった。問題の家から百ヤードくらい手前まで来ると、カラドスは運転手にスピードを最低までおとすようにいいつけ、のんびりと家の前を通りすぎようとしたとき、カーライルがある発見をして、計画は変更されてしまった。

「おやっ」と弁護士はとつぜんに叫んだ。「マックス、立て看板がでている。『貸家』とある」

カラドスはまた伝声管をとりあげた。ふた言み言話すと、車は庭の境界から二十歩ばかり先の道路わきでとまった。カーライル氏は手帳をとりだして、その家屋周旋代理店の所番地をひかえた。

「ハリス、おまえはフードをあげて、エンジンを調べるふりをしていてくれ」とカラドスは言った。「ぼくたちは、ここにしばらくいたいから」

「とつぜんのことだ。ホリヤーは、あの連中の引っ越しについてはなにも知っていなかった」とカーライルが説明した。

「たぶんまだ、あと三月は引っ越さないだろう。とにかくルイス、その代理店に行って、あとで役に立つかもしらんから、案内書を貰ってみることにしよう」

庭と道路のあいだには生い茂った生け垣《がき》があり、夏の装いがそのかなたにある家を、公衆の目からすっかりかくしていた。生け垣越しにところどころに灌木の梢がみえ、車にいちばん近い角《かど》には、一本の栗の木が花盛りだった。さきほどその前を通りすぎた木の門は以前は白かったのだろうが、いまはよごれた灰色になってぐらぐらしていた。道路自体は電車が開通したときといまだに同じで、おそまつな田舎《いなか》道だった。カラドスはそういったこまごましたことをカーライルから教えてもらうと、あとにはもはやかくべつ留意することもないように思えた。そこでハリスに出発の命令を与えようとしたちょうどそのとき、かすかな物音が耳をとらえた。

「だれか家からでてきているよ、マックス」とカラドスは友人に注意した。「ホリヤーかもしれない。それにしても、あの男はいまごろはもう帰っているはずだが」

「ぼくにはなにも聞こえない」とカーライルは答えたが、そういっているときに、扉が騒々しくばたんと鳴った。カーライルは急いで座席にもぐりこみ、グローヴ新聞のかげに顔をかくした。

「クリークだ」とカーライルが座席越しにささやくと、ひとりの男が門口に現われた。「ホリヤーが言ったとおりだ。ちっとも変わっていない。電車を待っているらしい」

しかしまもなくクリークがながめている方角から電車がやってきて、カラドスの自動車のそばをがたがたゆれて通りすぎたが、クリークはなんの関心もしめさなかった。さらに一、二分、人待ち顔に道路をながめつづけていた。それからゆっくりと、庭の車廻しをのぼって家にひきかえして行った。

「五分か十分、みていてみよう」とカラドスがきめた。「ハリスはあやしまれないように、ごくしぜんにやっていてくれ」

それだけのときがすぎるまでもなく、もっと短い時間のうちに報いがあった。電報配達が自転車にのってのんびりと道路をやってきて、自転車を門のそばに立てかけると、住居のほうへのぼっていった。あきらかに返信の必要はなかったらしく、一分もたたないうちに、彼らのそばを自転車をこぎながら通りすぎて、また帰っていった。まもなく曲がり角をまわって近づいてくる電車が騒々しくベルをがらんがらんならし、その警報の音にせきたてられて、クリークがまた姿を現わしたが、今度は手に小さな旅行鞄《かばん》をさげていた。後ろをちらっと振りかえりながら急いで次の停留所のほうに行くと、スピードをおとした電車にとびのり、カラドスらの知らないどこかに運び去られていった。

「クリーク氏はたいへんに気がきいている」とカラドスはいかにも満足したように、静かに言った。「いまから許可を貰ってきて、あの男の留守のあいだに家を検分するとしよう。電報もいちおう見ておくほうがいいだろう。なにかの役にたつかもしれない」

「そりゃ、そうかもしれない」とカーライルは賛成したが、その調子はいささかそっけなかった。「だが電報はクリークのポケットのなかにある、たぶんあると思われるが、どうやって手に入れるかね」

「郵便局に行くさ、ルイス」

「なるほど。でも、きみは他人にあてた電報の控えを見せて貰おうとしたことがあるのか」

「まだそんな機会はなかったように思うね」カラドスは認めた。「きみはあるかい」

「たぶん一度か二度、そういうことをする手伝いはしたことがある。ふつう極度に巧妙にたちまわるか、相当の金がかかる問題だよ」

「それじゃ、ホリヤーのために、このさいはその前者にしたいものだね」カーライル氏は憂鬱そうに微笑し、このさいは目をつむって、いずれ時期をまって、この友人の言葉にしっぺがえしをするつもりであることをしめした。

まもなくふたりは家並みもまばらなハイ・ストリートの入り口で車をおり、村の郵便局をたずねた。その前に家屋の周旋屋をたずねて、ブルックベンド荘を検分する許可をもらっていたが、係の事務員がいっしょに行くと言いはったので、少々てこずらされた。理由はすぐとわかった。「じつはです」とその若い係員は説明した。「現在の借家人には、立退《たちの》き通告をだしてあるんです」

「なにか気に入らんことでも」カラドスが相手を力づけるようにきいた。

「あの男はいんちきでしてね」と事務員はきめつけ、うちとけた口調で答えた。「十五カ月ものあいだ、家賃を一度も払ってもらえないのです。そういうわけで、わたしどもとしましては」

「わたしたちはまちがいなく、きちんきちんとお払いしますよ」カラドスは答えた。

郵便局は文房具屋の片がわを占めていた。カーライル氏は、この冒険にのりだすのを内心でいくぶんかしりごみを感じないわけにはいかなかった。それに反して、カラドスのほうはまるで無頓着《むとんちやく》を絵にかいたようだった。

「さきほどブルックベンド荘に電報を配達してもらったのですがね」とカラドスは真鍮《しんちゆう》格子の後ろにいる若い女に話しかけた。「どうも電文にまちがいがあるように思われるのです。それでもう一度、あらためて打ちなおしてほしいのです」カラドスは財布をとりだした。「料金はいくらでしょう」

その要求はあきらかに、ごくありふれたものではなかった。「まあ」と女はあやふやな口調で言った。「ちょっとお待ちください、どうぞ」そして、机のうしろで電報の控えの山をめくり、いぶかしげに上部の紙の上に指を走らせていた。「まちがいはないように思いますけれど。打ちなおしなさいますか」

「どうぞ、お願いします」その丁重な口調が、ほんのちょっぴりあった意外だという相手の疑念の影にうちかった。

「四ペンスでございます。もしまちがいがあれば、払い戻しをいたします」

カラドスは銀貨をさしだし、釣り銭をうけとった。

「時間がかかりましょうか」とカラドスはさりげなくたずねながら、手袋をはめていた。

「だいたい十五分以内に届くでしょう」と女は答えた。

「さて、きみの手ぎわは拝見したがね」ふたりが車に歩いてもどる途中で、カーライル氏が言いだした。「どうやって、その電報を手に入れるつもりかね、マックス」

「よこせというだけさ」というのが、あっさりした返事だった。

そして、こみ入った小細工はすべて抜きにして、カラドスはよこせと言っただけでその電報を手に入れた。車を適当な道路の曲がり角にとめておき電報配達がやってくると、警告の合図をさせた。するとカラドスは、門に片手をかけておちつきはらった態度をとり、一方カーライル氏は暇乞《いとまご》いをする友人のようなかっこうをした。配達夫は自転車をのりつけたとき、当然期待されたとおりの印象をうけた。

「ブルックベンド荘のクリークあてかい」カラドスは手をさしだしてきいた。そして、配達ボーイは考えてみるひまもなく封筒を渡し、返信はないものときめこんで、さっさとペダルを踏んで立ち去った。

「いつかはね、きみ」とカーライル氏は、神経質に見えない家のほうを眺めやりながら批評した。「きみの器用さが仇《あだ》になって、ぬきさしならぬ苦境に追いこまれるだろうよ」

「そのときはぼくの器用さがまた、救いだしてくれるさ」と、カラドスはしっぺがえしをした。

「では、検分をこころみるとしようか。電報はあとまわしでいい」

だらしのないかっこうをした働き女が取り次ぎにでてきて、ふたりを玄関口に立たせておいて奥にひっこんだ。やがて、ふたりの男にこれがクリーク夫人とわかった女が姿をあらわした。

「家をごらんになりたいのですか」女はまるっきり関心がなさそうな声で言った。それから返事も待たないで、いちばん手近なドアのほうを振り向きそれをひきあけた。

「応接間でございます」女はかたわらにからだをひいて言った。

ふたりは調度類もまばらなしめっぽいにおいがする部屋にはいっていき、ぐるりを見まわすようなふりをよそおい、そのあいだクリーク夫人は黙ったままつったっていた。

「食堂でございます」女はつづけて言い、狭いホールを横切ってべつのドアをあけた。

カーライル氏はなんとかして相手を会話にひきこもうとして、快活にあたりさわりのない話をもちかけてみた。結果はかんばしくなかった。カラドスがカーライル氏のかつて一度も見たことのないような、ある意味では失策をやらかさなかったならば、ふたりはきっと初めから終わりまで同じような冷ややかな案内のもとで、家の検分を終わったことだろう。カラドスはホールをよこぎるとき、絨毯《じゅうたん》にけつまずいて、もうすこしで転びかけたのである。

「粗相をして、お許しください」とカラドスは女に言った。「わたしは不幸にして、まったく目が見えないのです。でも」と微笑してつけ加え、その災難の話をわきにそらした。「盲人にだって住居は必要ですものね」

目が見えるほうの男は、クリーク夫人の顔がさっと紅潮したのを見てびっくりした。

「目がお見えにならないって」と女は思わず大きな声をだした。「まあ、ほんとに失礼いたしましたわ。なぜそうおっしゃってくださらなかったんですの。お転びになるところでしたわ」

「たいていは、どうにかうまくきりぬけるんです」とカラドスは答えた。「しかしむろん、はじめての家ですと――」

女はほんの軽く、カラドスの腕に手をかけた。「わたしにお手をおあずけになったほうがよろしいですわ」

家は大きくはなかったが通路ややっかいな曲がり角がやたらにあった。カラドスはときどき質問をし、クリーク夫人がおもてにこそあらわさないが、なかなかやさしい心根の持ち主であることを知った。カーライル氏はふたりのあとについて部屋から部屋へと経巡《へめぐ》りながら、あまり期待はかけられなかったが、なにか役にたちそうなことを知ろうとこころがけていた。

「これでおしまいです。いちばん大きな寝室でございます」と案内人は言った。二階ではふた部屋だけが、完全に調度がととのっていて、これがクリーク夫妻が使っている部屋だということをカーライル氏はただちに見てとり、カラドスは見ないでそれと知った。

「たいへんにいいながめですね」とカーライル氏は感心してみせた。

「おお、そう申していいのでしょう」と女はあいまいな口のききかたをした。その部屋からはじっさい、緑葉の生いしげった庭と、その向こうの道路が見わたされた。フランス窓が小さなバルコニーに向かって開いていた。ふしぎな力によって、いつも光のほうへひきよせられるカラドスは、その窓のほうへ進みよった。

「ある程度修繕の必要があるようですね」カラドスはしばらくそこに立っていたあとでいった。

「そうだろうとぞんじます」女はあっさり認めた。

「そんなことをおたずねしたのは、ここの床の上に金属板がしいてあるからです」カラドスはつづけた。「なにしろ古い家というものは、注意して見るといろいろといたんだ個所がありがちなものです」

「主人の話では、窓の下にすこし雨が吹きこんで、そこの床が腐りかけていたということです」と女は答えた。「ごく最近に、その金《かね》の板をおいたのです。わたしはなにも気づきませんでしたけれど」

女がその夫のことをいったのは、それがはじめてだった。カラドス氏は耳をそばだてた。

「ああ。それはたいしたことではないです」とカラドスは言った。「バルコニーにでてみてもよろしいですか」

「ええ。どうぞ、お望みでしたら」

それから、カラドスが取っ手を手探りしているらしいので、「わたしがあけてさしあげましょう」

しかし、そのときには窓はもう開いていて、カラドスはいろんな方角を向いて、あたりの状況を探っているようだった。

「日あたりがよくて、もの静かな場所ですね」とカラドスは言った。「デッキ・チェアをおいて、本でも読むには理想的です」

女はなかば軽蔑するように首をすくめた。そして、

「そうでございましょうね」と答えた。「でも、わたしは一度も使ったことがございません」

「きっと、ときおりはお使いになったでしょう」カラドスはおだやかに言いはった。「ここはわたしの気に入りの避難所になることでしょう。しかし、それにしても――」

「わたしは一度も、そこへ出たことすらもございません、といおうとしたところでしたが、それはかならずしもほんとうではございません。そこはわたしにとっては、ふたつの使いみちがございますの。どちらも同じようにロマンチックな。わたしはときどき、そこから塵とりのごみをすてます。それから、主人が夜おそく帰ってきて、玄関の鍵を持たないときは、わたしを呼びおこしますので、わたしはそこまで出ていって、わたしの鍵をほうってやるのです」

クリーク氏の夜の習慣についてのそれ以上のうち明け話は、カーライル氏にとってはたいへんに残念だったが、階段の下でまごうかたない意味をもった咳《せき》ばらいの声がしたことによって中断された。その前には行商人の二輪車が門に乗りつけ、それからドアをノックしてホールにはいってくる重い、行商女の足音がきこえていた。

「ちょっと失礼させていただきます」とクリーク夫人は言った。

「ルイス」ふたりきりになると、カラドスがするどいおしひそめた声で言った。「ドアのそばに立っていてくれ」

カーライル氏はしごくもっともらしいかっこうをして、一枚の絵を鑑賞しはじめた。そうやって絵がある場所にたっていると、ドアは押しても数インチぐらいしかあけることができない。

カーライル氏がその場所から見ていると、相棒は妙なことをやりだし、寝室の床に膝《ひざ》をついて、かねてから注意をひいていた金属板にまるまる一分間も耳をおしつけていた。それからからだを起こすとうなずいてずぼんの塵をはらい、カーライル氏も邪魔にならない場所に位置をうつした。

「じつにみごとなばらの木がバルコニーまで伸びあがっていますね」クリーク夫人が帰ってくると、カラドスは部屋のなかにもどってきながらいった。「たいへん庭の手入れがお好きなのでしょう」

「わたしは大きらいなのです」と女は答えた。

「でも、このグローリー種はじつに手ぎわよく整枝してあって——」

「そうですかしら」と女は答えた。「主人が最近、枝をととのえていたようでしたわ」なにかふしぎな因縁で、カラドスがまったくなんの意味もなく口にする言葉が、ややもすれば留守にしているクリーク氏にひっかかってくるらしかった。「庭をごらんになりますか」

庭は見てみると広々としていたが、てんで手入れがしてなかった。家の裏手は主として果樹園になっていた。表のほうはいくぶんか整頓されて、手が加えてあった。そこには芝生と灌木の植え込みがあり、さっき通ってはいってきた車廻しがあった。ふたつのものがカラドスの関心をひいた。バルコニーの下の土と、道路ぎわの角にあるりっぱな栗の木で、カラドスはバルコニーの下の土を調べて、ばらにはとくに適しているといった。

車にひきかえす途中、カーライル氏はクリークの行動についてほとんどなにも知ることができなかったのを残念がった。

「たぶん、電報がなにか教えてくれるだろう」とカラドスは言った。「読んでみてくれ、ルイス」

カーライル氏は封筒を開いて中身をいちおう見、失望したにもかかわらず、くすくす笑いをおさえることができなかった。

「お気の毒だが、マックス」とカーライル氏は説明した。「きみはなんでもないことに骨をおって、その器用ぶりを発揮したんだよ。クリークはどうやら、二、三日休みをとるつもりで、でかけるまえに念のために気象台の予報をとりよせたらしい。まあ聞け。『ロンドン地方今明日の予想は温暖で、天候は安定。その後の見込みはやや低温なるも快晴』だとさ。やれやれ、ぼくは四ペンスでトマトを一ポンド買ったのに、きみといえば」

「たしかに、これはきみの勝ちだね、ルイス」カラドスはひょうきんに感心して、相手のいうことを認めた。そして「それにしても」と考えこむようにしてつけ加えた。「クリークは週末の休みをいつもロンドンですごす、特別の好みをもっているのかね」

「えっ」カーライルは叫んで、もう一度電文をながめた。「おやおや、これは変だよ、マックス。あいつらはウェストン・スーパー・メアに行くんだ。それなのにいったい、なんだって、ロンドンの天気なんか知りたかったんだろう」

「ぼくには想像がつくがね。だが、納得がゆくためには、あらためてここに来なくてはなるまい。ルイス、もう一度、あの凧を見てくれ、糸が数ヤードぶらさがっていないかね」

「うん、ぶらさがっている」

「どっちかというと、ふとめの糸だろう。——凧に使うにしては、ずばぬけてふとい」

「そうだよ。どうしてそれがわかる」

ふたたび家にひきかえす途中、カラドスはそのわけを説明した。カーライル氏はあっけにとられて、いかにも信じられないといったさまでいった。「あきれたね。マックス、そんなことってあり得るだろうか」

一時間ほどのち、カーライル氏はそれがあり得ることだったのを納得した。事務所のものに電話をかけてきくと、彼らはパディントン駅発四時三十分の汽車でウェストンに向けて出発したという情報をうけとった。

ホリヤー大尉がふたたび、カラドスの住む〈小塔荘《タレット》〉にまかりでるように呼びだしをうけたのは、はじめてカラドスに紹介された日から、一週間以上もたったころだった。出かけてみると、カーライル氏がすでに来ていて、ふたりの友人は大尉の到着を待っていた。

「けさ、あなたからの連絡をうけとってから、一ん日《ち》じゅうずっとうちにいましたよ、カラドスさん」と大尉は握手しながら言った。「二度目の連絡をうけたときには、いつでもすぐ、うちからとびだせるようにすっかり支度をしていました。それで、間に合うようにやってこられたのです。万事うまくいっているといいですが」

「文句なしです」カラドスは答えた。「あなたは出発まえにはらごしらえをしておいたほうがいいですよ。たぶんながい、おそらくはスリル満点の夜を、まえにひかえているでしょうから」

「そして、きっとずぶぬれの夜を」と大尉はあいづちをうった。「やってくる途中、マリングの方角は雷雨でした」

「だからしてあなたにおいでをねがったのです」と家の主人は言った。「わたしたちは、出発するまえにある連絡を待っているわけです。そのあいだに、あなたもわれわれがどんなことが起こると期待しているか、お知りになっておいたほうがよろしいでしょう。ごらんになったように、雷雨がこようとしています。気象台のけさの予報だと、条件がそのままならロンドン地区全体が雷雨におそわれる見込みです。それであなたに、その支度をしておいてもらったわけです。一時間もすれば、わたしたちは豪雨に見舞われるのが必定《ひつじょう》です。そこここで、樹木や建物の被害がでるでしょう。そこここで、おそらくはひとがやられて、殺されることでしょう」

「なるほど」

「クリーク氏のつもりでは、奥さんもその被害者のひとりになるはずなのです」

「わたしにはどうもよく、お話がわかりませんが」ホリヤーはふたりの男を見くらべながら言った。「そんなことが起これば、クリークはたいへんによろこぶだろうってことはわたしも充分認めますが、そんなチャンスは万にひとつも怪しいもので、あてにするのもばからしいくらいですよ」

「しかもわれわれが放任しておくと、検死裁判《インクエスト》の陪審たちは、まさにそういうことが起こったという判定をくだすのは確かです。あなたの義兄は、電気について実用的な知識を持っているかどうかごぞんじですか、ホリヤーさん」

「ぞんじません。なにしろあれはひどくうちとけない男で、わたしなどはあの男について事実上、なにも知らないといっていいくらいです――」

「それにしても、一八九六年に、オースティン・クリークという名前の人物が、アメリカの〈科学界〉に交流電気についての論文を寄稿しているんですよ。その人物はかなり深い知識をもっていると見ていいでしょう」

「でも、あなたはまさか、あの男がいなずまを自由自在にあやつるとおっしゃるのではないでしょうね」

「検死をする医者や検死官に、いなずまのせいだと思わせればいいわけです。この嵐はあの男が何週間も待っていた機会で、その行為をおおいかくすための道具にすぎません。使おうと計画している武器は――いなずまよりはやや力こそ弱いけれど、はるかに扱いやすい――あのうちの門の前を通っている電車線路を流れている高圧電流です」

「おお」とホリヤー大尉は、その意外な解き明かしに仰天《ぎょうてん》したように叫んだ。

「今夜十一時――つまり、あなたの姉さんが、だいたいお休みになる時間から――朝の一時半――ということは、その時刻までには、電流のほうの支度がととのうので――その時間までのあいだのいつか、クリークはバルコニーの窓に石をほうるでしょう。準備の大部分はとっくの昔にすませてあるので、あとは窓の取っ手にとりつけた短い線と、高圧線につながる、もう一方の長い線を連絡するだけでいいのです。それがすむと、いま、わたしが言ったようにして、奥さんを起こすのです。そして、奥さんが窓の握りを動かす瞬間に――クリークは、絶対に手ちがいなく電流が通じるように、慎重に万端の用意をととのえているので――奥さんはニューヨークにあるシンシン刑務所の死刑室の電気椅子にすわったと同じように、確実に感電死をとげるでしょう」

「じゃ、わたしたちはここで、なんでぐずぐずしているんです」ホリヤーは恐怖でまっ青になって、すっくと立ちあがりながら叫んだ。「もう十時すぎです。なにごとが起こるかわかったものじゃありません」

「ごもっともです。ホリヤーさん」とカラドスは相手を安心させるように言った。「しかし、ご心配になる必要はありません。クリークは監視されており、家には見張りがつけてあり、姉さんは今夜は、ウィンザー宮でお休みになると同じように安全です。なにごとが起ころうとも、クリークには絶対にその計画をやりおおせないように手配してあります。しかしぎりぎりの線まで足を踏みこませることが望ましい。ホリヤーさん、あなたの義兄は骨をおることにかけては独得の能力を持ちあわせていますものね」

「あれは冷血きわまる悪党です」青年は荒々しく叫んだ。「五年まえのミリセントのことを思うと――」

「そうはいわれても、その問題となりますと、ある文明国家ではじゃまっけな国民をとりのぞくもっとも人間的な方法は電気死刑だとしています」カラドスはおだやかに、ひとつの意見をもちだした。「クリーク氏はたしかに、発明の才のある紳士ですよ。ただ不運だったのは、ご当人よりもさらに明敏な頭脳をもったカーライル氏を相手にする運命となったことです――」

「いやいや、なにをいう、マックス」と面くらった紳士は抗議をした。

「捨てられてあった凧の意味に最初に注意をむけたのはカーライル氏だったことをお話しすれば、ホリヤー氏自ら、その点については判断をおくだしになれるでしょう」カラドスはあくまでも断固として主張した。「それからむろん、ぼくにはその目的がはっきりとわかった――じっさいだれにだってわかるものね。おそらく十分もあれば、電車の架線から栗の木へ電線をわたすことができるにちがいない。クリークはあらゆる点で幸運にめぐまれていた。ただもしかすると、運わるく電車の運転手にたれさがっている電線を見つけられるかもしれない心配があった。ところがどうです。運転手は一週間以上も、木の上にほっぽらかしてある凧から何ヤードもの糸がぶらさがっているのを見ていて、なにも気づかなかったんです。クリークはじつにぬけめのない男ですよ、ホリヤーさん。目的を達したあとで、クリーク氏がどういう手段にでる計画かわかったらずいぶんおもしろいでしょうね。わたしが思うに、あの男は芸術的な気のきいた手口を半ダースくらい、袖《そで》の下にしまいこんでいることでしょう。それとも奥さんの髪の毛を焦がし、まっかに焼いた火かきで足にやけどをさせ、フランス窓のガラスをこなごなにしておくくらいでとどめ、あとは成りゆきにまかせるつもりかもしれません。なにしろ落雷というやつはいろんないたずらをするもので、クリークがなにをしようとしまいと、どっちだっていいわけです。死体は落雷によるショック死のあらゆる徴候をそなえ、落雷のためと解するほかには説明のつけようのない状態を呈しているでしょう。――瞳孔《どうこう》が拡大して心臓が収縮をおこし、血液がなくなった肺はふつうの重さの三分の一くらいになり、といったぐあいです。

クリークは自分がやった細工の二、三の外部的な痕跡《こんせき》を取りはらうと、まったく安心して死んだ奥さんを発見し、近くの医者にかけつけることでしょう。それともひとを納得させるだけのアリバイを用意しておいてこっそりと逃げだし、発見は他人にまかせるかもしれませんね。いずれにせよどういう手をうつつもりだったか、われわれにはとうてい知ることはできないでしょう、白状はしないでしょうからね」

「はやくすっかり済んでほしいですね」とホリヤーはいった。「わたしはとくべつに神経過敏じゃないですが、お話をきいているとなんだか寒気がしてきます」

「あとせいぜい三時間のしんぼうですよ、大尉」カラドスは快活に言った。「は、は、どうやらなにかやってきたようです」

カラドスは電話のところに行ってどこかから連絡をうけ、それから今度はこちらから電話をかけ、だれかと数分間話した。そして、

「万事、順調にすすんでいる」と話のあいまに肩越しにふり向いて言った。「ホリヤーさん、姉さんはお休みになりましたよ」それから屋内電話をとりあげて、いろいろと指示を与えていた。「さあ、これで」とカラドスは言葉を結んだ。「われわれも腰をあげよう」

そのときにはすでに、大きな密閉した自動車が用意されて待っていた。大尉は、運転手のそばにすっかりからだをくるんで身支度をしてすわっている人物がパーキンスンだったような気がしたが、それを確かめるためにステップの上で手間どる気にはとうていなれなかった。すでに篠《しの》つく雨が車道にたたきつけて、泡《あわ》立つ滝壺《たきつぼ》のようになっていた。ぐるり一面をいなずまが

縦横に引き裂いてかけめぐり、それを通してたえまなく、さらに遠いいなずまが明滅するあかりがさし、雷はさらに近づいてくるために、ごく僅かなあいまをおくだけで間断なく不吉なとどろきをはためかしていた。

「ぼくはもうたいして見たいと思うものはないが、こいつは見えないのが残念なもののひとつだ」とカラドスはおちつきはらって言った。「だが、聞いているだけで、かなりよく色が見える」

車はなめらかに門までおりてゆき、道路に出るくぼみをわたるとき、すこし重そうによろめいたあと、車道にでるともう立ちなおって、人影のないハイウェーをいかにも満足したように、エンジンの音も軽くひた走りに走りはじめた。

「まっすぐには行かないのですか」たぶん、五、六マイルも走ったとき、とつぜんホリヤーがきいた。あたりはまっ暗闇だったが、ホリヤーは所在については船乗りの第六感をもっていた。

「そうですよ、ハンスカット・グリーンを通って、それから野道を歩いて、裏の果樹園に出るのです」とカラドスは答えた。「ハリス、このあたりに角灯を持った男がいるはずだから、よく見ていてくれ」カラドスは伝声管を通して呼びかけた。

「すぐ向こうに光るものが見えます」と返事が聞こえ、車はスピードを落として停まった。

カラドスがかたわらの窓をさげると、防水着をてらてらと光らせた男が、屋根つきの小門のかげから現われて近づいてきた。

「ビーデル警部です」その見知らぬ男は、車のなかをのぞきこんで言った。

「よしきた、警部」カラドスが答えた。「のりたまえ」

「部下をひとり連れてきているんですが」

「それもどうにかのれるよ」

「わたしどもはずぶぬれです」

「われわれもみんな、すぐそうなる」

大尉は居場所をかえ、ふたりのたくましい姿が並んで席についた。五分たらずのうちに、車はまたとまり、今度は草が生いしげった田舎道だった。

「さあ、われわれもやむをえん」とカラドスが告げた。「警部、案内してくれたまえ」

車はぐるりとひとまわりして、やみのなかに姿を消し、ビーデルが一行の先に立って、生け垣の木戸のほうへ向かった。畑をふたつほどすぎると、ブルックベンドの敷地の境まできた。そこの暗い葉茂みのそばに、人影が立っていて、一行の案内人とふた言み言ことばをかわすと、果樹園の木陰ぞいに一行を導いて家の裏口まで行った。

「流しの窓の掛け金の近くに、ガラスがこわれている個所があるはずだ」と盲目の男が言った。

「そうです」と警部が答えた。「見つかりました。さて、だれがはいりこみますか」

「ホリヤーさんにドアをあけてもらいましょう。大尉、靴やぬれたものはすっかり脱いでもらわんといけないようです。内部に痕跡ひとつ残しておいても危険ですから」

一同は黒いドアが開かれるのを待ち、めいめい同じように脱ぐものを脱いで台所にはいりこむと、まだ火の燃えのこりが燃えていた。果樹園からでてきた男は、脱ぎすてられたものをいっしょにまとめて、また姿を消した。

カラドスは大尉のほうをふりかえった。

「次はいささかやっかいな仕事をお願いしたいんですがね、ホリヤーさん。姉さんの部屋にあがっていってゆり起こし、なるべく静かにして、べつの部屋に移ってもらってほしいのです。あなたが適当と思われるどんな説明でもいい、してくださって、姉さんの命が、おひとりでいられるとき、絶対に静かにしていてくださるかどうかにかかっていることを、わからせていただきたいのです」

食器棚の上にのせられた古いぼろ目ざまし時計で計って十分もすぎたとき、青年はひきかえしてきた。

「なにしろ時間がかかりました」と大尉は神経質に笑いながら報告した。「でも、もうだいじょうぶだと思います。姉は客間にいます」

「ではめいめい部署につくとしましょう。あなたとパーキンスンはわたしといっしょに寝室にきてほしい。警部、きみはもういっておいた仕事がある。カーライル君がいっしょに行く」

一同は黙って、めいめい家のなかにちらばった。ホリヤーは客間の前を通るとき、不安そうにドアをちらとながめたが、なかは墓場のようにひっそりとしていた。カラドスたちが行く部屋は、廊下の向こうのはしにあった。

「あなたはいまから、ベッドのなかに陣取ってもらいましょう、ホリヤーさん」部屋にはいってドアをしめると、カラドスがさしずした。「すっぽりと掛け布のなかにもぐりこんでいてください。クリークはバルコニーによじのぼらねばなりませんものね。そしておそらくは窓からのぞきこむでしょうが、それ以上、部屋にははいってこないはずです。それからあの男が石をほうりだしたら、そこの姉さんの部屋着をひっかけてください。あとどうするかはわたしがいいます」

次の六十分は、大尉がいままでに知っていたいちばん長い一時間だった。ときどき窓のカーテンのうしろに立っているふたりの男のあいだでささやき声がかわされるのが聞こえたが、なにひとつ見えなかった。それからカラドスが大尉の方角に、おしひそめた声で注意を与えた。

「いま庭にいます」

なにかが、かすかに外の壁をひっかいた。しかし、夜はたけり狂う物音に満たされ、家のなかでは家具や羽目板がきしり、煙突のなかの風のうなり音のあいまあいまに雷がはためき、雨がたたきつけていた。どんなに強い心臓の持ち主でも、胸がどきつくようなひとときだった。いよいよ重大な瞬間が到来して、とつぜん窓ガラスに小石があたり、緊張した期待がその極点に達して、全身の戦慄とともにくずれさるような音をたてたとき、ホリヤーはいきなりベッドから飛び出した。

「あわてないで、あわてないで」とカラドスがいたわるように注意を与えた。「もうひとつ投げるのを待とう」そう言いながら、なにか手渡してよこした。「ゴム手袋です。電線は切ってあるけれど、はめておいたほうがいい。ほんのちょっとのあいだ窓ぎわで立っていて、それから取っ手をうごかし、すこしあけるようにして、すぐ倒れてください。さあいま」

また石がガラスにあたってがちゃんと鳴った。ホリヤーが役割をはたすには僅か数秒でことたり、カラドスは少し手を加えて部屋着をとりつくろい、倒れている男の姿を、よりそれらしく見せるようにした。しかし、思いがけない、そしていまの状況のもとではぞっとするような幕合い劇が、あとにつづいて起こった。というのは、クリークがなにか、ついにだれにも知り得なかった計画の細目にしたがって、つぎからつぎへと小石を投げつけはじめたのだ。いつもはなにごとにも動じないパーキンスンまでが震えだしてしまった。

「大詰めですよ」と、石投げが終わってしばらくすると、カラドスがささやいた。「裏口へまわった。そのままじっとしていてください。あとはこちらでひきうけます」カラドスはまにあわせの衣装だんすの役をしている、壁ぎわのカーテンの仕切りのかげにからだをおしつけた。空虚と荒涼の気がもう一度、わびしい家のなかを占領した。

身をひそめ、息をこらしていた六つの耳が、ちょっとでも物音がしたら飛び出そうと待ちかまえていた。相手は自分がやってのける惨劇を前にして、えたいのしれぬ不安におそわれたのであろう、ためらいがちに、ひどくおずおずと動いていた。しばらく寝室のドアの前に立ち止まっていたが、やがてこっそりとドアをあけ、そして明滅するいなずまのうすあかりのなかで、自分の望みがはたされているのを見てとった。

「やれやれ」はっきりとした、ささやくような声が安堵《あんど》のため息とともに吐きだされるのが聞こえた。「やれやれ」

男はさらに一歩踏みだし、そのとたんにふたつの影が、背後の双方のがわからひとりずつ襲いかかったようだった。原始的な本能によって、恐怖と驚きの叫び声が男の口をついてほとばしり、振りほどこうと必死にもがいた。ほんの一瞬、それがもうすこしで成功しかけて、片手をポケットにつっこみそうになった。そのとき手首がじりじりといっしょに合わされて、手錠が閉ざされた。

「ビーデル警部だ」と右手の男が言った。「おまえを妻のミリセント・クリーク殺害未遂のかどで逮捕する」

「気でもふれたんですか」とみじめな男は必死になって平静をよそおいながら、しっぺがえしに言った。「家内は落雷でやられたんですよ」

「ちがう、きみったらなんて悪党だ、ミリセントは落雷なんかにやられたのじゃない」激怒した義弟がとびあがって叫んだ。「会うなら会わせてやる」

「これも警告しておくが」と警部は泰然としてつづけた。「いまからおまえが言うことは、なにごとであれ、おまえにたいする不利な証拠として使われるかもしれないぞ」

廊下の向こうのはしから聞こえてきた、びっくり仰天したような叫び声が、一同の注意をさっとそのほうへひきつけた。

「カラドスさん」とホリヤーが叫びたてた。「おお、はやく来てください」

いまひとつの寝室の開いた入り口に、大尉がつったっていた。目はまだ部屋の奥のなにものかを見つめたままで、手にはからになった小さな瓶を持っていた。

「死んでいます」と大尉はすすり泣きながら、悲痛な声をだした。「これがそばにありました。

あの畜生から自由になれるはずだったまぎわに死ぬなんて」

　盲目の男は部屋のなかに足を踏み入れ、空気をかいでから、脈の絶えた心臓の上に、そっと手をのせた。

「そうですね」とカラドスは答えた。「ホリヤーさん、あんなことというものは、女性の気に入るとはかぎらないのですよ、ふしぎなことですけれど」

ズームドルフ事件

M・D・ポースト
宇野利泰 訳

The Doomdorf Mystery　一九一四年

アンクル・アブナーはE・A・ポオのデュパン以来、もっともオリジナルなアメリカ産の名探偵である。**M・D・ポースト** Melville Davisson Post (1869.4.19–1930.6.23) の短編にはアメリカ開拓時代の時代色が濃厚にただよい、一種の風俗小説とも考えられる。ポースト自身、晩年にはウエスト・ヴァージニア高等裁判所を経て、合衆国最高裁判所付属弁護士として活動した。作品中とくに有名なものは弁護士ランドルフ・メイスンを主人公にしたメイスンもの三冊と、アブナーものの『アンクル・アブナーの叡智』（一九一八）である。

ヴァージニアの州境に屹立《きつりつ》する山々の、ふところ深くはいり込んでいったものは、ひとり開《パイ》拓者《オニア》たちだけではなかった。独立当時の数々の戦闘に破れ去った外国兵たちは、山奥へ逃げ込むよりほかには道がなかった。ところが、はるばると海を越えて派遣されてきた兵士たちには、血の気の多い連中がおおぜいいた。で、彼らのうちには、戦争がすんでもいっこうに山をおりようともせず、そのままそこに居ついてしまった者が少なくなかった。

こうした山住みの人々は、初めのうちはブラドック将軍（英国派遣軍の将軍、フランス軍との戦闘に敗れ戦死す）や、ラ・サル（フランスの探検家、ナイアガラ要塞を築き、ミシシッピ川を初めて完走した）の部下のなれの果てなぞであったが、そのうちに、メキシコで帝政が崩壊すると、その戦乱の巷《ちまた》をのがれて、遠くこの地方まで落ちのびてきた連中までも加わるようになった。ズームドルフも、そのうちのひとりであった。おそらく彼がこの新大陸の土を踏んだのは、メキシコ王、イトゥルビーデ（メキシコの革命家、帝位についたが、失脚した後再起を計って殺される）に率いられてのことだと思う。あの薄倖《はっこう》の風雲児が前途に銃殺の運命が待ちかまえているとも知らず、一途《いちず》に帝位の回復を望んでフランスから舞い戻った際、新たに軍兵を募集して来たのであるが、ズームドルフもまた、その一員だったのであろう。

こうしたわけで、彼の血管には、スペインの血は流れてはいなかった。むしろバルカンあたりの、ヨーロッパとしては、未開、野蛮な地方のにおいを、身辺にただよわせていた。その証拠は、彼の風采《ふうさい》をひと目みればわかることだ。背たけはあくまで高く、黒い顎ひげの先端を鋭くとがらせて、巨《おお》きな肉の厚いてのひらと、角張って太い指とを持っていた。

彼はダニエル・デイヴィッスンの拝領地と、新政府の所有地との地境にくさび形に入り込んでいる、わずかばかりの土地を占拠した。この三角形の地所は、人が住むにはあまりにも荒涼としたやせ地なので、いままでだれからも放置されたままになっていた。切り立ったような岩山が、渓間の急流からいきなりそそり立って、背後はそのまま、峨々《がが》たる山巓《さんてん》まで禿《は》げ山がつづいた。

ズームドルフは、その岩山の上に居をかまえた。メキシコの戦場から敗走したとき、おそらく、黄金《きん》の延べ棒でも身に着けていたにちがいない。スチュアート家から、奴隷をたくさん借り受けると、石を積んで小屋を建てた。家具や什器《じゅうき》は、チェサピーク湾に入港するフリゲート艦から手に入れて、陸路をはるばると運ばせた。裏山ではおよそ植物の根が張れるところは、あます所なく桃の木を植えた。やがてメキシコから持参した黄金《きん》も、残りすくなくなってきた。しかし彼は、いっこうに弱った顔を見せなかった。栽培した桃が実を結んだとみると、すぐに丸太小屋をたてて酒槽《さかぶね》を作ると、果実を醸造して瓶に詰めた。彼が売り出す酒が、ふもとの村村に氾濫《はんらん》した。それとともに、怠惰《たいだ》と悖徳《はいとく》が村人の骨の髄までしみ入り、いままでの平和な村村は、暴力に明け争闘に暮れるという日常に変わっていった。

ヴァージニア政府の所在地は、遠く隔たった地にあったし、当時はまだ、その勢力も微弱だったので、支配力はとうていこの僻陬《へきすう》の地まではおよばなかった。元来、山脈を西に越えて、インディアンや野獣と闘いつつ、曠野《こうや》を開拓していった人々は、いずれも勇敢で、冒険心にあふれていた。その代わり、彼らがなにかのはずみで、永年の辛苦《しんく》を水泡《すいほう》に帰するような不幸なできごとに会うと、たちまちにして田畑を捨て家をなげうち、むかし、忠実なアメリカ国民として、山を越えたことも忘れて、あえて政府に刃向かっては、善良な村人を襲撃し、略奪をことするような挙に出る者も少なくはなかった。

こうしたある日のこと、アブナー伯父とランドルフ治安官が、山々の峡《はざま》を縫っては、しきりに馬をいそがせていた。目的地はズームドルフの小屋にあった。彼を説いて、一刻も早く、酒の販売をやめさせねばならぬ。あの山間の醸造場から出る飲料は、天国の芳香をただよわせてはいるが、うちには、悪魔の息吹《いぶ》きを潜めているのだ。酔いしれた黒人が、ダンカン家の家畜を射殺し、乾草堆《ほしぐさづみ》を焼きはらったのも、みな彼の酒がなすしわざであった。

彼らは、ふたりだけで馬を進めていた。しかしふたりだけでも、一軍隊に匹敵する力を備えていた。ランドルフはいささか横柄で、尊大のきらいがあり、そのうえ、饒舌《じょうぜつ》という欠点をもっていたが、根はまちがいなく正真正銘の紳士であった。それに恐怖心などという感情は、彼の生来、知らぬところであった。そしてまた、私の伯父アブナーは、ヴァージニア州の、それこそ柱石だといっても、だれからも文句のつけようのない人物であった。

まだ夏にはいったばかりだが、じりじりと照りつける太陽は暑かった。ふたりは山の尾根が途切れた所で、西に越えると、しばらくの間は山峡《やまかい》を渓流に沿って、馬を進めていった。頭上には、栗の巨木がいっぱいに枝をひろげて、山道はふたりで馬を並べて進むには、あまりにも狭すぎた。途中で渓流を捨てて、岩山を少しのぼると、桃林に突き当たる。その外側をぐるりまわって、向こうがわに出ると、いきなり頭上の崖鼻《がけはな》に石造りの小屋が現われた。ランドルフとアブナー伯父は、そこで馬を降りた。鞍《くら》をはずして草を食《は》わせに馬を放してやった。ズームドルフとの会談は、おそらく一時間ぐらいはかかるだろう――、ふたりは、けわしい小道を断崖《がけ》の上へとよじのぼっていった。

小屋にたどりついてみると、扉口《とぐち》の正面の石畳の上に、男がひとり葦毛《あしげ》の大きな馬にまたがって控えていた。男というのは、やせさらばえた老人で、この炎天に帽子もかぶらず、あごを僧衣の立《た》て襟《えり》に埋めたまま、馬の鞍頭《まえぐら》に両手をやすめて、なにか昔を追憶しているような目つきで、遠い山峡をぼんやりながめていた。ふさふさとたれた白髪を、微風がしずかにゆすっていた。馬は四つ足を踏んばったまま、石像のように動かなかった。

物音ひとつしなかった。ぴたり閉ざされた扉の前では、蜂《はち》だの虻《あぶ》だのが、せわしそうに飛びまわり、黄色い蝶《ちょう》の一群が、閲兵式《えっぺいしき》の兵隊のように舞っている。目をさすような強烈な日光を浴びて、身じろぎもしない老人と馬とのあたりからは、なにか黒い影がにじみ出てくるように思われた……。

アブナー伯父と治安官は、その前に立ちどまった。ふたりは、この老人をよく知っているのだ――彼は山々の尾根を伝わって、あちらの村こちらの邑《むら》と、神の道を伝えて歩く、メソジスト派の巡回僧である。激しい弁舌を揮《ふる》って、人々の奢侈淫逸《しゃしいんいつ》をいましめ、敬神愛国《けいしんあいこく》の大義を説くとともに、堕落退廃《だらくたいはい》の世界に下る、神罰の恐ろしさを述べて倦《う》まなかった。その慷慨《こうがい》の弁を聞いた者は、預言者イザヤが再来したかと疑い、列王紀略に見るような神権政治が、このヴァージニアにも具現したと感じとった。馬は全身をぐっしょり汗でぬらして、老人もからだじゅう埃《ほこり》を浴びて、辿《たど》ってきた長い旅路の労苦を如実《にょじつ》に物語っていた。

「ブロンソン。ズームドルフは、どこへ行った?」アブナーがたずねた。

老人は首をおもむろに動かして、鞍の上から、アブナーを見おろしていった。

「彼はかならず〝涼殿の間《すずみどのま》に、足を蔽《おお》い居るならん〟」(旧約、士師記、三章、二四節)

アブナーは扉に進みよって、コトコトとたたいた。しばらくして、怯《おび》えたような女のあお白い顔が、扉の隙間《すきま》からのぞいた。やつれはてて、小さくしなびてはいるが、よく見るとまだうら若くて、異国風な顔だちに、金髪が光っている。どこか身内に高貴の血が流れているようなようすがうかがわれた。

アブナーはおなじ質問を繰りかえした。

「ズームドルフはどこにいる?」

「はい、旦那さま」女は、舌がもつれるような、奇妙な調子で答えた。「あのひと、昼のご飯がすむといつものように、南側の部屋に昼寝に行きました。あたしは裏の畑へ、熟《う》れた桃の実をとりに出て——」

そこで彼女は、ちょっと口ごもったが、声をひそめて言葉をつづけた。

「あたしが帰ってきても、あのひとはまだ起きてきませんの。扉をたたけば、しかられるし……」

アブナーたちは、彼女に案内させて奥へ進んだ。広間を横切って低い階段を登ると、突き当たりに扉があった。

「あのひとは寝《やす》むとき、いつもかんぬきを掛けておきますの」

そうつぶやきながら、彼女はおずおずと指の先で扉をたたいた。何の返事もなかった。ランドルフは扉の取っ手を握って、音を立ててひっぱってみた。

「おい、出てこい、ズームドルフ!」

ほえるように大声でどなった。

依然としてなんの物音もなかった。彼の声が、いたずらに天井に響いて返ってきただけである。ランドルフは、扉に肩を当てがうと一気にぶつかっていった。

室内は南側の高い大きな窓から、日光がいっぱいにさしこんで、目がギラギラするほど明るかった。ズームドルフは、奥の壁に沿って置かれた長椅子の上に横たわっていた。胸の上に大きく血がにじんで、その真下の床の上には、まっ赤な汚点がひろがっていた。

女はうつろな目を見開いたまま、しばらく突っ立っていたが、

「やっと、殺してやった!」

いきなりそう叫ぶと、猟師に追われる野兎《のうさぎ》のように、そのまま飛び出して行った。

ふたりは扉をしめてから、長椅子に近寄った。ズームドルフは、銃弾で胸を射抜かれて死んでいた。チョッキには大きな創孔《そうこう》が開いていた。凶器はどれか、ふたりは室内をぐるりと見ま

わした——すぐにそれは見つかった。壁に粗木《あらき》を裂いて打ちつけて、叉木《またぎ》をつくり、それに猟銃が一丁掛けてある。まだ発射して間がないらしく、炸裂《さくれつ》したばかりの紙の雷管が、撃鉄の下に落ちていた……。

ここで、室内の模様を少ししるしておかねばなるまい——床には機械織りのじゅうたんを敷きつめて、窓に取り付けた木製の日よけは、いまは全部巻き上げてあった。部屋の中央には樫《かし》の大テーブルを据えて、その上にかなり大きなガラスのまるい水差しがおいてある。なかには醸《かも》したばかりの生《き》の酒がいっぱい詰まって、泉からわき出たばかりの清冽《せいれつ》な水のように、透明に澄んでいた。鼻を刺すような、一種独特の強い臭気さえなければ、こんな山里で醸造されたものとは、だれひとり考える者はないであろう。日よけをあげた、南向きの窓から降りそそぐ太陽の光線がその瓶に当たって、そのまま壁に強く照り返して、いまひとりの生命を奪ったばかりの猟銃の銃身をキラキラと光らせていた。

「アブナー、こりゃ殺人だ！」ランドルフは叫んだ。「あの女のしわざだ。ズームドルフが眠っているのを見すまして、壁の猟銃で殺《や》ったんだ」

アブナーはテーブルのそばに立って、あごを押えて考えこんでいた。

「ランドルフ」答える代わりに彼はきいた。「ブロンソンは、なぜ、こんな所までやってきたんだろう？」

「わしたちと同じ使命さ。ズームドルフの酒が生み出す悖徳をしずめるためだ。あのくそ坊主、ズームドルフ撃滅の十字軍をおこせと、このあたりの村々を以前から説きまわっていたんだ」

アブナーはあごを押えた手をそのままに、

「きみはほんとうにあの女がやったのだと思うかね？――一応、ブロンソンに、だれが殺したのか聞いてみよう」

ふたりは死骸をそのままにして、扉をしめて庭へ出た。

老いた巡回僧は、ちょうど馬から降りて、斧《おの》を手にして立っていた。シャツの袖《そで》を高くまくりあげて、やせ腕をむき出しに、いま、醸造場におどりこんで、酒槽を打ちこわそうと、勢いこんでいるところだった。アブナーは彼に呼びかけた。

「ブロンソン、ズームドルフを殺したのはだれだ」

「それは、わしだ！」

老人は足も止めずに、そのまま丸太小屋に駆けこんでいった。

ランドルフは舌打ちをして、

「やつらはみな、何をいってるんだ！」

「だが、殺したのは、なにもひとりのしわざとはかぎらぬよ」アブナーがいった。

「そうか。そういえば、犯人はもうふたり現われた。三番目も出てくるかもしれない。アブナー、きみも手を貸したか？　それとも、このわしもかな？　とうてい、ありえぬことばかりだ！」

「その、ありえぬことが、ここではかえって真実らしいんだ、わしといっしょにもどってみたまえ、ランドルフ。もっとありえぬことを、見せてあげよう」

彼らはまた小屋へはいって、例の部屋へもどった。

「いいかね、ランドルフ。この部屋の扉は、なかからかんぬきを差して鍵は使わないのだ。さっき、わしらが部屋にはいったとき見たように、かんぬきはちゃんと差してあったのだから、犯人はどうやって室内に忍びこんだんだろう?」

「窓からさ」ランドルフは簡単に答えた。

南に面して窓が二つあって、日光がいっぱいに流れこんでいた。アブナーはランドルフを窓ぎわに連れていって、

「ほら見たまえ、この家は断崖に垂直に建っているので、下の渓流まで百フィートは一直線だ。それにがけの膚《はだ》は鏡を立てような岩で、足がかりはぜんぜんない。それればかりか、この窓枠《まどわく》には、ほら、こんなにも埃が積もっていて、蜘蛛《くも》の巣まで張ったままだ。これだけ見ても、窓からはいりこんだんじゃないことはわかるはずだ、とすると、犯人は、いったいどこからもぐりこんだんだろう?」

「ズームドルフが眠りこむまで、部屋のすみに隠れていて、殺してから出ていったのかな」

「ではどうやって、内部《なか》から扉にかんぬきを差したんだ?」

ランドルフはやれやれといったふうに、両手を大きくひろげてみせて、

「なるほど変だな。すると、自殺というわけか」

アブナーは思わず吹きだした。

「すると、ズームドルフは、われとわが手で心臓を射抜いて――いいかね、それから、おもむ

ろに猟銃を壁に掛けて、あらためてまた長椅子にぶっ倒れたというのかね？」

「なんとでもいえ！　この秘密を解く道はただ一つだ。ブロンソンとあの女がすでに自白しているんだ。殺したやつらに、殺した方法をしゃべらせるまでだ」

「法廷では、それですむかもしれぬが、神の審《さば》きの前ではそうはいかぬ、自白だけでなく、真相を明らかにする必要がある。とりあえず、ズームドルフが死んだ時刻を確かめておこう」

彼はズカズカと死骸に近づいて、ポケットを探っていたが、銀の厚蓋《あつぶた》のついた時計を取り出した。時計はこわれていたが、ちょうど一時をさしていた。

「一時にはブロンソンは、まだここへ来る途中だった。それにあの女も、裏山の桃林にいたはずだ」

ランドルフは肩をすくめて、

「よけいな詮索《せんさく》で、むだに時間をつぶさないで、本人たちの口から、直接話をきいてみるがい い。ズームドルフを殺したのは、あのふたりのうち、どちらかだ」

「峻厳《しゅんげん》な律法《おきて》というものが、この世のわれわれを審《さば》きさえしなければ、わしだってあのふたりの言葉を、そのまま信じているかもしれぬが――」

「なに峻厳な律法《おきて》だって？　それはヴァージニア州の法律のことか？」

「人の世の法よりも、もっともっと恐ろしい神の御前の審判なんだ。ランドルフ、聖書の言葉を思い出してくれ――剣《つるぎ》にて殺す者はおのれも、剣にて殺さるべし（ヨハネ黙示録、一三章、一〇節）というあの言葉をだ！」

彼は近よって、ランドルフの腕をきつくつかんだ。

「いいか、ランドルフ。殺さるべし、だ、神の絶対的な至上命令なんだ。幸運や僥倖《ぎょうこう》で、その手をのがれる余地はないのだ。文字どおり言葉どおりの結果は必ず起こる。まいた種は刈らねばならぬ。与えたものは受けねばならない。自ら揮《ふる》って敵を打った武器は、最後には自分を滅ぼす武器となるのだ。いまきみにも、その証拠を見せてやろう」

彼はつかんだ腕に力を入れると、治安官のからだをぐるりとまわして、テーブルと猟銃と死骸とに正面を向かせた。

「剣にて殺す者は、おのれも剣にて殺さるべし——だが、さしあたっては、ヴァージニアの法廷で証明する方法をご伝授申そう。どうやらきみの関心は、そこにだけあるようすだから」

丸太小屋へ行ってみると、老巡回僧はやせ腕に手斧《ておの》をふるって酒槽を打ちこわすのに懸命であった。

「ブロンソン」ランドルフは、外から声をかけた。「おまえ、どうやってズームドルフを殺したんだ？」

老人は手を休めて、斧を杖にふたりをながめて、

「わしがズームドルフを殺した方法か。それは、エリヤがアハジアの隊長《かしら》とその五十人の部下を殺した（旧約、列王紀略、下、一章）のと同じだ。わしは神に祈禱《いの》ったのだ。するとたちまち、火が天から降って、あいつめを燬《や》き殺してくれたのだ」

彼は腰をのばして、大きく伸びをすると、つづけていった。

「あいつの両の手は、まっ赤な血で汚れている。悪魔から知恵を授けられて、あの憎むべき飲みものをつくりだして、平和な村人たちを、争闘と殺戮《さつりく》の巷に追いやってしまったのだ、寡婦《かふ》や孤児たちは、天を仰いで、彼を呪う言葉を叫んでいる。まことに我汝らの号泣《さけび》を聞きとどけんと、神の誓いが聖書に示されておる。わしはすぐにひざまずいて神に祈禱《いの》った。神よ！　天の火をもて、ゴモラの王子たちを、その宮殿に燬《や》き殺せしごとく、彼を焼き尽くされんことを、（旧約、創世紀、一八章）とな」

ランドルフは、らちもない話で失望したと、露骨に身ぶりで示した。だがアブナー伯父は、なぜか眉根を深くひそめたまま、じっと考えこんでいた。

「天の火か！」彼はひとつ言葉を口のなかで繰りかえしていたが、とつぜん巡回僧に振り向いて、「さっき、わしがズームドルフはどこにいるかときいたとき、おまえは、士師《しし》記《き》三章の文句で答えたっけな。おまえはあのとき、彼がすでに死んでいたことを知っていたのか？　でなければ、なぜあの文句で答えたのだ？——彼はかならず、涼殿の間に、足を蔽い居るならん、と……」

「この家の女が、わしに答えおった。あいつめ、昼寝に南の部屋にはいったまま、起きてこぬ、扉もまだしまったままだ——とな。そのとき、わしはすぐに覚ったのだ、モアブの王者、エグロンのように涼殿の間にたおれて、あいつめ、死においったことをな」

彼は手をあげて、南の部屋を指さした。

「わしは、審判《ヨシヤバテ》の谷から、悪魔をたおして憎むべき飲みものを根絶やしにしようとして、やってきたのだ、わしは神に祈禱《いの》った、しかし、山々を越えてこの家の門口にたどりつくまでは、神の怒りの火が、すでにあいつめを燬《や》き殺しておったとは知らなんだのだ。だがあの女の一言で、わしにはすべてがはっきりとわかったのだ」

言い捨てると、彼は散乱した樽板《たるいた》の上に、手斧をガラリと投げ出して、馬をつないでおいたほうへさっさと歩きだした。

「わしたちも、行くとしよう、アブナー」治安官はいった。「だいぶ時間をむだにしてしまった。ブロンソンは犯人ではなかったよ」

アブナーは、沈着な声でゆっくりといった。

「では、ランドルフ。ズームドルフはどうやって殺されたか、わかったというのかね？」

「そいつはまだだが、とにかく天からの神の火で焼き殺されたのじゃない。それだけはわしにもわかっておる」

「ランドルフ、きみはほんとうに天の火のしわざでないと、確信できるかね？」

「なにをいうんだ、アブナー。いまは旧約の時代じゃないぞ。このさい冗談はやめにしてくれ。わしは真剣なんだ。この土地で国法を無視して、殺人がおこなわれた。わしは治安をあずかる身として、ぜがひでも一刻も早く、犯人を捕えねばならぬ立場にあるのだ」

彼は急ぎ足に屋内にはいっていった。アブナーは手を背後に組んで、おおきな肩を前に突き出しながら、そのあとに従った。口には皮肉な笑いのかげがかすかにただよっていた。

「あんなくそ坊主にかまっていて、ばかをみたよ」歩きながら、ランドルフはしゃべりつづけた。「あいつめ、酒槽をすっかり打ちこわしおったので、あれで気がすんで帰っていくことだろう。いまさらあんな者をつかまえて調べてみたところで、どうもならんわ。祈禱で人が殺せれば、こんな簡単なことはないが、わがヴァージニア州の法律では、そんなものを凶器だと称するわけにはいかんのだ。くそ坊主がなにかわけのわからぬ譫言《たわごと》を大声にわめきたてながら、山道をたどっていたころ、ズームドルフは、すでに冷たくなっておったのだ——これで犯人は、あの女と決まったようなものだ。さあ、ひとつ、調べあげてくれようか！」

「好きなように、やってみるさ」アブナーはいった。「きみは、すべて尋問で真相を明らかにすることができると思っているようだね」

「ほかに方法があるのかね？」

「ないでもないが、きみの捜査が終わったら、話すとしようよ」

夜の影が、しだいに谷間に忍びこんできた。ふたりは家へはいって、死骸を埋葬するための用意を始めた。ろうそくを立てて棺を作った。できあがると、死骸を入れて両足を伸ばしてやり、銃創の大きく開いた胸の上に両手を組み合わさせた。それだけのしたくがすむと、広間に椅子を数個並べて、その上に棺を置いた。

食堂のろうそくに火をともすと、その前にふたりは腰をおろした。入り口の扉をあけ放しておいたので、赤い炎がゆらゆらゆれて、狭い小屋じゅうが明るく輝いた。女が冷肉とチーズとパンとを食卓に並べた。ふたりは彼女のほうを見ないように、わざと目をそらしていたが、その狭い屋内を動きまわっている物音は、絶えず耳から離れなかった。そのうちに女は戸外へ出ていった。石畳の上を女の歩く音がして、馬がいなないた。ふたたびもどってきたとき、彼女はすっかり旅じたくに身を装っていた。

ランドルフは、驚いて飛びあがった。

「なんだ、おまえ。どこへ行くんだ?」

「海まで行って、船に乗りますの」女はいって、大きな身ぶりで棺を置いた広間のほうを指さした。「あのひとは死にました。あたしやっと、自由になれたんだわ」

彼女の顔は、急に生き生きと輝いた。ランドルフは一足前へ出て、大声を浴びせかけた。

「ズームドルフを殺したのはだれだ?」

「あたしだわ。あたしが殺したの。殺すのはあたりまえのことだわ!」

「あたりまえだ? なにが、あたりまえなんだ?」

女は肩をゆすって、異国風に両手を大きくひろげてみせた。

「もうずいぶんむかしのことだわ。日当たりのいい壁にもたれて、おじいさんが、日なたぼっこをしていたの。そばに小さな娘が、ちょこんとすわって、おじいさんといっしょに、長いこと遊んでいました。女の子はそのあいだそばの草むらから、黄色い花をつんできては髪にさしたりしていたわ。そこへ見知らぬ男がやってきて、おじいさんとしばらく話をしていたが、おじいさんの手に黄金《きん》鎖を押しつけると、女の子を連れてその土地を去りました」

女はここでまた、大きく両手をひろげて、

「だからあたしは、あのひとを殺したっていいんだわ!」

女は昂然《こうぜん》として顔をあげて叫んだ。そこには、しかし、笑いに似てしかも物悲しげな表情が、奇妙にゆがんでいた。

「おじいさんは、きっと死んじゃったわ。でも、あの壁だけは、まだ残っているにちがいないわ。それにあの黄色い花。あれもきっと咲いているわ。ねえ、旦那さん。あたし、もう、行っても、いいでしょう?」

物語作者の才能とは、物語らぬことにある。語るのは、むしろ聞き手の役だ。作者は、ただ暗示を与えさえすれば、それでよいのだ。

ランドルフは立ちあがって、そこらを、歩きつづけた。彼はわがヴァージニアの治安のために一身を捧げた者である。この名誉ある地位が、選挙という方法にえらばれた田紳《でんしん》たちのために多く占拠されてからは、ともすれば処断が安易に流れがちな、きょうこのごろ、あくまで古き伝統にしたがって、司法の厳正を維持しようとする彼の使命は、きわめて重かった。もし彼が、恣《し》意のままに法規を自由に解釈したならば、法の権威ははたして保たれるであろうか。彼の眼前に立つ女は、殺人の罪を告白したのである。治安官として、彼はいかにして彼女を見のがすことができようか。

アブナーは身《み》じろぎもせずに、炉前にうずくまっていた。肘を椅子の腕にもたせ、てのひらであごをささえ、額には一本深くたて皺《じわ》が刻みこまれている。ランドルフは懊悩《おうのう》の色を顔にたたえて、日ごろの衒気《げんき》も忘れはてたようすである……。

ついにランドルフは意を決した。すべての責任を彼の一身に負おうと腹にきめた。あの伝説にある窖《あなぐら》からのがれた囚人さながらに、色あおざめた面持ちで女に近寄った。

ろうそくの火がゆらめいて、女の肩越しに広間に置いた棺を照らし出していた。神の広大無辺の慈悲が忍び入って彼の心を捕えたのだ。

「行くがいい。このヴァージニアでは、そんなことでは罪にはならないんだ。たかがけだもの一匹撃ち殺したぐらいのことではな……」

女はぎごちなく頭を下げた。

「すみません、旦那さん。うれしいわ……でも、あたし、あのひとを殺したが、撃ったりなんかはしませんでしたわ」

「何だって！」ランドルフは叫んだ。「だって、おまえ、あの男の蜂の巣のように穴のあいた胸を見なかったか？」

「ええ」女は、小児のような単純さで答えた。「あたし、あのひとを殺しました。でも、鉄砲では殺しませんわ」

ランドルフは、思わずふた足み足近よった。

「撃ち殺したんじゃないっていうのか？　ではいったい、どうやって殺したんだ？」彼の大声は、部屋の隅々まで響きわたった。

女は無言で、戸外へ出て行った。しばらくして、腕に麻布の包みをかかえてもどってくると、いきなりテーブルの前へ行って、パンとチーズの間にそれをおいた。そしてランドルフの目の前で、器用な手つきでそれをひろげて、中身を取り出した。

それは無細工に作られた、小さな蠟《ろう》人形で心臓とおぼしきあたりに、太い針がつき刺してあった。

「呪法《まじない》か！」

「ええ、そうなの」女は相変わらず、小児のような身ぶりと声で話しつづけた。「いままで、なんど殺してやろうかと考えたかしれないわ。でもだめだったの。呪《のろ》いの言葉で毎晩祈ったがしるしがないの。で、しまいに蠟でこれを作って、針を胸に打ちこんでやったの。そうしたら、ほら旦那さん。うれしいわ、あのひと、すぐに死んじまったわ」

それ以上、なにも聞く必要はなかった。女には罪はなかったのだ。彼女の呪法《まじない》は、巨龍に刃向かう小児の、はかない努力にすぎない。ランドルフは、しばらく口をつぐんだまま黙っていた。

「では、旦那さん。あたし、もう行ってもいいでしょうか？」

ランドルフはちょっと不審そうに、女を見て、

「夜がふけるというのに、おまえ、この山道がこわくないのか？」

「いいえ、ちっとも。神さまは、どこにでもいらっしゃるわ」

彼女は無邪気な確信で答えた。この世のあらゆる邪悪は、あの男の死亡とともに消滅してしまったのだと、小児のような単純さで、信じきっているのである。神に対するかくも美しい信仰は、なまじの人知の賢さでゆるがすべきものではない。このまま、行かしてやるべきであろう。やがて山々の巓《みね》に、朝の光がさしはじめれば、チェサピーク湾への道はおのずと開けてく

ることであろう。

ランドルフは、彼女のために馬の背に鞍をつけてやった。それがすむと椅子を炉ばたに引き寄せて、長い火かき棒でしばらく囲炉裏《いろり》をかきまわしていた。

「変わった事件だよ。わしにしてからが、こんなのは初めてだ。預言者のエリヤのように、天の火をふらして焚《た》き殺したのだというくそ坊主がいるかと思えば、中世の呪法《まじない》で人を殺せたと信じきっている女もいる――しかし、とにかくあの野獣のような男は、殺されたんだ！」

彼はまた考えこんだ。手にした火かき棒が、指の股の間からすべり落ちるのも知らずに考えこんでいた。

「だれか、猟銃でズームドルフを撃ったやつがいるんだ。それには、あの部屋に忍びこまねば撃つわけにいかぬ。いったい、どうやってあのしめきった部屋に、出はいりすることができたのだろう？」

アブナー伯父は、炉ばたにうずくまったままで答えた。

「窓からさ」

「窓から？　なにをいうんだ。さっき、きみ自身が説明したばかりではないか。窓は一度もあけたようすはないし、あの窓下の断崖は蠅もはい上がれぬくらいの絶壁だ。それにしてもきみの意見は変わったのか？　あの窓をあけたやつがあるのかい？」

「窓は一度もあかないさ」

ランドルフは、立ちあがって叫んだ。

「アブナー。ではきみはこういうばかな意見をはくのか？　ズームドルフを殺した男は、あのけわしい断崖をよじのぼって、しまったままの窓から、窓枠の埃だの蜘蛛の巣だのを、そっくりそのままにして忍びこんだんだと、こう主張するのか？」

アブナー伯父は、ランドルフの顔を正面からじっと見たまま、

「ズームドルフ殺害犯人は、もっときわどい離れ業《わざ》を演じているのだ。あの切り立てたような断崖をはい登って、しめきった窓から忍びこんだばかりか、ズームドルフを射殺してしまうと、またしても、そのしめきったままの窓から、埃ひとつ立てず、なんの痕跡《こんせき》も残さずに消えうせてしまったのだ」

ランドルフは、フッとため息を漏らして、

「なにを、ばかなことを！　中世紀ではあるまいし、呪法《まじない》や神の怒りで、人が死ぬ理屈がないさ」

「呪法《まじない》じゃないさ。しかし神の怒りは、いまでもあるんだ」

ランドルフは右のこぶしを固めて、左のてのひらをピシャリ打つと、

「壺から現われた小鬼か、天から舞いくだった天使か知らぬが、そんな神通力を持つのがいたら、お目にかかりたいものだ！」

「いいだろう」アブナーは平然として言った。「会わせてあげよう。あす、夜が明けて、ズームドルフ殺害犯人がもどってきたら、さっそく会わせよう」

夜が明けると、ふたりは山を背にした裏の桃林で、穴を掘って死骸を埋めた。埋葬が終わっ

たのは、ひるだった。アブナーは鋤《すき》を捨てた。空を仰いで太陽を見た。

「ランドルフ。いよいよ、犯人を待ち伏せるときがきた。もうじきに姿を現わすにちがいない」

彼のいう待ち伏せとは、じつに変わった方法だった。ズームドルフが殺された部屋にはいって、アブナーは扉にかんぬきをかけた。それから猟銃を壁からおろして散弾をこめると、またていねいにもとの銃架にかけた。それがすむと、彼はさらに異様な作業を始めた。先刻埋葬のとき、死人からぬがしておいた血に染まった上着で、ズームドルフのまくらを包んで、彼が死んで横たわっていたときのように、長椅子の上においた。

「これでいいんだ。ランドルフ。こうしておけば、犯人を誘いよせることができる。やつがまた手を下したと見たら、すぐに捕えっちまおう」

彼はそういって、治安官のそばへズイとよると、腕をきつくつかんで、

「ほら、犯人はもう壁伝いに、近づいてきている！」

しかし、ランドルフの目にも耳にも、なにひとつ伝わってこなかった。ただ日光だけが窓から強く差しこんでいた。アブナーはランドルフの腕をなおもきつく握りしめて、

「さあ、来たぞ。ランドルフ、あれを見ろ！」

彼はそういって壁を指さした。ランドルフの視線がその指先を追うと、きらきら輝く小さな丸い光の輪が、しずかにしずかに、壁の表面をはうように動いて、銃架にかかった猟銃のほうへ近づいてゆく……。

アブナーはこぶしを握りしめて、鋭い声を響かせた。

「剣にて殺すものは、おのれも、剣にて殺さるべし――あの水差しだよ。ズームドルフの酒のはいったびんだ。あれに太陽の光線が当たって、あの壁の上に、焦点が作られるんだ……ほら、見ろ、ああして、ブロンソンの祈禱《ねがい》が、かなえられたのだ！」

――小さな光の輪が、いま銃身の上をはっている。

「あれが天の火だ！」

その言葉の終わらぬうち、するどい銃声が耳をつんざいた。長椅子の上においてあった死人の上着が、散弾を受けて大きく跳《は》ねあがるのが、ランドルフの目に映った。猟銃を架木にかけると、その位置でちょうど銃口が部屋の片すみにおかれた長椅子のほうをさすようになるのだ。あとはただ、日光が水差しに当たって、それで焦点がかたち作られ、銃の雷管が燃えだしただけだった。

ランドルフは、大きな身ぶりで腕を伸ばした。

「われわれの世界は」と、彼がいった。「とうてい、人知では測り知られぬ、神秘な奇跡に満ちているものだ！」

「われわれの世界は」アブナーもつづけていった。「神の審判《さばき》の庭としての、恐ろしい奇跡に充《み》ち満ちているのだ！」

急行列車内の謎

F・W・クロフツ
橋本福夫 訳

The Mystery of the Sleeping Car Express

一九二一年

F・W・クロフツ Freeman Wills Crofts (1879.6.1-1957.4.11) は長編を三十冊ほど書いたが、短編集はすくなく、四七年の倒叙短編集『殺人者はへまをする』と五五年の『クロフツ短編集1』、それに五六年の『クロフツ短編集2』の三冊だけである。本編は列車内部という広い密室をテーマにした本格もので、クロフツならではの好短編。

一九〇九年の秋に英国にいた人なら、ノース・ウェスタン急行列車がプレストンとカーライルの中間にさしかかったさいに車内で起きた恐ろしい惨劇のことを、記憶にとどめておられることと思う。当時あの事件は大きな注目を浴びたものだったが、それは、事件そのものが関心をひく性質のものだったせいだけでなく、あの事件が絶対的な不可解性に包まれていた点が、なおそれ以上に大きな原因になっていたのである。

わたしは、つい最近になって、奇妙な機会から、この惨劇の真相を聞かされたので、そのときに主役を演じた人物からの特別の求めに応じて、事実を明らかにする役目を引き受けようとしているわけなのである。しかし一九〇九年からはもう長い年月もたっていることなので、まず最初にあの当時明るみに出た範囲でこの事件の内容をふりかえってみることにさせていただきたい。

さて、問題の年の十一月上旬の木曜日に、二十二時三十分発のエディンバラ、グラスゴウ、北部方面行きの寝台列車が、いつものとおりにユーストン駅を発車した。この列車は、実業家たちが、ロンドンで昼間の仕事を終えてから、列車内で眠り、翌朝北部の目的地に着いて、執務時間前にゆっくり風呂にもはいり、朝飯を食おうというのにちょうどつごうがよかったので、

列車編成図

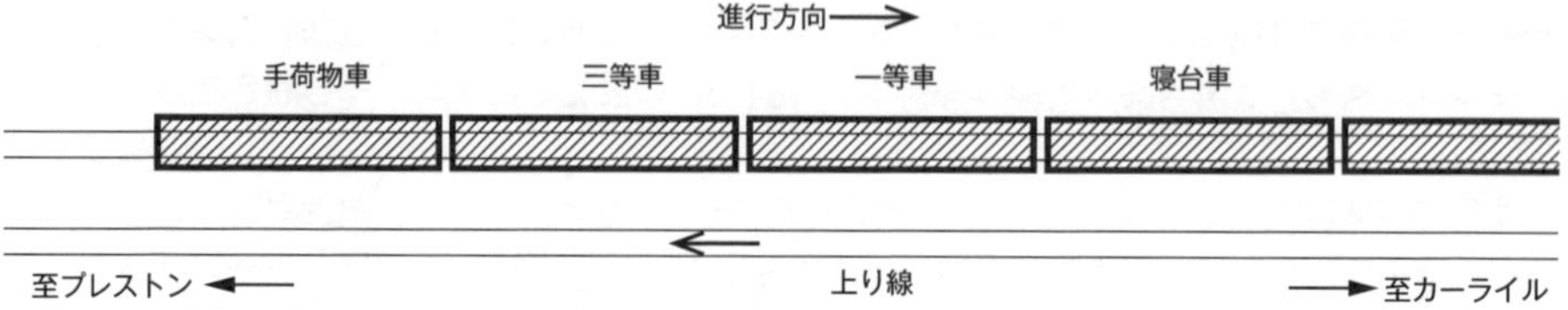

一等車の内部略図

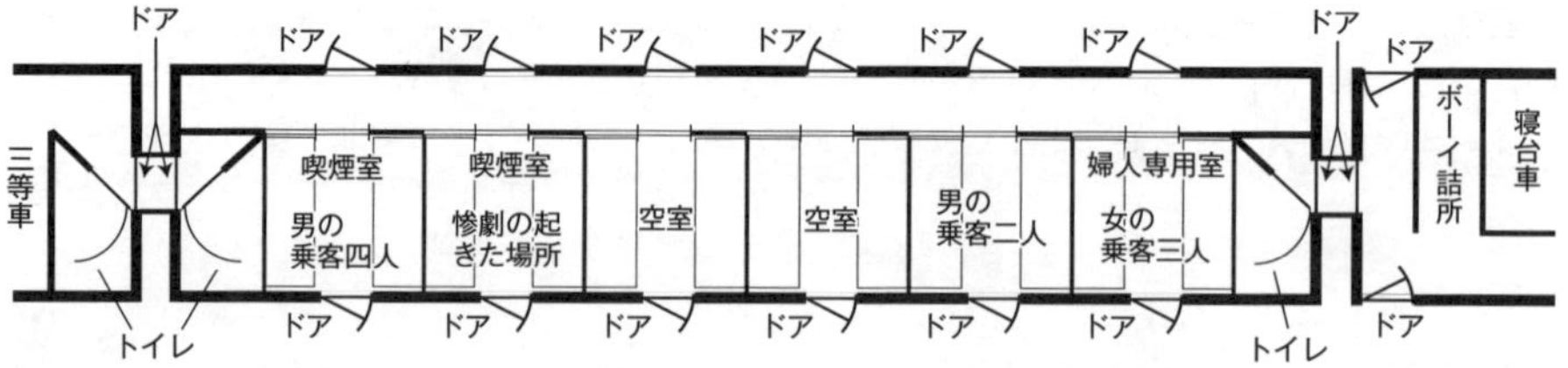

たいてい乗客が多かった。その問題の夜にもその点は例外ではなかったので、二台の機関車が、半分はグラスゴウ行き、残りはエディンバラ行きの、大きな寝台車八両、一等車二両、三等車二両、手荷物車二両を引っ張っていた。

あとで起きた事柄を理解していただくには、この列車の後部の構成を頭に入れておいていただく必要がある。最後部は、グラスゴウ行きの手荷物車になっていて、これは八車輪の長いボギー台車で、ジョーンズ車掌の受け持ちだった。手荷物車の前は三等車のうちの一両で、そのすぐ前には一等車があり、どちらもグラスゴウ行きだった。これらの車室内は、ことに三等車のほうは相当客がこんでいた。一等車の前には、四台のグラスゴウ行き寝台車のうちのいちばん後尾の一台が接続していた。この列車には全体に通じる通路があって、係員が往来《ゆきき》できるようになっており、げんに列車の進行中にも幾度か往来していた。

主としてわれわれに関係してくるのはその一等車なのだが、上に述べたことから、この一等車は、前の寝台車とうしろの三等車にはさまれていて、三等車のすぐうしろには手荷物車があったことが、わかっていただけると思う。この一等車には、両端にトイレがあり仕切り室《コンパートメント》が六室あって、そのうちの三等車に接しているいちばんうしろの二室は喫煙室、その隣の三室は禁煙室、寝台車のすぐそばのいちばん前の一室は「婦人専用室」というふうになっていた。この一等車も三等車も通路はいずれも列車の進行方面に向かって左側にあった——つまり、コンパートメントは上り線路のある側にあったわけである。

その夜は月がなく、空はどんよりとしていたので、列車がユーストン駅を出たときには暗かった。これはあとで思い出して話しあわれたのだが、そのころは異常なほど旱天《かんてん》が続いていて、その夜も夕方ごろに一雨来そうに見えていてぜんぜん降らず、翌朝の六時ごろになって降りだしたと思うと、どしゃ降りになった。

あとで刑事たちが指摘したように、刑事たちの立場から言えば、これほどつごうの悪い天候状態というものはないわけだった。というのは、夜のあいだについた足跡が残っていたにしても、地面がかたまりすぎているためにはっきりした足跡ではなかったに違いないし、おまけにそのはっきりしない足跡までが、おそらく、雨のためにぼかされているにちがいなかったからである。

列車はラグビー、クルー、プレストンと停車して、時間どおりに走っていた。プレストン発車後、ジョーンズ車掌はエディンバラ行きの車両の検札係にちょっと話しておく用事があったことに気がついた。そこで彼は、後尾の手荷物車を出て、隣の三等車の通路を通っていった。その通路の行きづまりの、一等車と連結している入り口の横に、見たところ夫婦者らしい、ちゃんとした身装《みなり》の男女がいて、細君らしいほうは泣き喚いている赤ん坊を抱いて、しきりにあやしていた。ジョーンズ車掌が男のほうにちょっとていねいな挨拶《あいさつ》の言葉をかけると、その男は、子どもが病気で、ほかの乗客に迷惑になるので、車室の外へ連れて出たのだと話した。

ジョーンズは、同情の色を顔に浮かべて、両車両のあいだの通路をふさいでいる二つのドアをあけ、うしろ手にドアをしめて、一等車の中へはいった。ドアにはバネ錠《じょう》がつけてあって、しめると同時に錠がかかるようになっていた。

一等車内の通路には人影はなかった。ジョーンズは、歩いてゆきながら、一室だけを除いて、あとのコンパートメントは全部ブラインドがおろしてあるのを目にとめた――その一室というのは「婦人専用室」だった。そのコンパートメントには三人の婦人が乗っていて、あかあかと電灯をつけており、車掌は三人の乗客のうちのふたりが本を読んでいるのに気がついた。

ジョーンズはさきへ進み、一等車と寝台車のあいだの連結部の二つのドアも錠がおりていたので、あけて通り抜け、やはりうしろ手にドアをしめた。二つめのドアのすぐ内側にある寝台車付きのボーイの詰め所では、ふたりのボーイがおしゃべりをしていた。ひとりは詰め所の中にはいりこんでおり、ひとりは通路に立っていた。通路に立っていたほうは、横へのいて車掌を通らせ、ジョーンズが二こと三こと言葉をかわしてからまた歩きだすと、もとの位置へもどった。

ジョーンズ車掌は、検札係との用談を終えると、自分の手荷物車へ引っ返した。帰途にも、まえに通ったときと状況は同じだった――ふたりのボーイはやはり寝台車の後部にいたし、赤ん坊を連れた男女もやはり三等車の前のはしにおり、一等車の通路には人けがなく、その両端のドアにはいずれも錠がおりていた。こうしたこまかな事実は、そのときにはただなんということもなく目にとめただけだったが、あとではこのうえもなく重要性をおびたものになり、ただささえ謎に包まれていたこの悲劇に、いっそう不可解さをつけ加えることになったのだった。

列車がカーライルに着く予定の一時間ばかりまえ、ウェストモーランド高原の荒涼とした沼沢地帯にさしかかった際に、ブレーキがかかった――最初は軽いブレーキだったが、やがて相当強力なものになった。手荷物車の後尾で貨物運送状を調べていたジョーンズ車掌は、信号を確認するためのブレーキかとも思ったが、このあたりでそうしたことが行なわれるのは異例だったので、仕事を中止して、手荷物車の前のほうへ歩いてゆき、左側の窓をおろして、列車に沿って目を走らせた。

そのあたりの線路はたまたま切り通しになっていたので、すこし前方の土堤が、手荷物車のすぐ前の一等車と三等車の通路の明かりに、ぼんやり照らし出されていた。まえにも述べたように、その夜は暗かったので、土堤のそのわずかな部分のほかは、前方にはなにも見えなかった。ジョーンズは、線路が右のほうへカーブしているから、反対側からのほうがよく見えるかもしれないと思い、手荷物車を横ぎって、反対側の上り線路側の窓からのぞいてみた。

目のとどく範囲には信号灯の明かりは一つも見えなかったし、列車が速度を落とした原因らしいものもなにひとつなかったが、列車に沿って目を走らせてみると、一等車内でなにか変事が起きたらしいことがわかった。いくつかの人影が、一等車の後尾の窓からからだを乗り出して、なにかさし迫った重大な危険に注意をうながそうとでもするかのように、めちゃくちゃに手を振りまわしていた。車掌はただちに駆けだし、三等車を抜けてそちらへ行ってみると、奇怪なわけのわからない事態に当面させられた。

通路にはやはりだれもいなかったが、いちばん後尾のコンパートメント、つまり車掌から言うと、とっつきのコンパートメントの中央のブラインドが上げてあった。ガラス戸をすかしてみると、このコンパートメントには四人の男の乗客が乗っているのが見てとれた。ふたりは反対側の窓からからだを乗り出しており、ふたりは、あけようとでもしているのか、通路に出るドアの掛け金をガチャガチャやっていた。ジョーンズは、手を貸してやろうとして、外側のハンドルをつかんだが、中のふたりが隣のコンパートメントのほうを指さすので、彼もその合図に従って二番目のドアのほうへ移動した。

このコンパートメントも、中央のブラインドは上げてあったが、やはりドアは閉ざしたままになっていた。車掌は、ガラス戸を通して中をのぞきこんだとたんに、悲劇に当面していることを悟った。

ひとりの婦人が、まっさおな顔をし、飛び出そうな目をし、死にそうなほどの不安と恐怖心に凍りついた表情を浮かべて、必死になって通路に出るドアのハンドルを引っ張っているのだった。そうやってハンドルを引っ張りながらも、彼女は、まるで背後の物陰に恐ろしい幽霊でもひそんでいるかのように、しきりにちらちらと肩ごしにうしろへ視線を投げていた。飛んで行ってドアをあけてやろうとしながら、ジョーンズも彼女の視線の方向に目をやったとき、彼は思わずはっと息をのんだ。

そのコンパートメントの奥のほうに機関車のほうを向き、すみにくずれこんだようになっている、女のからだが見えた。頭は不自然な角度でクッションによりかからせ、ぐんなりと横たわっていた。片手を座席《シート》のふちにだらりとたらしていた。年ごろは三十歳ぐらいで、赤みがかった茶色い毛皮のコートを着、それと対《つい》の縁なし帽子をかぶっていた。だが、そうしたこまかな点にちらと目を走らせるか走らせないうちに、車掌の注意は彼女の額に釘《くぎ》づけにされた。額の左の眉の上に、無気味な小さな穴が口をあけていて、そこから流れ出る血がコートをつたってしたたり落ち、シートの上に小さな血だまりを作っていたからだった。彼女が死んでいることは明らかだった。

だが、それだけではなかった。彼女の向かい側の座席にも、ひとりの男のからだが横たわっていて、ジョーンズ車掌の目に映ったかぎりでは、その男のほうも死んでいる様子だった。

男のほうはどうやらすみの座席にすわっていて、前向きに倒れたらしく、胸が女の膝《ひざ》におおいかぶさり、頭がぐらりと床のほうへたれ下がっていた。からだがたばねたように完全に折れ曲がっていた。——灰色のフリーズのオーバーコートに包まれた無格好なかたまりのようで、頭も後頭部の黒っぽい髪が見えるだけだった。けれども、その頭の下側からしたたり落ちているしずくのきらめきが車掌の目をとらえ、下方の床の上にも黒ずんだ無気味なしみがしだいにひろがりかかっていた。

ジョーンズはドアにからだをたたきつけたが、ドアはびくともしなかった。なぜか合点のいかないつかえ方をしていて、一インチばかり開いたままで動かず、さっきの婦人を気味の悪い同室人といっしょに中に閉じこめているかっこうだった。

その女性と車掌とが力を合わせて、ドアをこじあけようとしていたときに、列車がピタリととまった。すぐにジョーンズは、いまのうちなら、反対側からこのコンパートメントにはいれるかもしれないと気がついた。

彼は、いまではもう気が違ったようになっている婦人に、安心させるような言葉を投げかけておいて、後尾のコンパートメントを抜けて線路に降り、死体のあるコンパートメントに引っ返してくるつもりで、そちらへあともどりした。ところが、そこでも彼はまた障害にぶつかった。というのは、さっきのふたりの男がまだドアをあけられずにいたからだった。車掌は、ふたりに手伝うつもりで、ハンドルをつかんだが、そのときに、彼らの仲間たちのほうは反対側のドアをあけていて、線路に降りかかっているのに気がついた。

その時間ごろには上り列車が通過するはずだということが車掌の頭にひらめいたので、彼は事故が起こるのをおそれて、あちらなら開きそうなドアが見つかるにちがいないと思い、寝台車のほうへ通路を走っていった。寝台車のこちら側のはしのドアは開いたので、彼は線路に飛び降りた。そのまえに通りすがりに、寝台車のボーイのひとりに、ついてこいとどなり、あとのひとりには、いまいるところに見張り番をしていて、だれも通すなと命じた。ついで彼はすでに線路に降りていた男たちといっしょになり、上り列車のことを警告しながら、四人で悲劇の起きたコンパートメントの外側のドアをあけた。

彼らのまず第一の関心はさっきの傷ついていない婦人を外へ出すことだったが、ここでも困難な気味の悪い仕事が彼らを待ちうけていた。入り口が死体でふさがれているうえに、コンパートメントのなかが狭すぎて、ひとり以上の人間がはいったのでは動きがつかなかった。ジョーンズは、ボーイに、乗客の中に医者がいないか捜しにいかせ、自分は車室内に乗りこんで、さっきの婦人に、こちらを見ないようにと警告しておいてから、男のほうの死体を抱き上げて、すみの座席にもたせかけた。

その男は、きれいに剃刀《かみそり》をあててはいたが、大きな鼻、がっしりした顎の、どちらかというと粗野なたくましい顔つきをしていた。首の、右の耳のすぐ下の所に、弾孔《だんこう》があり、頭の位置の関係でドクドクと血が流れ出ていた。車掌に判断できるかぎりでは、息は絶えているようすだった。ジョーンズは、多少ひるまないではおれなかったものの、まず最初に男のほうの足を、ついで女のほうの足を、座席にのせ、そうやって、黒ずんだぞっとする感じの血だまりのほかは、床の上を片づけた。ついで、女の死体の顔に自分のハンカチをかぶせておいて、カーペットのはしを巻きかえし、無気味なしみを隠した。

「さあ、奥さん、どうぞ」と彼は言った。そして反対側の座席のいっそう凄味《すごみ》のある死体のほうには背中を向けさせるようにして、もうひとりの女性を戸口へ連れていくと、下から幾人かが進んで手をのばして、彼女を地面へ助けおろしてやった。

そのころには寝台車付きのボーイが三等車から医者をひとり捜し出してきていて、医者は、ちょっと診《み》ただけで、どちらの被害者も絶命していると告げた。車掌は、そのコンパートメントのブラインドをおろし、外側のドアにも鍵をかけ、列車を進行させるつもりで、線路に降りていた乗客たちにも、座席へもどるように声をかけた。

そのあいだに火夫も、事故の原因をたしかめるために列車に沿ってあともどりしてきていて、ブレーキがどうも完全に解除できないと機関手が言っている、と告げた。そこで調べてみると、一等車の後尾にある自動安全盤がまわっていて、その車室の乗客のだれかが通報紐を引いたらしいとわかった。たぶん一般の方はごぞんじないだろうが、この紐を引くと、列車のパイプと気圧とのあいだに空気が流れこみ、その結果ブレーキが軽くかかって、ぴったりとはもとへもどらないようになるのだった。なお調べてみると、一等車のいちばんうしろの喫煙室の通報紐の先端がだらりと下がっていたので、そこに乗っていた四人の乗客のひとりが警報を伝える操作をしたにちがいないことがわかった。そこで、自動安全盤を通常の位置にもどし、乗客も座席にかえって、列車は十五分ばかりの遅延ののち、ふたたび発車した。

列車がカーライルに到着するまでのあいだに、ジョーンズ車掌は一等車と三等車の乗客全部の住所姓名を書きとり、ついでにそれぞれの切符の番号も控えた。この二つの車内と手荷物車の中は徹底的に捜査され、座席の下はもちろん、トイレの中にも、荷物の陰にも、どこにもひそんでいる人間はひとりもいないことが、疑問の余地なく確認された。

寝台車付きのボーイのひとりは、列車がプレストンに停車したときから今度の捜査が完了するまで、ずっといちばん後尾の寝台車のうしろ側の廊下に立っていたが、そのあいだに車掌以外には、そこを通った者はひとりもなかったと断言するので、寝台車の旅客の姓名を書きとっておく必要はなかろうということになったが、それでも念のため、切符の番号だけは控えておくことにした。カーライルに到着するや、事件は警察の手にゆだねられた。問題の一等車は、ドアに鍵をかけ、封印して列車から切り放され、その車内に乗っていた乗客は、事情を聴取するために、とめおかれた。ついで、入念をきわめた捜査が開始され、その結果、いくつかの付加的な事実が判明した。

警察のとった最初の一歩は、線路上に正体不明の人間の残した証跡が何か発見できるかもしれないという希望のもとに、列車の停車していた地点を中心にしてその周囲を調べることであった。警察のたてた仮定は、殺人が行なわれ、犯人は列車が停車していたあいだに列車から脱出して、原野を横ぎり、どこかの道路にたどり着いて、うまく逃げ去ったのではないか、という考え方だったからである。

したがってあたりが明るくなるとともに、刑事たちの一団が特別列車で現場に乗りこんできて、線路上はもちろん、その左右の地面にわたって、長い時間をかけた徹底的な捜査が行なわれた。けれども、何の痕跡《こんせき》も発見されなかった。正体不明の人間が残したと思われるような物はなに一つとして拾い上げられなかったし、足跡も目につかなければ、何の証跡も見つからなかった。すでに述べたように、天候事情も捜査する者たちにとっては不利だった。前日までの晴天続きのせいで、地面が堅くなっていたので、はっきりとした足跡は期待できそうにもなかったうえに、払暁《ふつぎょう》に降った驟雨《しゅうう》のために、かすかに残されていたかもしれない足跡ですらもが、そのまま残っていそうには思えなかった。

こうしてこの方面の捜査は行き詰まったので、刑事たちは、付近の停車場に注意を向けた。悲劇の現場から歩いて行ける範囲内にある停車場は二つだけだったが、そのどちらでも見知らぬ人間を見かけた者はいなかった。なおそのうえに、そのどちらの駅にも列車は一つも停車していなかった。じっさい、客車にせよ貨車にせよ、問題の寝台急行列車が通過した以後には、列車は一つとして、付近のどこにも、停車していなかったのである。したがって、かりに犯人が急行列車を脱出したとしても、別の汽車を利用して逃げた可能性は除外された。

そこで捜査官たちは、田舎《いなか》道や付近の町に注意を向けることになり、まだ消えないうちに犯人の足跡を――仮に足跡があるとすれば――捜し出そうと努めた、だが、ここでもまた彼らの努力はなんの幸運にもむくわれなかった。仮に犯人がいて、その犯人が列車の停車中に列車から抜け出したのだとすると、彼の姿はその後雲散霧消《うんさんむしょう》してしまっていた。どこにも犯人の証跡はなに一つとして見つからなかったからである。

別の方面の捜査も、それ以上の収穫は大して上げていなかった。

死んでいたふたりは、ウエスト・ヨークシャーのハリファクス、ブロード・ロード、ゴードン・ヴィラの、ホレイショ・ルエリン夫妻だとわかった。ルエリン氏はヨークシャのある大きな製鉄会社のジュニア・パートナーだった。年齢は三十五歳で、上流の社交界に出入りしており、かなりの資産の持ち主でもあった。多少気性の激しいところもあったが、親切な人間で、知り得るかぎりでは、この世にひとりの敵も持ってはいなかった。会社に問いあわせて判明したところによると、ルエリン氏は、木曜日にはロンドンで、金曜日にはカーライルで、それぞれ社用上の面談約束をしていたということだったので、問題の列車に乗っていたことも予定の計画とぴったり一致していた。

細君のほうは近所の商人の娘で、二十七歳になるかならずの美人だった。ふたりは結婚してからやっと一カ月とすこししかたっていなくて、げんに一週間まえにハネムーンから帰ってきたばかりだった。細君が今度の致命的な旅行に夫に同行していた理由は、確としたことは、つきとめることができなかった。彼女も、一般に知られているかぎりでは、ひとりの敵も持っていなかったし、こういう悲劇に会いそうな動機もなに一つとして考えられなかった。

摘出した弾丸からは、どちらのばあいにも同じ武器が使われていたことがわかった——近代的な形の小型の自動拳銃だった。けれども同じ型の拳銃が幾千丁となく世間に流れている現状では、この発見もなんの手がかりにもならなかった。

ルエリン夫妻と同室にいた女性、ミス・ブレアブースの陳述は次のようだった。彼女はユーストンでその列車に乗り込み、通路の横の座席の一つに座を占めた。発車の二分まえごろ亡《な》くなった夫婦が乗ってきて、そのふたりはすみの向かいあった座席にすわった。このコンパートメントには、彼女の乗っていたあいだじゅう、ひとりもほかの客ははいってこなかったし、中にいた三人も一度も外へ出なかった。それだけではなく、ユーストン駅を出て間もなく、改札係が一度だけはいってきたときのほかは、通路に出るドアをあけたことさえなかった。

ルエリン氏は若い細君になにくれと心をつかっていて、発車後しばらくはふたりでしゃべっていたが、やがてミス・ブレアブースとも相談のうえで、ブラインドをおろし、電灯にシェードをかけて、ふたりとも寝る用意をした。ミス・ブレアブースもとぎれとぎれに眠ったが、目がさめるたびに室内を見まわしてみても、すべてがまえと変わりがなかった。そのうちに、とつぜん間近で大きな爆発音がし、彼女はうとうとしていた浅い眠りから目をさまさせられた。

彼女ははね起きたが、そのとたんに、どこか膝の近くからピカリと閃光《せんこう》が走り、二度目の爆発音がひびいた。彼女はどきりとし、ぶるぶる震えながら、電灯のシェードを引きはがした。すると、一インチばかり開いていた通路側のドアのすぐ内側に煙がいくらかたなびいているのが見え、燃えた火薬の特徴のあるにおいが鼻をついた。さっとふり向いてみると、ルエリン氏が前向きに、細君の膝の上にがくりと倒れかかるのが見え、ついで夫人の額の穴が目に映ったので、ふたりとも撃たれたのだと悟った。

彼女は恐怖に襲われ、通路側のドアのハンドルの上におおいかぶさっていたブラインドを上げ、助けを呼びに外へ出ようとした。ところが、どうしてもドアを動かすことができず、自分はもう息が絶えているとしか思えないふたりの死体といっしょに、閉じこめられているのだと悟ったときには、彼女の恐怖心は弱まるどころではなかった。彼女はどうにもいたたまれなくなって警報の紐を引いたが、列車はとまりそうなようすもなかったので、ドアと格闘をつづけているうちに、彼女には何時間もたったと思われるころ、やっと車掌が姿を現わしてくれて、けっきょく助け出してもらったというわけだった。

質問に答えて、彼女はさらに、ブラインドをあげたときには、通路には人影もなかったし、車掌が来てくれるまではだれの姿も見えなかったと答えた。

いちばんはしのコンパートメントにいた四人の男の乗客は、ロンドンからグラスゴウへ行く一行だった。彼らは発車後しばらくはトランプをしていたが、十二時ごろには、これまたブラインドをおろし、電灯にシェードをかけて、寝る用意をした。この場合にも、彼らの乗っていたあいだには、検札係のほかにはだれもコンパートメント内にはいってきた者はなかった。だが、プレストンを出たあとで、一度ドアをあけたことがあった。一行のうちのひとりが、列車の停車した音に目をさまさせられて、果物《くだもの》を食べたところ、指がよごれたので、トイレへ手を洗いに行ったのだった。そのときにはドアはいつものとおりに開いた。その男は通路にはだれも見かけなかったし、ほかの点でも異状はなにも感じなかった。

それからしばらくして、彼らは二発の銃声にはっとさせられた。最初は霧中信号かと思ったが、やがて機関車から遠く離れているのでそんな信号が聞こえるはずがないと気がつくと、ミス・ブレアブースと同じように、電灯のシェードをはずし、通路側のドアをおおっているブラインドを上げて、外へ出ようとした。ところが、彼女の場合と同じように、ドアが開かなくなっていることを知るとともに、通路にはだれもいないのに気がついた。彼らは、なにか重大な事故が起きたにちがいないと感じて警報の紐を引くいっぽう、外側の窓をおろし、だれかが気がついてくれることを望んで、窓から手を振った。紐はゆるんでいたかのように、わけなく引っ張れたということだが、この点は、自分も紐を引いたというミス・ブレアブースの陳述と、いちばんうしろのコンパートメント内の紐のはしがだらりとたれ下がっていた事実とのあいだには、明白な矛盾《むじゅん》があることを示していた。明らかにミス・ブレアブースが最初に紐を引いてブレーキをかけ、二度目に引っ張ったときには一方のコンパートメントから隣のコンパートメントへたるみを移しただけだったにちがいないと思われる。

悲劇の起きたコンパートメントのさきの二室には、列車がとまったときには乗客が乗っていなかったことがわかったが、いちばんはしの禁煙室にはふたりの男性が、「婦人専用室」には三人の女性が、それぞれ乗っていた。これらの乗客たちも銃声を耳にしてはいたが、列車の騒音に消されてかすかにしか聞こえなかったので、とくに注意を向けた者はひとりもなく、したがってだれも事情を調べてみようともしなかった。男たちは一度もコンパートメントから外へは出なかったし、列車がプレストンを出てから緊急停車をするまでのあいだには、ブラインドをあげもしなかった。したがってこのふたりは、事件になんの光明も投げかけることができなかった。

いちばんはしのコンパートメントに乗っていた三人の女性は母親とそのふたりの娘たちで、プレストンから乗ったのだった。彼女たちはカーライルで降りる予定だったので、眠らないでいるつもりで、ブラインドも上げたままにしておき、電灯にもシェードをかけていなかった。ふたりは書物を読んでいたが、もうひとりは通路よりの座席に腰かけていた。ところがこの女性も、彼女たちの乗っていたあいだには、車掌のほかはだれも通らなかったと断言した。

彼女は車掌の動きを――一回目は機関車のほうへ行き、二度目には手荷物車のほうへ引き返し、三度目には列車がとまったあとで機関車のほうへ駆けていった――と述べたので、この言葉は車掌自身の証言とぴったり一致しており、彼女の証言にはかなりの信頼がおけることがわかった。彼女は停車と車掌のあわてぶりに興味をかきたてられ、女性たちは三人ともすぐに通路に出て、列車が動きだすまでそこにいたが、三人ともそのあいだにはだれも通っていった者がなかったと確言した。

いかにも不可解なつかえかたをしていたドアを調べてみると、明らかにそのために作ったものと思われる小さな木の楔《くさび》が、ドアとドアがまちの下側とのあいだにさしこまれていて、ドアが動かないようにしてあった事実が判明した。したがって、この犯罪は計画的であり、まえもって詳細な点まで入念に考えつくしたうえでの犯行であることは明らかだった。その車両の綿密をきわめた捜査も、それ以外にはなんらの疑わしい物件も、証跡も、発見することができなかった。

発行された切符と乗客の持っていた切符とを照合してみると、一致しない点が一つ発見された。たいていは説明がついたが、一枚だけは例外だった。ユーストン駅で発行された問題の列車のグラスゴウ行きの一等の片道切符が一枚、集札されないままになっていたのだ。したがってその切符の買い主はぜんぜんその列車に乗らなかったのか、それともどこか中間の駅で途中下車したかであった。どちらの場合にしても、ぜんぜん払い戻しの請求がなされていなかった。列車がロンドンを出たあとで検札してまわった検札係は、断言はできないけれども、そのときには、悲劇の起きたコンパートメントの隣の禁煙室にも乗客がふたり乗っていて、そのうちのひとりはグラスゴウ行きの切符を持っており、もうひとりはどこだったか中間の駅行きの切符を持っていたように思うと述べた。だが、彼にはその駅名が思い出せなかったし、そのコンパートメントに乗客がいたことが事実だったとしても、その人相もはっきりしなかった。

しかし、その改札係の記憶には誤りがなかったことがわかった。というのは、警察側で、その乗客のひとりのヒルという医師が、クルーで下車したことをつきとめるのに成功したからだった。ヒル医師は問題の紛失しているグラスゴウ行き切符の謎を、部分的にではあるが、解明してくれた。彼がユーストンでその列車に乗ったときには、そのコンパートメントにはすでに三十五歳くらいの男の乗客がひとり乗っていたらしいのである。その男は金髪、青い目、上唇全体をおおう口ひげ、といった風貌《ふうぼう》で、黒っぽい仕立てのいい服を着ていた。手荷物はなく、レインコートとペイパーバックの小説を一冊持っていただけだった。ふたりの乗客はおしゃべりを始め、未知の男は、医師がクルーの住人だと知ると、自分もクルーで降りるつもりだと言って、どこかホテルを推薦してくれと頼んだ。ついで彼は、グラスゴウへ行くつもりで、切符をグラスゴウまで買ったのだが、あとになってからチェスターにいる友人をあすたずねてみる気になり、途中下車することにきめたのだと説明した。彼はまた、同じ切符で明夜旅行を続けることができるものかどうか、もしそれがだめなら、料金の払い戻しをしてくれるだろうかと、きいたりもした。

クルーに着くと、このふたりの乗客はどちらも汽車を降り、医師はクルー・アームズ・ホテルの入り口まで案内してやろうと申し出たが、その未知の男は、荷物の処置をしておきたいからと言って、ていねいにことわった。医師は、プラットホームを離れたときに、その男が手荷物車のほうへ歩いて行くのを見た。

その時間ごろに勤務についていたクルー駅の駅員を調べた結果は、手荷物車のそばにそういう人間を見かけるなり、手荷物のことで質問をうけるなりした記憶のある者は、ひとりもなかった。もっとも、上記の事実が明るみに出たのは事件が起きてから数日たったころだったので、確認はちょっと期待できそうにない事情もあった。

クルーとチェスターのホテルを一軒残らずたずね歩いてみた結果も、問題の未知の男に多少なりと似た人間はひとりも宿泊していない事実が判明しただけでなく、その男についての手がかりは、なに一つとして発見できなかった。

こうしたことが、延期されていたルエリン氏夫妻の死体についての検死法廷《インクエスト》で、明らかにされたおもな事実だった。この不可解な事件の謎もいずれは急速に解明されるものと、一般の人たちはかたく信じていた。ところが、光明をもたらすような新たな情報はなにもはいらないままに、日は一日一日と過ぎてゆくにつれて、公衆の興味もうすれ、別の方向へ流れていった。

だが、しばらくはこの事件に関する論争は熾烈《しれつ》をきわめた。最初は、これは自殺事件だという説が起こり、ルエリンが最初に妻を撃ち殺しておいて、自分も自殺したのだと説く者もあれば、どちらも細君のしわざだと主張する者もあった。だが、この解釈は事実に照らしてくつがえされる運命にあった。

すぐに幾人かの人間が、凶器の拳銃が姿を消しているだけでなく、どちらの死体にも火薬による焼けこげがなかったことを指摘し、拳銃による場合、自分で加えた傷であれば、そうした痕跡が残っていないはずはないということが認められた、したがって、これが殺人事件であることは明らかだった。

自殺説が反駁《はんばく》をうけたので、理屈家たちは次にはミス・ブレアブースが犯人だと言いだした。だが、今度も彼らの意見はすぐに否定されてしまった。動機の欠如、いままでに知られている彼女の性格、彼女の陳《の》べていることのうちの裏づけのできる部分の真実性、これらのことはいずれもその解釈に反していた。拳銃が姿を消していることも彼女にとっては有利だった。拳銃はコンパートメント内にもなければ、彼女のからだに隠されてもいなかったのだから、窓から投げ出すしか処分の方法がなかったはずなのである。ところが、両方の死体の位置が窓に近よることを妨げていたし、彼女の衣類にはぜんぜん血痕が付着していなかったところをみると、かりにそれだけの体力はあったとしても、彼女がそれらの無気味な遺体を動かすことができたとは信じられなかった。

しかし、彼女の無実を決定的に宣明《せんめい》している事実は、通路側のドアに楔がはめ込んであったことだった。外側からドアに楔をはめておいて、その戸口を通り抜けるなんて芸当が、できるはずもないことは明らかだった。何者にもせよ、ドアに楔をはめた人間が拳銃を撃った当人であるというのが一般的な考え方であって、一インチばかりドアをあけて楔をはめていたことも、射撃するだけの隙間《すきま》を残しておく意図によるものであることは明らかなだけに、その見解を動かせないものにした事実だった。

最後に、医師の証言も、ルエリン夫妻がミス・ブレアブースの述べたとおりの場所にすわっていて、彼女の言ったとおりの場所から射撃されたものとすると、弾丸はじっさいに撃ち込まれているとおりの角度で、彼らの体内にはいりこんだにちがいないことを証明していた。

しかし、ミス・ブレアブースの誹謗《ひぼう》者たちは容易に彼らの占めた陣地から退こうとはしなかった。彼らは自分たちの解釈への反論のうちで、圧倒的なのはただ一つ——つまり、ドアに楔がはめてあった点だけではないか、と言った。そして、その反論に答えるために、すこぶる巧妙な理論を提出した。彼らの主張は次のようだった。ミス・ブレアブースは、列車がプレストンを出るまえに、自分のコンパートメントを出てドアをしめ、ドアに楔をはめておいたのである。その上で、列車が駅にとまったときに、どこかほかのコンパートメントを抜けてホームに降り、外側の入り口から自分のコンパートメントにもどったにちがいない。

この意見に対して次のような事実が指摘された。果物を食べたという乗客は、プレストン駅停車後に自分のコンパートメントのドアをあけている。したがってミス・ブレアブースがそのときには自分の室内にとじこもっていたのだとすると、もう一つのドアに楔をはめることができなかったはずではないか。楔をはめた人間がふたりいたなどということは考えられない。したがってミス・ブレアブースが無実であることは明らかだし、だれかほかの人間が銃声を聞きつけた者たちによって通路での行動が妨げられるのをおそれて、両方のドアに楔をはめたのであることも明らかである。

同じ主張はいちばんうしろのコンパートメントにいた四人の乗客にもあてはまることが認められた——つまり、両方のドアに楔がはめてあったことが、この人たちの嫌疑《けんぎ》も晴らしてくれたわけである。

これらの諸点で敗北した理屈家たちは舞台から退いた。もうそれ以上は一般からも新聞からも何の意見も出なかった。舞台裏の人たちにすらも、熟考に時を重ねれば重ねるほど、事件の解決は困難を加えてくるように思えた。

現場に居合わせたとわかっている人間はひとり残らず、つぎつぎと警視庁の顕微鏡的な目にさらされたが、つぎつぎと嫌疑からはずしてゆくしかなく、ついには、まるで殺人が行なわれたはずがないことが立証されたようなかっこうになってしまった。警視総監とこの事件を担当していた警部との次のような会話も、当時の五里霧中状態を要約して示しているといってよかった。

「たしかにやっかいな事件だし、きみの結論が健全なものだということはぼくも認めている」とこの大官は言った。「だが、もう一度われわれで検討し直してみようじゃないか。どこかに欠陥があるにちがいないのだから」

「それはそうなのです。ですけれど、わたしは頭がばかになるほど、何度も何度も検討してみたのですが、そのたびごとに同じ結果に到達するだけでした」

「もう一度やってみることにしよう。それでは、列車の車室内での殺人事件だという点から始めるが、もちろん殺人事件である点にはまちがいないわけだね？」

「たしかです。拳銃と火薬による焼けこげがないこと、ドアに楔がはめてあったことが、それを立証しています」

「よろしい。それでは何者かによって殺人が行なわれたことには間違いなく、犯人は捜査が行なわれたときにその車中にいたか、それとも、そのまえに脱出したかのいずれかになる。この二つの可能性を順番にとり上げてみることにしよう。まず、あのときの捜査についてだが、効果的なやり方がとられたのかね？」

「その点は断言できます、わたしが自分で車掌やボーイを連れてやったのですから。ひとりとして見のがしているはずはありません」

「なるほど。それでは、まずあの車室にいた乗客から始めてみよう。コンパートメントは六つあった。第一室には四人の乗客が、第二室にはミス・ブレアブースがいた。この人たちが白だという点には疑問の余地がないかね？」

「ありません。ドアに楔がはめてあったことがあの人たちを除外しています」

「ぼくもそう思うなあ。第三室と第四室とには乗客がいなかったが、第五室にはふたり乗っていた。あの人たちについてはどうだね？」

「それは、あの人たちが何者であったかはあなたもごぞんじのはずです。偉大なエンジニアであるゴードン・マックリーン卿と、アバディーン大学教授のサイラス・ヘンプヒル氏。どちらもぜんぜん嫌疑外の人物です」

「しかし警部、きみも知っているとおり、この種の事件では、嫌疑外の人間というものはありえないわけだよ」

「それは認めます。ですから、わたしもあのふたりについては入念な調査をしてみました。けれども、わたしの最初の意見を確認しただけのことでした」

「ぼくが自分でやってみた調査からも、たしかにきみの言うとおりだという気がする。そこで最後のコンパートメント、つまり『婦人専用室』にたどり着くわけだが、あの三人の婦人についてはどうだね？」

「同じ評価があてはまります。あの人たちの人柄も嫌疑をかける余地がありませんし、それだけではなく、母親のほうは年もとっており、小心でもあって、ずうずうしく、うその言えるようなひとでもありません。娘たちにしても、うその言える人間だとは、とても思えません。それにしても、調査はしてみたのですが、嫌疑をかけるだけのかすかな根拠もないことがわかりました」

「通路やトイレにはだれもいなかったのだったね？」

「そのとおりです」

「それでは列車がとまったときに一等車内にいた者は、ひとり残らず、嫌疑からはずしていいわけだね？」

「そうです。いままでにあげた人たちのうちのだれかが犯人だなどということは、ありえないことです」

「それでは、犯人は車内から逃げ出したにちがいないということになるわけだね？」

「そうにちがいありませんし、それが困難さの生じる点でもあるのです」

「それは知っているのだが、さきへ進むことにしよう。それでは、問題はこういうことになるわけだ――犯人はどうやって車室から逃げ出したか？」

「そのとおりです。わたしもこれほど難解な問題に当面させられたことはありませんよ」

総監は口をつぐんで考えこみ、また一本葉巻きを無意識に選び取って、火をつけた。ついに彼は言葉を続けた。

「とにかく、犯人は屋根や、床から抜けでたのでも、固定されている框《かまち》や側面のどの部分から抜けでたのでもないことは明らかだ。したがって、通常の方法で――つまり戸口を通って――出たにちがいない。戸口は、両端に一つずつと、側面に六つずつある。したがってその十四の出口のどれかから出ていったわけだ。その点にはきみも異議がないだろうね、警部？」

「ありません」

「よろしい。まず両端からいこう。通路のドアには錠がおりていたのだったね？」

「そうです、車室の両端とも。ですが、その点にはわたしはあまり重きをおいておりません。ふつうの車室用の鍵ならあのドアは開きますし、犯人はそういう鍵を持っていたに違いないのですから」

「たしかにね。それなら、犯人は寝台車へ逃げたのではないとわれわれの判断する理由をちょっと検討してみよう」

「列車が停まるまえには『婦人専用室』の三人の乗客のひとりミス・ビントリイが通路をのぞいていましたし、寝台車付きのボーイふたりも寝台車のこちら側のはしにいました。列車がとまったあとでは、三人の婦人は全部通路に出ていましたし、ボーイのひとりは寝台車の入り口に立っていました。この人たちは全部、プレストン発車後、車室内の捜査が行なわれるまで、車掌のほかにはだれも通った者がないと、きわめてはっきり断言しております」

「そのボーイたちはどうだね？　信頼のおける連中かね？」

「ウィルコックスは十七年、ジェフェリーズは六年、勤続していて、どちらもすこぶる評判のいい者たちです。両方とも当然殺人容疑下にはいるわけですから、わたしも通例の調査はしてみました。けれども、あのふたりに対してはひとかけらの証拠もあがりませんでしたし、わたしはあの連中には疑わしい点はないと確信しております」

「どうやら犯人が寝台車のほうへは逃げなかったことは、確実のようだね」

「わたしもその点は断定できると思います。ごぞんじのとおりに、二組の証人たちの、婦人たちとボーイたちとの、それぞれの証言があるわけですからね。それらの二組の者たちが一致して警察をだますなどということは問題外です。どちらかの一組なら考えられないこともないが、両方ともではね」

「そう、そう考えるのが至当のようだね。それでは、もう一つのはし——三等車側のはし——のほうはどうだね?」

「そちらのはしには、病気の赤ん坊を連れたスミスという夫婦がいたのです」と警部は答えた。「このふたりは、入り口のすぐそばの通路にいたのですから、その人たちに気づかれないでそばを通り抜けるなんてことはできるはずがありません。わたしは赤ん坊を診察させてみましたが、赤ん坊の病気はほんものでした。両親はもの静かな模範的な人物で、これまた嫌疑をかける余地のない人たちでした。そのふたりから車掌以外には通った者がないと聞いたとき、わたしはその言葉を信じました。それにしても、彼らの言葉だけでは満足できなかったので、三等車の乗客をひとり残らず調べ、次の二つの点を確認しました。第一は、捜査のときにそこにいた者のうちには、プレストン発車後にはいってきた者はひとりもないということ、第二は、プレストン発車後から緊急停車までのあいだには、スミス夫妻以外にはだれも、どのコンパートメントからも、外へ出た者はないということ。以上の事実は、事件発生後に一等車を出て三等車にはいりこんだ者はひとりもないことを、疑問の余地なく立証しております」

「車掌そのものについてはどうだね？」

「あの車掌も好人物なのですが、事件には無関係です。というのは、ブレーキがかかって以後に三等車を走り抜けていったのを、さっきのスミス夫妻だけでなく数人の乗客が見ていますから」

「それでは、犯人は側面の十二の出口のどれかから出たにちがいないことは明らかだね。まずコンパートメント側の出口から始めてみよう。第一、第二、第五、第六のコンパートメントには乗客がいた。したがってそこからは出られなかったはずだ。残りは第三と第四の出口ということになる。そのどちらかからは出られただろうね？」

警部は首を振った。

「それも同程度に問題外です。いちばんうしろのコンパートメントにいた四人の乗客のうちのふたりは、殺人の起きた数秒後から停車までのあいだ、列車ぞいに外をながめていたことを思い出してください。そのふたりに姿を見られないで、ドアをあけて昇降段に出るのは、不可能だったにちがいないのです。ジョーンズ車掌も手荷物車のそちら側から外をのぞいていますが、だれも見かけていません。停車後には、ほかの者たちだけでなく、さっきのふたりも地面に降りていましたが、みんな口をそろえて、それらのドアはずっと開かなかったと言っているのです」

「ふうん」と総監は考えこんだ。「するとそのほうも疑問の余地はなさそうだし、問題は決定的に通路側の出口に移ってくるわけだね。車掌は比較的早く現場に到着しているから、犯人は列車がかなりの速度で走っていたあいだにぬけだしたにちがいない。したがって、車掌が通路で例の引き戸をあけようと努力していたときには、客車の外側にしがみついていたにちがいない。列車がとまったときには、全部の者の注意が反対側のほうへ、つまりコンパートメント側のほうへ、向けられていたから、犯人はわけなく飛び降りて逃げられたはずだ。そう考えてみてはどうだろうかね、警部？」

「われわれもその点は相当徹底的に研究してみたのです。まず反論が起きたのは、第一と第二のコンパートメントのブラインドをあげたのが早かったから、犯人がだれにも姿を見られずにぬけだせる暇はなかったはずだ、という点でした。けれども、この反論には根拠がないことがわかりました。ミス・ブレアブースといちばんうしろのコンパートメントの乗客がブラインドをあげるまでには、すくなくとも十五秒はたっていたにちがいありませんし、それだけの時間があれば、犯人はわけなく窓をおろし、ドアをあけて外に出て、窓をあげ、ドアをしめ、姿が見えないように昇降段にしゃがみこむことぐらいはできたはずです。ジョーンズ車掌が手荷物車のそちら側から外をのぞくまでにも、三十秒近くはたっていたものとわたしは推定しています。時間に関する限りでは、犯人はあなたのおっしゃるようなことができたはずなのです。ところが、別の事実がそれは不可能だったことを示しています。ジョーンズが三等車の中を駆け抜けていったとき、そのときには、列車はとまりかかっていたのですが、病気の赤ん坊を連れていた乗客のスミスさんが、なにか事故が起きたのかと好奇心を起こし、車掌のあとから一等車へはいろうとしたらしいのです。ところが、車掌が通り抜け、スミスさんがまだたどり着かないうちに、ドアがピシャリとしまったので、もちろんバネ錠がかかってしまいました。そこでスミスさんは、いちばんうしろの通路側の窓をおろして、前方をのぞいてみたわけなのですが、一等車の昇降段にはだれもいなかったと断言しています。われわれは、スミスさんのその言葉にどの程度まで信がおけるものか調べるために、暗い夜を選んで、同じ車室に乗り、同じように明かりをつけ、その線路の同じ部分を走らせてみましたところ、その窓からなら、昇降段にしゃがんでいる人間の姿がはっきり見えることがわかりました。切り通しの明かりのついている側が背景になるだけに、黒っぽいかたまりが浮き出されるわけなのです。スミスさんは、とくになにか異常なものを見つけようとして、のぞいていた事情を想起すると、あの人の証言は受けいれていいものとわたしは考えるのです」

「きみの言うとおりだね。筋道が通っている。それに、もちろん、車掌自身の証言の裏づけもある。車掌も、手荷物車から外をのぞいたときには、人影は見えなかったと言っている」

「そうなのです。われわれの調査でも、しゃがんでいる人間の姿は、同じ事情から——土堤の明かりのせいで——手荷物車からも見えることがわかりました」

「それに、犯人は、車掌が三等車内を通り抜けているあいだにも、ぬけだせなかったはずだね？」

「それはだめです。車掌が外をのぞくまえから、通路のブラインドはあげられていたのですから」

総監は顔をしかめた。「まったくやっかいな事件だなあ」と彼はつぶやいた。数分間沈黙が起こり、やがて彼はまた口をきった。

「犯人は、射撃した直後に、いったんトイレに身をひそめ、停車のさいの騒ぎに乗じて、通路側の出口のどれかから見とがめられずにこっそりぬけでて、線路に降り、ひそかに逃げ去るということはできなかったろうかね？」

「だめですね。われわれはその点も調べてはみたのです。トイレにひそんでいたとすれば、出てこられなかったでしょう。三等車のほうへ向かえば、スミス夫妻に姿を見られることになるし、一等車の通路は、車掌が到着してから捜査が始まるまでのあいだ、ずっと観察下におかれていましたからね。婦人たちは、車掌がそのコンパートメントの前を通った直後に、通路へ出ていたし、いちばんうしろの喫煙室にいた四人の乗客のうちのふたりは、婦人たちが出てきたあともかなりの時間、喫煙室のドアごしに見まもっていたことも確認されているのですから」

またしても沈黙があたりを支配し、総監はたばこをふかしながら考えこんでいた。

やがて、「検死官がなにか説をたてたとかいう話だったたね？」と彼はきいた。

「そうなのです。あの人の説は、犯人は、射殺するとすぐに、通路側の出口のどれかから――おそらくはいちばんうしろの出口から――外へ出て、客車の外側の、窓からは見えないような所によじ登り、列車がとまるとともに地面に飛び降りたのではないか、ということでした。その場所は、屋根か緩衝器の上、でなければ、下の段ではないか、とも言われました。ちょっと見ると、これはありそうなことなので、わたしも実験してみたのです。ところが、だめでした。屋根は問題になりませんでした。例の高い丸みをおびた屋根なのでして――平たい高窓《クリアストリー》式ではありませんし――出口の上の縁には、ぜんぜん手がかりがないのです。緩衝器にも同様に乗り移れるものではありませんでした。いちばんうしろのドアのハンドルから、客車のかどにある緩衝器のハンドルまでは、距離が七フィート二インチあるのです。ということは、人間のからだではとうてい一方から他方へとどくはずもありませんし、踏み段をつたっていくには、途中につかまる物がなにもありません。下の段をつたっていくことも不可能でした。第一に、下の段は途切れていて――それぞれの出口の下に短い踏み段があるだけなのですから――上の段のように続いてはいないのです。ですから、上の段につかまって、下の段を渡って行くなんてことは不可能です。第二に、どんな人間にしても、ホームに来ればはね飛ばされることを承知していながら、下の段へ降りて行く者があるとは、わたしには想像もできませんですよ」

「それだとね、警部、きみは、犯人は犯行当時車内にいて、捜索が行なわれたときには車内にいなかったが、その中間に車外に出たのでもなかったと、立証したことになるよ。それでは、信頼のおける結論だとはどうにも言えないと思うがね」

「それはわたしも承知しているのです。ひじょうに残念には思いますが、これはわたしが最初からぶつかって、どうにもならないでいる難点なのです」

総監は部下の肩に片手をかけた。

「そんなことではいけないよ」と彼は優しく言った。「じっさいそんなことではいけない。もう一度やってみるんだね。たばこでもふかしながら考えてみることだ。僕も同じようにするから、あすもう一度会いにきてみてくれ」

それにしても、この会話はこの事件を正しく要約してくれてはいた。ニコチンの女神の霊薬も何の霊感ももたらしてはくれず、これ以上の事実はなに一つ明るみに出ないままに、時が過ぎて行くにつれて、しだいに興味も薄れてゆき、ついにはこの事件は、警視庁の迷宮入り事件の長いリストの中に、位置を占めることになってしまった。

＊

さてそこで、まえに述べたふしぎな偶然から、一介の無名の開業医にすぎないこのわたしが、この途方もなく不可解な事件の真相を知ることになった事情に、話を移すことにしよう。わたしはこの事件そのものとは何の関係も持っていなかったので、いままで述べてきた詳細な事実も、わたしのもたらした情報へのお礼に閲覧を許された、当時の警察記録から取ったものなのである。その事情というのは次のようにして起こった。

つい四週間前のある晩、長い消耗《しょうもう》させられた一日のあとで、パイプをくゆらせていると、わたしの開いていた医院の近くの小さな村の、そこでは一流の宿屋から、大至急往診を求められた。オートバイに乗っていた人が十字路で自動車と衝突し、重傷を負ってかつぎこまれたのであった。わたしは、ほとんどひと目みただけで、もはや手当てのほどこしようがないことを、じつを言うと、その男の生命は数時間の問題にすぎないことを、見てとった。その男は冷静に自分の容体《ようだい》をきいたので、わたしはそういう場合のいつもの習慣にしたがって、ありのままに答え、だれか呼び寄せたい人はないかとたずねた。彼はまっすぐわたしの目を見つめて、こう答えた。

「先生、わたしは供述したいことがあるのです。わたしがそれを述べましたら、わたしの息のあるあいだは、あなたの胸ひとつに納めておいていただいて、あとで当局の適当な機関や公衆に伝えてくださいますか？」

「それはもちろんですよ」とわたしは答えた。「ですが、あなたのお友だちなり牧師さんなりをお呼びしたほうがいいのではありませんか？」

「いや、わたしにはひとりの友だちもありませんし、牧師さんには用のない人間なのです」と彼は言った。「あなたは潔白なお方のようにお見うけします。わたしはむしろあなたに話させていただきたいのです」

わたしはうなずき、できるだけからだがらくなようにしてやると、彼は、ささやき声と変わらないほどのひくい声で、ゆっくりと語りだした。

「自分でも死期の近いことがわかりますから、かんたんに申し上げます。数年まえ、ホレイショ・ルエリンという夫婦が、ノース・ウェスタン線のカーライルの南五十マイルばかりの所で、車中で殺されたことをおぼえておいででしょうか？」

わたしは漠然《ばくぜん》とその事件を思い出した。

「新聞では『謎の寝台急行列車事件』と呼ばれていたやつでしょうか？」

「そうなのです」と彼は答えた。「警察ではついにその謎がとけず、犯人はつかまらずじまいでした。ですが、犯人はいまその報いをうけようとしております。わたしがその犯人なのです」

わたしはその男の冷静なおちついた話しぶりに恐怖の念をおぼえた。だが、この男は死とたたかいながら告白しようとしているのだし、自分の感情はどうあろうと、まだ息のあるうちにそれを聞きとり、書きとめておくのがわたしの義務だと思いかえしたので、わたしは腰をおろし、できるだけおだやかにこう言った。

「どんなことかは知らないが、あなたのおっしゃることは漏れなく書き取っておいて、適当な時期に警察へしらせることにしましょう」

心配そうにわたしを見まもっていた彼の目には安堵《あんど》の色が浮かんだ。

「ありがとうございます。急いでお話しします。わたしはヒューバアト・ブラックというもので、イースト・サセックスのホヴ市ウェストベリイ・ガーデンズ二四、に住んでおります。十年と二カ月前まではブラッドフォドに暮らしておりましたが、そこで、わたしの目にはこの世にはまたとないすばらしい女性と思えたひとと近づきになりました――グラディス・ウェントワースというひとなのです。わたしは貧乏でしたが、その女性は裕福でした。わたしはこちらから近づいてゆくのは遠慮していたのですけれども、彼女のほうから誘いかけてくるので、ついに、勇気をふるい起こして求婚しました。彼女はわたしとの結婚に同意してくれましたが、ふたりの婚約は当分秘密にしておくという条件つきでした。わたしは、その女性に夢中だったのですし、そのひとの望むことならなんにでも喜んで同意したい心境でしたから、べつに文句は言いませんでしたが、いずれにしましても、うれしさのあまりに常識のある態度はとれなかったにちがいないのです。

それよりしばらくまえに、わたしはルエリンに出くわしたのですが、先方はひどく親しみのある態度を見せてくれて、わたしと友だちになりたがっているように思えました。ある日、わたしたちはグラディスに会いましたので、ルエリンを紹介してやりました。わたしはあとになるまで知らなかったのですが、ルエリンはその紹介を機会に彼女に接近していったらしいのです。

わたしの求婚がうけいれられてから一週間後に、ハリファクスで大きなダンス・パーティーがありました。わたしはそのパーティーでグラディスに会うことになっていたのですが、間ぎわになって、母危篤の電報が来たものですから、そちらへ行かねばなりませんでした。帰ってきますと、グラディスから、残念ながら自分たちの婚約はまちがいだったと思うから、あれは終わったものと思ってくれという、冷ややかな短い手紙がきました。わたしは二、三、問いあわせてみた結果、事情を知りました。先生、なにか飲ませていただけませんか。からだが沈みこんでゆくようなのです」

わたしはブランデーをついで、彼の口もとへ持っていってやった。

「いくらか元気づきました」と彼は言い、幾度も息を切らしたり、言葉を途切らせたりしながら、話をつづけた。「わたしの探り出したところによると、ルエリンはしばらくまえからグラディスに惚《ほ》れこんでいたらしいのです。わたしが彼女と親しいことを知り、それでわたしに取り入ってきたわけでした。わたしに紹介させ――こちらは愚かにもその手に乗ったわけですが――わたしを通じて彼女に会う機会をつかむ魂胆だったのです。それからあとは、わたしの勤務中をねらって彼女に会い、たくみにその機会を利用しました。グラディスもあの男の目的を感づきはしたものの、果たしてその意図がまじめなものか判断しかねたらしいのです。そこへわたしが求婚したので、大魚をとり逃がしたばあいに備えて、わたしをつかまえておこうと考えたわけです。ご承知のとおり、ルエリンは金持ちでしたからね。彼女はダンス・パーティーのときまで待って、そこであの男を釣り上げ、わたしをほうりだしました。大した手ぎわじゃありませんか？」

わたしはなんとも答えなかったので、彼は言葉をつづけた。

「それからあとというものは、わたしはまさに狂っていました。分別もなにも失って、ルエリンの所へ押しかけて行きましたが、あいつは面と向かってわたしをあざ笑いました。わたしはあいつの頭をたたきつぶしてやりたい気持ちでしたが、おりあしく召使頭《がしら》がそばにいたので、そのときにはあいつを片づけるわけにもいかなかったのです。わたしがどんなに地獄の苦しみをなめたかは、いまさら申しあげるまでもありますまいし——とうてい言葉で語れるものでもありません。とにかく、わたしは理性を失い、ただもう復讐《ふくしゅう》のためだけに生きていました。そして、やがて復讐をなしとげたわけなのです。機会が見つかるまでふたりのあとをつけまわし、ついにふたりを殺しました。あの列車の中で撃ち殺したのです。最初に女のほうを撃ち、ついで、男のほうが目をさまして、飛び起きた瞬間に、男のほうを撃ち殺しました」

彼はちょっと言葉をきった。

「そのときのことをくわしく語ってください」とわたしは要求した。彼は、しばらく間をおいてから、まえよりもいっそう弱々しい声でつづけた。

「わたしは列車内でふたりを殺す方法を考えついていましたので、ハネムーンに出たときにも、ふたりのあとをつけまわしたのですが、ついにあのときまでその機会がつかめませんでした。あのときにはいろんな事情がうまくゆきました。ユーストンではあの男の背後にいて、カーライルと言っているのを耳にしたので、わたしはグラスゴウ行きの切符を買いました。わたしは、隣のコンパートメントにはいりました。そこにはおしゃべり好きの男が乗っていたので、わたしは、クルーで降りるつもりのように思いこませ、一種のアリバイを作るてだてをはかりました。わたしも降りることは降りたのですが、また車中に引き返し、ブラインドをおろしたまま同じコンパートメントに乗っていました。わたしがそこにいることを知っている者はひとりもありませんでした。わたしは列車がシャップの頂にさしかかるまで待ちました。というのは、住居もまばらなあたりでなら、逃げるのも容易だろうと考えたからです。いよいよそのときが来ると、コンパートメントのドアに楔をはめ、ふたりを撃ち殺しました。ついで列車からぬけだし、線路を離れ、原野を横ぎって道路にたどり着きました。昼間は隠れていて、夜になると歩き、二晩目の日暮れ後にカーライルへ着きました。そこからは、ぜんぜん人目を避けようとしないで、汽車で行きました。わたしは一度も疑われもしませんでした」

　彼は疲れきって言葉をきり、死に神はいっそう彼の身辺をうろつきだした。

「ほんのひとことでも聞かせてください。どうやって列車から脱出されたのですか?」とわたしはきいた。彼はかすかにほほえみを浮かべた。

「さっきの飲み物をもうすこし」と彼はかすかな声で言った。わたしがもう一度ブランデーを与えると、彼は、ここではそれを省略するけれども、幾度も長い合い間をおいて、弱々しい声でつづけた。

「その方法はまえもって考えてあったのです。わたしは、列車が走っているあいだに、まだ警報が伝わらないうちに、緩衝器の上に逃げだすことさえできれば、安全だと考えたわけです。窓からのぞかれても姿は見えませんし、列車がとまれば——どうせすぐにとまることはわかっていましたから、飛び降りて、逃げられるわけですから。やっかいなのは、通路から緩衝器へ移る方法でした。わたしはそれをこんなふうにしてやったのです。

わたしは十六フィートばかりの細い褐色《かっしょく》の絹糸と、同じ長さの細い絹ロープをたずさえてきていました。クルーで下車したときに、一等車のかどのほうへ寄っていって、たばこに火をつけるために風をよけてでもいるようなふうに、そのすぐそばに立っていました。そして、だれにも見とがめられないうちに、緩衝器の上の腕木に紐をかけました。ついで、両端は握ったままで、紐をくり出しながら、いちばん近くのドアまでぶらぶらと歩いてゆきました。それから、ドアがかたくしまっていて開かないのでがたがたやっているように見せかけましたが、そのあいだにドアのハンドルにその紐をかけて両端を結びました。いま述べたことをよく聞いていてくださったら、おわかりになったはずですが、これで、かどの腕木とドアのハンドルとをつなぐ、細い絹紐の輪ができたわけです。紐は車両と同じ色でしたから、ほとんど見分けがつきませんでした。それから、わたしはまた以前の席へもどりました。

いよいよ仕事にかかる時間になると、わたしはまず通路側のドアに楔をはめました。ついで、外側の窓をあけ、紐の輪の片はしを引きこんで、それにロープの片はしを縛りつけました。そうやって、紐の輪の片側を引っ張ると、ロープはスルスルとすみの腕木を通り、窓口へもどってきました。絹製ですから、よくすべるうえに、腕木にもなんの跡も残しませんでした。ついでわたしはロープの片はしをドアのハンドルにかけ、キュッと引きしめてから、両端を結び合わせました。これで一等車のかどからドアへ、ピンと張ったロープの輪ができたわけなのです。わたしはドアをあけ、ついで窓を引き上げました。ドアは持ってきていた木片をあいだにはさんでしめました。風が吹きつけていましたし、木片がじゃましているので、ピタリとしまりきるようなことはなかったわけです。

そこで撃ちました。ふたりとも命中したと見てとると、わたしはすぐに外へ出ました。ついで、さっきのロープを手すりがわりにして、昇降段をつたって緩衝器の上に移動しました。紐やロープはどちらもたぐり寄せて、ポケットに押し込みました。これでいっさいの痕跡を取り除いたことになりました。

列車がとまると、わたしは地面にすべり降りました。みんなは反対側に降りかかっていましたから、こちらは列車のすぐそばをはっていけばよかったわけですし、明かりのとどかない所までくると、土堤を越えて逃げたというわけなのです」

その男はしまいまで話し終わるために必死の努力をふりしぼったらしかった。というのは、話し終わるとともに、彼の目はふさがり、数分後には、死期が迫る前触れの、昏睡《こんすい》状態におちいったからである。

　わたしは、警察に連絡をとってから、彼のもう一つの希望の実行にとりかかったわけなのであって、この一文はその結果なのである。

短編推理小説の流れ2

戸川安宣

文豪グレアム・グリーンの実弟で英放送界の大物、ヒュー・グリーンは、一九七〇年にボドリー・ヘッド社から刊行したアンソロジー *The Rivals of Sherlock Holmes* の序文で、この《シャーロック・ホームズのライヴァルたち》とは、一八九一年から一九一四年の間に登場した名探偵を指す、と規定している。一八九一年とは、〈ストランド・マガジン〉にホームズ譚《たん》の連載が始まった年、一九一四年とは第一次世界大戦の始まった年で、推理短編の書き手にとって大きな区切りとなった年だというのである。

この第二巻には、一巻の最後に収めたジャック・フットレルの「十三号独房の問題」と同年に発表されたロバート・バーの「放心家組合」に始まり、この新版で新たに収録することになったG・K・チェスタトンのブラウン神父譚「奇妙な足音」などを経て、シャーロック・ホームズの最後のライヴァルと言われる名探偵、アーネスト・ブラマのマックス・カラドス譚や、第一次世界大戦後の本格長編黄金期の巨匠の一人、F・W・クロフツの短編第一作などを収録する。

推理小説の世界は一九一三年に上梓されたＥ・Ｃ・ベントリーの『トレント最後の事件』を皮切りに、本格的な長編の時代へと入っていく。

本アンソロジーの第一、二巻で、推理小説の草創期から名探偵の群雄割拠時代にかけての名作の競演を存分にお楽しみ戴きたい。

以下に例によって、収録作品の解題を付す。

放心家組合

〈サタデイ・イヴニング・ポスト〉一九〇五年五月十三日号に掲載された後、〈ウィンザー・マガジン〉の一九〇六年五月号に再録された。そして同年、ロンドンのハースト・アンド・ブラケット社より刊行された連作短編集『ウジェーヌ・ヴァルモンの勝利』の五番目の物語として収録された。エラリー・クイーンがポオ以来の里程標的名作短編集を選んだ *Queen's Quorum* の35番である。

ヒュー・グリーン編 *The Rivals of Sherlock Holmes*

ロバート・バーは一八五〇年、ス

コットランドのグラスゴーに生まれたが、幼少期にカナダへ移住し、オンタリオ州などで教育を受ける。カナダで教職に就き、一八七六年にエヴァ・ベネットとの結婚を機にアメリカに移り、〈デトロイト・フリー・プレス〉の記者として活躍する。一八八一年、同紙のロンドン版の編集をするよう要請を受け、イギリスに戻ることになる。やがて『ボートの三人男』などで有名なジェローム・K・ジェロームと共同で一八九二年に〈アイドラー〉という雑誌を創刊する。前年の初めに創刊し、半年後からはコナン・ドイルのシャーロック・ホームズ譚を連載して部数を大幅に伸ばしていた〈ストランド・マガジン〉を念頭に置き、〈ストランド〉が中流階級の家庭人をターゲットにしているのに対し、〈アイドラー〉はロンドンの若い独身ビジネスマンを対象にしたという。バーは創刊間もない〈アイドラー〉に'Detective Stories Gone Wrong: The Adventures of Sherlaw Kombs'という短編を、ルーク・シャープ名義で発表している（邦題は「ペグラムの怪事件」)。ホームズが「ボヘミアの醜聞」で〈ストランド・マガジン〉に登場した翌年のことであり、最初期のホームズもののパロディと言われている。〈アイドラー〉にはA・E・W・メースン、G・K・チェスタトン、イスレール・ザングウィル、イーデン・フィルポッツ、アンソニー・ホープ、ロバート・ルイス・スティーヴンスン、それにアーサー・コナン・ドイルといった人たちが寄稿した。バーはドイルとのインタビュー記事を〈マクルアーズ〉や〈アイドラー〉に何度となく掲載し、親密な関係を保っていた。

一八九五年にバーは一旦〈アイドラー〉の編集から退き、執筆に専念するが、一九〇二年に復帰し、一九一一年三月の終刊まで編集仕事に従事した。そしてその一年半後、六十二歳で生涯を閉じた。

しばしば推理小説は時代を映す鏡、と言われる。本編も、史家がアメリカ史の中で最も劇的な選挙戦と評した一八九六年のアメリカ大統領選が作品の背景となっている。この選挙戦では、共和党のウィリアム・マッキンリーが民主党のウィリアム・ジェニングズ・ブライアンを破って当選するのだが、この選挙戦の争点は、銀の自由鋳造および関税といった経済問題であった。「放心家組合」は『ウジェーヌ・ヴァルモンの勝利』（という題名で国書刊行会から邦訳が刊行されている）に収録されるに際し、同書の十三章から十七章まで五つに章分けされている。これを独立短編としてアンソロジーに収録する際、クイーン編の*101 Years' Entertainment*から、カリフォルニア大学サン・ディエゴ校を拠点にした《ミステリ・ライブラリ》の一環として刊行されたエリオット・L・ギルバート編の*The World of Mystery Fiction* (1978) に至る複数のアンソロジーが枕の部分（単行本の第十三章）をカットしているので、本書でもそれに従った。

ところで、明治の文豪、夏目漱石《なつめそうせき》がこの「放心家組合」を読んでいたらしい、と林修三《はやししゅうぞう》、山田風太郎《やまだふうたろう》といった人たちが指摘している。『吾輩は猫である』の十一章で、漱石は登場人物の口を借りて、ある雑誌で読んだ詐欺師の話を開陳しているのだが、それはまさしく「放心家組合」の肝の部分なのである。漱石の名文をここに引用したいところだが、興味のある方は『吾輩は猫である』をお読みいただきたい。

ご存じのように漱石はイギリスに留学したことがあったが、一九〇五年にはすでに帰国している（漱石のイギリス滞在は一九〇〇年から〇二年まで）。したがってここで言及している雑誌というのは、ロンドン滞在中ではなく、帰国後に読んだものだろう。漱石研究家に依《よ》ると蔵書の中に「放心家組合」の載った雑誌はないようだが、漱石が読んだ小説が件《くだん》の作品であったことは間違いあるまい。

ともあれ、この物語は文人に訴えるものがあると見え、昭和になっては火野葦平《ひのあしへい》が「詫び証文」（〈宝石〉一九五八年一月号）という推理短編の中で言及している。これは、江戸川乱歩の誘いで〈宝石〉に百枚の推理小説を書く、と引き受けておきながら書けず、再三約束を破った末に、その経緯自体を小説にして書いた異色作である。その中に次の一節がある。

「寝ている間に、探偵小説をずいぶん読みました。あなたからいただいた「犯罪幻想」（東京創元社限定本）も再読してなつかしい思いをしましたし、フットレルの「第十三号独房《ママ》の問題」、ロバート・バーの「放心家組合」その他、数十篇を再読したり、新読したりしました」

火野が「放心家組合」を読んだのが、「世界推理小説全集」の『世界短篇傑作集（一）』（一九五七）によってであるのは、「詫び証文」が一九五七年末に書かれていること、乱歩の『犯罪幻想』（一九五六）と一緒に読んでいるらしいこと、フットレルと一緒の本に収録されているらしいこと、などから間違いあるまい。さらに一九五八年から、東京創元社で『火野葦平選集』全八巻を刊行しているので、「世界推理小説全集」の献本を受けていた可能性もある。

S・S・ヴァン・ダインは、一九二六年に『ベンスン殺人事件』を発表して以降、ファイロ・ヴァンスを探偵役にした長編推理小説を十二冊書いたが、その一方で一九二七年に *The Great Detective Stories: A Chronological Anthology* を編み、ポオの「モルグ街の殺人」（本文庫『ポオ小説全集3』所収）からH・C・ベイリーの「小さな家」（本文庫『フォーチュン氏の事件簿』所収）までの英米の傑作短編十三編に、フランスのルブラン、ロシアのチェーホフ、ドイツのディートリッヒ・テーデン、そしてこのグロラーの四編をヨーロッパの作品として加えている。このアンソロジーに付した序論（本文庫『ウインター殺人事件』所収）は簡潔な推理小説史になっていて、ヴァン・ダインが一流の読み手であったことを証明するものだが、ことに推理作家としてのイーデン・フィルポッツに着目したのは彼の最大の功績と言って良いだろう。とりわけわが国で『赤毛のレドメイン家』や『闇からの声』が絶大な支持を集めたのは、偏《ひとえ》にヴァン・ダインの紹介がなければ考えられない。そして短編の分野では、このグロラーを採り上げたことが特筆すべきことだろう。本巻に収められた「奇妙な跡」は、そのヴァン・ダインのアンソロジーに、N・L・レデラーが英訳した作品である。同書のはしがきによると、このアンソロジー編纂に際し、レデラーの助言と蔵書が多大な寄与をしたようである。

したがって「奇妙な跡」に付された紹介も、レデラーの知識なり蔵書なりが反映されているに違いない。それによると、作者のバルドゥイン・グロラーはハンガリーのアラドで一八四八年九月五日に生まれた。オーストリアで〈ノイエス・ヴィーナー・ジュルナール〉の編集をはじめ、多くの重要な本の編集や出版に携わり、文壇での地位を築いて、一九一六年三月二十二日、ウィーンで亡くなった。享年六十七であった。

　グロラーはユーモア・スケッチ風のものからジャーナリスティックなノンフィクションまで多彩な作品を遺したが、一八九〇年の *Unter vier Augen* 以降、ミステリの著作が数冊あり、一九〇九年の（とヴァン・ダインは明記している）*Detektiv Dagoberts Taten und Abenteuer* 以下、六冊のダゴベルト譚をレクラム文庫から刊行しているという。

　エラリー・クイーンは *Queen's Quorum* の44番として、*Detektiv Dagoberts Taten und Abenteuer* を選んでいるが、その刊行年を「一九一〇年」とした上で、「一九一〇年から一二年の間にダゴベルト譚十八編を、ライプチヒの版元からすべて同じタイトルで六冊の作品集として刊行している」と書いている。

　本アンソロジーの旧版『世界短編傑作集2』には阿部主計《あべかずえ》氏によるヴァン・ダイン本からの翻訳が収録されていた。今回、創元推理文庫で『探偵ダゴベルトの功績と冒険』を訳された垂野創一郎《たるのそういちろう》氏により原典からの直接訳を掲載することができた。その垂野氏が解説でおっしゃるようにこの「奇妙な跡」は、ダゴベルト

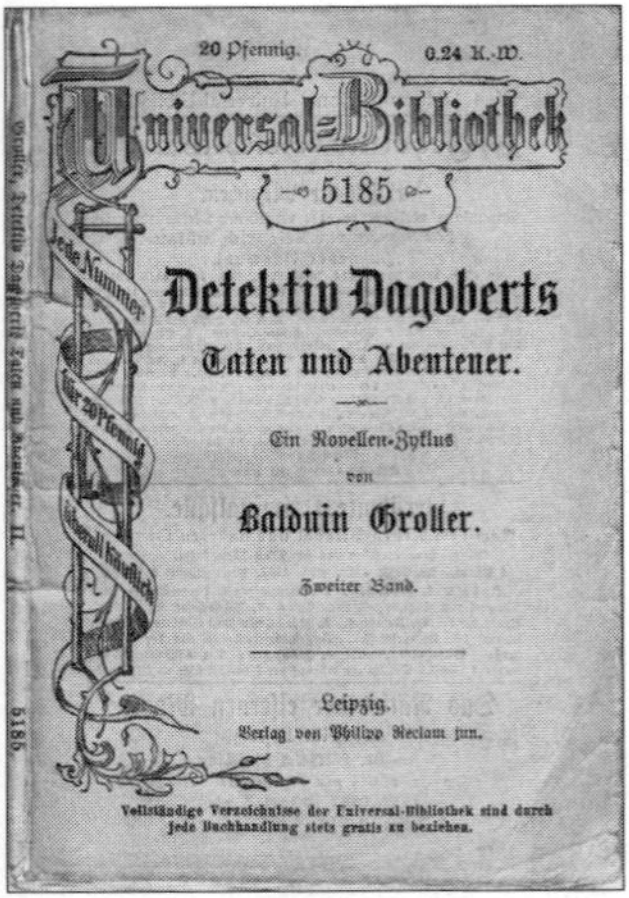

レクラム文庫のダゴベルト短編集の一冊

譚の中でも異色の一編のようである。強烈な印象を残す作品だが、それだけに表現に穏当を欠く箇所があることをご理解いただきたい。
因みにジョン・ディクスン・カーの長編に、これにインスパイアされたのではないか、と思われる作品がある。

奇妙な足音

一九一〇年十一月号の〈ストーリーテラー〉誌に掲載されたブラウン神父譚の第三作である。ブラウン神父ものの第一作は同誌一九一〇年九月号に掲載された「青い十字架」で、以降〈ストーリーテラー〉と〈キャッセル〉誌に発表した十二編を纏《まと》めて、一九一一年七月にロンドンのキャッセル社より『ブラウン神父の童心』のタイトルで上梓された。*Queen's Quorum* の47番に選出されている。

ギルバート・キース・チェスタトンはケンジントンのキャムデン・ヒルで一八七四年五月二十九日に生まれた。ロンドンのセント・ポール・スクール在学中にE・C・ベントリーと出会い、ロンドン大学附属のスレイド美術学校に進む。一八九六年にロンドンの出版社レドウェイに勤め、すぐにT・フィッシャー・アンウィンへ移って一九〇二年まで在職する。やがて〈アイ・ウィットネス〉を皮切りに数誌の編集に従事した。一九〇一年にフランシス・アリス・ブロッグと結婚。一九〇〇年から評論、評伝、詩作から小説と、幅広い作品を上梓する。一九三六年六月十四日、ベコンズフィールドで亡くなった。バーと同じ六十二歳であった。

江戸川乱歩はトリックの案出数では、あらゆる推理作家の中でチェスタトンが群を抜いてトップだと言っている。

赤い絹の肩かけ

一九一一年八月十五日発売の〈ジュ・セ・トゥ〉誌に掲載された。マニュエル・オラツィが挿絵を担当。一九一三年六月刊の短編集『リュパンの告白』に収録された。

著者のモーリス・ルブラン Maurice Marie Émile Leblanc (1864.12.11–1941.11.6) は、フランスのルーアンに生まれ、四十歳を過ぎるまでに新聞雑誌の寄稿に始まり、十冊ほどの長短編を書いていた。一九〇五年、創刊間もない〈ジュ・セ・トゥ〉誌からの依頼でリュパンの登場するアクション物に手を染め、これが大好評を博して一躍、国民的な人気を博す作家となった。フランスの推理作家としては、ガボリオ、ボアゴベに続き、ルルーと並ぶ草創期の巨匠である。

この物語は、作中でリュパンが「小説のなかの探偵のように推理にかけては手品師なんだ」というように、偶然手に入れた、殺人犯が証拠隠滅のために捨てた品を手がかりに、事件の状況から犯人の正体までを推理してみせるリュパンの名探偵ぶりと、リュパンの助言をちゃっかり我が物にして令名を馳せるガニマール、そしてその後に待ち受けるどんでん返し、とユーモラスな中にも間然するところのないみごとな構成の一編である。ルブランの短編集は、『怪盗紳士リュパン』にはじまり、この『リュパンの告白』や『八点鐘』『バーネット探偵社』……

と、どれをとってもトリックと創意に溢《あふ》れ、見事な推理短編の宝庫である。

特に本編では、今述べた拾得物からリュパンが披露する次のような推理——「ゆうべ、九時から真夜中のあいだに、派手な身なりをした女が短刀で刺されて、それからあと、首を絞められて死んだ。犯人はりっぱな服装をし、片眼鏡をかけた、競馬場に出入りをする男で、その直前、いまいった女とメレンゲ菓子を三つとコーヒー・エクレアをひとつ食べた」は、依頼人の様子から、その経歴や家庭生活などを推理してみせるシャーロック・ホームズを髣髴《ほうふつ》とさせる。

作中、リュパンがガニマールに向かって、「デュグリヴァル事件のことだろう」というところがあるが、これは〈ジュ・セ・トゥ〉に、「赤い絹の肩かけ」の一つ前に発表され、『リュパンの告白』にも同様の順に収録された「地獄の罠」で語られている事件のこと。

モーリス・ルブラン『リュパンの告白』

オスカー・ブロズキー事件
〈マクルアーズ・マガジン〉一九一一年十二月号に、ヘンリ・ラリーの挿絵を付して掲載された後、一九一二年刊の短編集『歌う白骨』に収められた。この時、全体に亘ってかなり加筆している。本アンソロジーでは単行本版を底本とした。『歌う白骨』は*Queen's Quorum* の52番。

リチャード・オースチン・フリーマンは一八六二年、仕立屋の父の許にロンドンで生まれ、医大を卒業後、病院勤めをしていた。結婚するが生活が苦しく、固定給を得るためアフリカに植民地付医師補として赴任する。アシャンティ王国やジャーマンへと探検に出かけ、その経験を基《もと》に纏めた一八九八年のノンフィクションが初めての著作となった。小説の第一作はジョン・ジェイムズ・ピトケアンというホロウェイ刑務所の嘱託医との共同ペンネーム、クリフォード・アシュダウン名義の怪盗ロムニイ・プリングルを主人公にした短編集だった。二人はこの筆名で、いくつかの作品を書き、フリーマンは単独でもライダー・ハガードばりの冒険小説などを発表するが売れ行きは芳しくなく、どうしたものかと迷っていた時、〈ストランド・マガジン〉で人気を博していたドイルのホームズ譚が頭に浮かんだ。こうして生まれたのが、ソーンダイク博士である。

ソーンダイクの物語は『赤い拇指紋』（一九〇七）という長編でイギリスの読書子の前に初お目見えするが、大衆の人気を贏《か》ち得たのは、ホームズ譚同様、奇しくも〈ストランド・マガジン〉の版元に在籍したシリル・アーサー・ピアスンが、独立して自らの名前を冠して創刊した雑誌〈ピアスンズ・マガジン〉の一九〇八年クリスマス号に掲載された「青いスパンコール」に始まる短編によってであった。第一次世界大戦では軍医として応召する。除隊後も執筆を続け、ソーンダイクが登場する長編だけでも二十一を数え、短編も四十を超す。最後の長編

The Jacob Street Mystery は一九四二年、フリーマン八十歳の作である。一九四三年、第二次世界大戦の最中、パーキンソン病で八十一歳の生涯を閉じた。

さて、ここに収めた「オスカー・ブロズキー事件」には、宝石の故買によって生計を立てている主人公が、突発的に殺人の罪を犯し、隠蔽《いんぺい》工作を行う様がリアルに描かれる前半と、それを今度は探偵側のソーンダイク博士が暴いていく後半とが見事な対比をなして描かれ、倒叙推理小説の醍醐味《だいごみ》を存分に味わわせてくれる傑作である。

「倒叙推理小説」について、『歌う白骨』の序文で、フリーマンは明確に規定している。

「オスカー・ブロズキー事件」のヘンリ・ラリーによる挿絵

「最初から、読者に作者の秘密をすっかり明かしてしまって、読者がその犯罪をじかに目撃し、推理に必要と思われるすべての事実を知らされているような、そんな推理小説がはたして書けるものだろうか？　読者がすべての事実を知ってしまって、なお何か書くものが残っているだろうか？　私は大丈夫、書ける、書くものがある、と確信していた。そして、その信念が間違っていないことを試す為に筆をとったのが『オスカー・ブロズキー事件』なのだ。この作品では、通常の形態が逆になっている。読者はすべてを知り、探偵は何一つ知らない。そしてとるに足らない情況の中に含まれた思いもかけない重要さに興味が集中している。

最後にソーンダイク博士が「訓練された科学者が警察に助力することの急務」を説いているが、その言葉通り科学捜査は現代の警察捜査の要となっている。

旧版では井上勇《いのうえいさむ》氏による翻訳であったが、この新版では本文庫『ソーンダイク博士の事件簿』と揃える意味で、大久保康雄《おおくぼやすお》氏の訳を使わせていただいた。

ギルバート・マレル卿の絵

一九一二年の〈ピアスンズ・マガジン〉に発表され、その年、同誌の版元でもあるロンドンのC・アーサー・ピアスン社から、本編を含む十五編の短編を収めた *Thrilling Stories of the Railway* が刊行された（邦訳は論創社より『ソープ・ヘイズルの事件簿』のタイトルで上梓されている）。内、九編が本編に登場するソープ・ヘイズル譚である。*Queen's Quorum* の51番に選ばれている。

菜食主義者で、食事の前には人前であろうと気にせず奇妙な体操をする探偵ソープ・ヘイズル。主食はレンズ豆やサラダ、それにプラズモン・ビスケットなど。愛書家でアマチュア・カメラマン、そして鉄ちゃん——それも厳密に言うと、撮り鉄であるらしい。

本編の著者ヴィクター・ロレンゾ・ホワイトチャーチ Victor Lorenzo Whitechurch は父

の跡を承けて二十三歳のとき聖職者となり、バッキンガムシャーのアストン・クリントンで司祭助手を務めたのを皮切りに、副司祭や教区司祭など英国聖公会の要職を歴任した。キリスト教に関する本や宗教小説を発表する傍《かたわ》ら、推理小説の筆を執《と》り、一九三〇年創設されたディテクション・クラブに参加してリレー小説『漂う提督』（一九三一）の冒頭部分を担当したりしている。

本編は、走行中の列車の真ん中から車両を一両抜きとるという抜群のアイディアで、史上に名を遺した。江戸川乱歩が自身の少年ものに流用しているのを、お読みになった方も多いだろう。斯く言う小生も、小学校の頃、乱歩作で読み、鉄道模型を使ってこのトリックを実験してみたことがある。

今回、一九七七年にラウトリッジ&キーガン・ポール社から刊行された前記短編集の復刻版を参照した。

ブルックベンド荘の悲劇

〈ザ・ニューズ・オブ・ザ・ワールド〉一九一三年九月七日号に発表され、翌年の第一短編集 *Max Carrados* に収録された。数々のアンソロジーにカラドス譚の代表作として選ばれ、ブラマ自身もフェイバー社から一九三一年に出された *My Best Detective Stories* で自選している。*Max Carrados* は *Queen's Quorum* の56番に採択されている。

ところで、『娯楽としての殺人』の著者ハワード・ヘイクラフトは、ニューヨークの書肆《しょし》

H・W・ウィルスン社の副社長という要職にあった一九四二年に、詩人でもあるスタンリー・クーニッツと共同で *Twentieth Century Authors* という大部の著述家事典を編纂《へんさん》した。この事典の特色は、当時生存の著述家に依頼して、自身の略歴と写真を提供してもらった点にある。データの信頼性と、従来見る機会の少なかった作家の肖像が拝めるというので、評判となった。わが国でも長い間、海外文学の紹介には欠かすことのできない事典として珍重された。同書に掲載された35×30ミリの小さな写真を拡大して、解説や口絵写真に使っている本をよく見かけたものである。

その著述家事典の求めに応じたブラマが、「私は自身について書くことを好まない。自著についてならまだしもだが、それも程度問題で気が進まないことに変わりはない。読者に伝えたいことはすべて私の著書の中に尽されている」と言って、自身の経歴をほとんど明かさなかったために、謎の作家として世界の読書子《どくしょし》に記憶されることになった。生年すらはっきりせず、一九五七年刊の江戸川乱歩『海外探偵小説作家と作品』(早川書房)でも、「(186?-1942)」と記されているほどだ。ようやく、二〇〇七年クライトン&リード社から刊行されたオーブリイ・ウィルソンの *The Search for Ernest Bramah* によって、かなりの部分が明らかとなった。

それによるとアーネスト・ブラマは本名を Ernest Brammah Smith といって、父チャールズ・クレメント・スミスと母スザンナとの間に、一八六八年四月五日に生まれた。ブラマは母の旧姓だが、後年彼はこのセカンド・ネームからmを一つ取って Bramah と改変している。兄姉二人、兄一人の四人兄姉の末っ子だという。ハイスクールを中退後、農場経営に乗り出すが失敗し、ジャーナリズムの世界に転身する。ジェローム・K・ジェロームの秘書となって〈トゥデイ〉の編集に参画したというから、ロバート・バーなどとも親交があったに違いない。古銭学に詳しく、戯曲も書いている。小説のデビュー作は一九〇〇年刊の *The Wallet of Kai Lung* という中国人が語る綺譚集で、これが評判を呼び、シリーズ化されている。一八九七年の年末、メイジィ・ルーシー・バーカーと結婚。二人は一九四〇年頃、ロンドンを離れ、妻の家族が住むクリーヴドンに近いウェストン・スーパー・メアに引っ越す。そこで一九四二年六月二十三日、妻に看取られ心筋変性による動脈硬化症で、七十四歳の生涯を閉じた。

ブラマ自身は、カラドスのモデルとして道路建設業者のジョン・メトカーフ——通称《ネアズバラの盲人ジャック》などの名を挙げているが、作家ヘンリー・フィールディングの異母弟でイギリス警察の基礎を築いたと言われる《盲目判事》ジョン・フィールディングほど、カラドスのモデルに相応しい人はいまい。このジョン・フィールディングが登場するジョン・ディクスン・カーの『ロンドン橋が落ちる』（一九六二）によると、「彼は声音からだけで二千人の法律違反者を識別することができたといわれている」とある。

ズームドルフ事件

一九一四年七月十八日号の〈サタデイ・イヴニング・ポスト〉に掲載されたアブナー譚の一編。

アブナー伯父の短編は、同誌一九一一年六月三日号に掲載された「天の使い」（本文庫『アブナー伯父の事件簿』所収）をはじめとする十八編が一九一八年、ニューヨークのアップルトン社から *Uncle Abner, Master of Mysteries* のタイトルで上梓された（邦題『アンクル・アブナーの叡智』）。*Queen's Quorum* の60番である。

ポーストはその後、一九二七年から翌二八年にアブナー譚四編を〈カントリー・ジェントルマン〉誌に発表したが、これはポーストの死後、一九七四年まで単行本にはならなかった。ようやくこの年、アスペン・プレスという小出版社から *The Methods of Uncle Abner* のタイトルで一本に纏められ、一九七七年には、当時カリフォルニア大学サン・ディエゴ校から刊行されていた《ミステリ・ライブラリ》の一冊（第四巻）として全二十二編を完全収録した *The Complete Uncle Abner* が刊行されたのである。

扉は室内から完全にかんぬきが掛かり、窓の外は足がかりのまったくない壁が百フィート下の渓流までつづいている。しかも窓枠には埃《ほこり》が積もっていて、蜘蛛《くも》の巣まで張ったままだった。そういう完全な密室のなかでの殺人がテーマの短編である。

この作品のトリックは江戸川乱歩（発表は一九三一年、本人の弁に依ると一九一三―一九一五年に書かれたものだという）や、モーリス・ルブラン（発表は一九二三年十二月）にも同種の使用例があるが、その中では最初期のものと言って良いだろう。

そしてアブナー譚ならではの神学的なテーマに沿った物語になっているところが、代表作と言われる由縁《ゆえん》である。

急行列車内の謎

一九一四年五月創刊の、ロンドンのアマルガメイテッド・プレスから刊行された文芸雑誌〈ザ・プレミア・マガジン〉に、一九二一年に掲載された。デビュー長編『樽』の発表が一九二〇年であり、その翌年というと長編第二作『ポンスン事件』を上梓した年である。その後、一九五六年にこの短編を表題作とする短編集 *The Mystery of the Sleeping Car Express and other stories* に収録された。これはわが国では『クロフツ短編集2』として創元推理文庫から刊行されているが、「急行列車内の謎」は本アンソロジー旧版に収録されていたため、重複を避けて割愛されている。ホダー&スタウトン社の初版に付されたクロフツの序文によると、本作は「私の最初の短編」だという。

クロフツといえば、わが国では昔から黄金期の五巨匠のひとり――ヴァン・ダイン、アガサ・クリスティ、エラリー・クイーン、ジョン・ディクスン・カーと並ぶ大家として名高いが、その中では最も読まれない作家であったかもしれない。外連味《けれんみ》のない主人公の警察官が、実直で地道な捜査を行うというイメージが強いため、退屈な小説ではないか、という印象をもたれたのではないだろうか。だが近年、再評価の気運が高まっているのは心強い。紀田順一郎《きだじゅんいちろう》氏が社会小説としての面に注目するなど、全貌が明らかになるにつれて、従来言われていた評価とは違ったクロフツの真価が明らかになってきている。アリバイ破りの『樽』に、倒叙推理の『クロイドン発12時30分』というのが、クロフツの代表作と言われてきたが、例えば倒叙ものにしても『フレンチ警部と毒蛇の謎』など、秀作は数多あり、『ホッグズ・バックの怪事件』

のように真っ向から読者に謎解きを挑戦している作品もある。一時はなかなか原書が手に入らない作家の筆頭のような印象があったが、このところトレード・ペイパーバックでの復刊が相次いでいる。クロフツというと創元推理文庫の独壇場のような印象があるのは、次々と翻訳権を獲得して刊行していた東京創元社に対して、入手困難だったクロフツの原書を未亡人が送ってくれたことにも由来するという話を、当時の編集部長、厚木淳《あつぎじゅん》から聞かされたことがある。

ホームズ流の超人的な名探偵が羽振りを利かせていた時代に、証拠を丹念に収集して犯罪の真相に迫る探偵を創造したのが、ソーンダイク博士の生みの親、オースチン・フリーマンだが、F・W・クロフツは、その流れを汲む作家である。

そういう意味で、同時代の評論家ダグラス・トムスンが *Masters of Mystery* のなかで、フリーマンとクロフツを「写実派」と規定したのは、正に正鵠《せいこく》を射た評価であった。

書き出しが、一九〇九年の秋云々で始まっていて、ひょっとしたら実話に基づく話なのだろうか、と思わせる。列車の描写もそうだし、たとえば作中にちょっと名前が出てくるクルー・アームズ・ホテルというのが、一八三〇年創業の、世界初の鉄道ホテルであることなどを考え合わせると、自ら鉄道員であったクロフツが、自身の体験に基づく克明な描写を試みたのも納得がいく。

そして本編が、寝台急行列車内の、しかも密室状況下での殺人を扱っている点は、注目に値する。それやこれや考え合わせると、デビューしたばかりのクロフツが、自らの知識と経験を盛り込んで練り上げた渾身のプロットであることが理解されよう。

もっとも、鉄道の専門用語が頻出するため、英米の読者にも難解な作品であるらしい。ネット上で、「正直に言うと、私にはよく分からなかった」という感想を読んで苦笑したものだ。たしかに、たとえばジョーンズ車掌の受け持ちだという手荷物車が、「八車輪の長いボギー台車」だという表現が出てきたりする。こうなると本編をはじめとする鉄道ミステリ短編の傑作を集めた『世界鉄道推理傑作選』（全二巻　講談社文庫）を編まれた小池滋《こいけしげる》氏にでも教えを乞わないといけない。残念ながらこの名アンソロジーは絶版になっているが、興味のある方は古本を探されたい。

　コンパートメントになっている客室についてもわかりにくいかもしれないので、有名なホームズ譚の一編「〈シルヴァー・ブレーズ〉号の失踪」の挿絵としてシドニー・パジェットが描いているイラストを掲げておこう。

本書収録作には、表現に穏当を欠くと思われる部分がありますが、作品成立時の時代背景および古典として評価すべき作品であることを考慮し、原文を尊重しました。（編集部）

検印
廃止

編者紹介　1894年三重県生まれ。1923年の〈新青年〉誌に掲載された「二銭銅貨」でデビュー。以降、「パノラマ島奇談」等の傑作を相次ぎ発表、『蜘蛛男』以下の通俗長編で一般読者の、『怪人二十面相』に始まる少年物で年少読者の圧倒的な支持を集めた。1965年没。

世界推理短編傑作集2

1961年1月13日　初版
2015年1月16日　63版
新版・改題 2018年9月14日　初版
2018年10月19日　再版

著者　ロバート・バー他

編者　江《え》戸《ど》川《がわ》乱《らん》歩《ぽ》

発行所　(株) 東京創元社
代表者　長谷川晋一

162-0814/東京都新宿区新小川町1-5
電話　03・3268・8231-営業部
03・3268・8204-編集部
URL　http://www.tsogen.co.jp
工友会印刷・本間製本

乱丁・落丁本は、ご面倒ですが小社までご送付ください。送料小社負担にてお取替えいたします。

Printed in Japan

ISBN978-4-488-10008-7　C0197

映画撮影所の怪事件

AND SO TO MURDER◆Carter Dickson

かくして殺人へ

カーター・ディクスン

白須清美 訳　創元推理文庫

◆

牧師の娘モニカ・スタントンは、
初めて書いた小説でいきなり大当たり。
しかし伯母にやいやい言われ、故郷の村を飛び出して
ロンドン近郊の映画撮影所にやってきた。
プロデューサーに会い、さあ仕事だと意気込むが、
何度も死と隣り合わせの目に遭う。
硫酸を浴びかけたり銃撃されたり、
予告状も舞い込み、いよいよ生命の危機である。
さりながら、犯人も動機も雲を摑むばかり。
義憤に駆られた探偵小説作家カートライトは
証拠をひっさげてヘンリ・メリヴェール卿に会い、
犯人を摘発してくれと談判するが……。
灯火管制下の英国を舞台に描かれた、H・M卿活躍譚。

貴族探偵の優美な活躍

THE CASEBOOK OF LORD PETER◆Dorothy L. Sayers

ピーター卿の事件簿

ドロシー・L・セイヤーズ
宇野利泰 訳 創元推理文庫

◆

クリスティと並び称されるミステリの女王セイヤーズ。
彼女が創造したピーター・ウィムジイ卿は、
従僕を連れた優雅な青年貴族として世に出たのち、
作家ハリエット・ヴェインとの大恋愛を経て
人間的に大きく成長、
古今の名探偵の中でも屈指の魅力的な人物となった。
本書はその貴族探偵の活躍する中短編から、
代表的な秀作７編を選んだ短編集である。

収録作品＝鏡の映像，
ピーター・ウィムジイ卿の奇怪な失踪，
盗まれた胃袋，完全アリバイ，銅の指を持つ男の悲惨な話，
幽霊に憑かれた巡査，不和の種、小さな村のメロドラマ